七つの会議

池井戸　潤

集英社文庫

目次

第一話　居眠り八角　7
第二話　ねじ六奮戦記　49
第三話　コトブキ退社　95
第四話　経理屋稼業　166
第五話　社内政治家　234
第六話　偽ライオン　308
第七話　御前会議　349
第八話　最終議案　406
解説　村上貴史　485

主な登場人物

東京建電

宮野和広　社長
村西京助　副社長
北川誠　営業部長
坂戸宣彦　営業一課課長
原島万二　営業二課課長
八角民夫　営業一課係長
浜本優衣　営業四課
稲葉要　製造部長
河上省造　人事部長
伊形雅也　人事部課長代理
遠藤桜子　人事部
飯山孝実　経理部長
加茂田久司　経理課長
新田雄介　経理課課長代理
佐野健一郎　カスタマー室長

ソニック

徳山郁夫　社長
梨田元就　常務取締役
木内信昭　総務部長

七つの会議

第一話　居眠り八角

1

定例会議は、毎週木曜日の午後二時からと決まっていた。

営業部長の北川《きたがわ》の都合でたまに開始時間がズレることはあっても、別の曜日になったり、ましてや中止になったりといったことは、原島万二《はらしまばんじ》がこの会議に出席するようになったこの二年間にただの一度もなかった。

北川は、断固として決めたスケジュールを守り、開始時間きっかりに会議室に現れ、いつも同じ中央の席に座る。出席者は、一課から五課までである営業部の課長と係長、そして各課の計数担当者を合わせた総勢約二十名だ。厳格な北川の人柄もあって、会議は開始早々から緊張した雰囲気に満たされるのが常であった。

原島にとって、定例会議は苦痛以外の何物でもない。

営業部では扱う商品分野によって担当課を分けており、原島が課長を務める営業二課の守備範囲は、主に住宅設備関連の電器商品だ。冷蔵庫や洗濯機といった白ものといわれる家電製品は利幅が薄く、景気に左右される。夏こそ猛暑でエアコンが売れ、まずまずの成績を上げることができたものの、やがて夜風が涼しい季節になった頃には、成績を底上げしてくれていたエアコン需要はとっくに失速して、どうにも格好のつかない売上実績が続くようになった。

「どうなってるんだ、原島」

北川の叱責は容赦ない。「目標に届かないのなら、届くだけの材料を積み上げてこい！　目標未達でしたと報告するだけなら、こんな会議にのこのこ出てくる必要もないだろう」

北川にとって、目標とは、絶対に守らなければならない〝掟《おきて》〟である。

北川は、目標をクリアできなかった部下に、次は頑張れと優しく励ますような温かい思考回路など持ち合わせてはいない。未達の者は衆人環視の中で徹底的に叱責し、追い込み、ギリギリと締め上げていく。

時代遅れのモーレツ管理職だと陰口を叩《たた》かれようが、それが北川のやり方であり、信念なのであった。言い訳は許されない。

努力していないわけではなかった。

もちろん、サボっているわけでもない。

原島の部下たちは、朝から晩まで担当エリアの量販店やら街の電器屋を、靴底をすり減らして回り、注文を取ってきてはいる。それでも目標に到達しないのは、原島の見たところ、貼り付けられたノルマが厳し過ぎるからだ。

「必ず達成しろよ、原島。未達などという言葉は金輪際、聞きたくないからな」

脅迫まがいにいった北川に、ついうっかり、原島は口を滑らせた。

「承知しておりますが、如何《いかん》せん、白ものに関しては夏に売れた反動で、消費が冷え込んでおりまして」

しまった、と思ったときには遅かった。

北川の、錐《きり》を揉《も》み込むような眼差《まなざ》しが原島に向けられたかと思うと、

「景気のせいにするな！」

という怒声が浴びせられる。「景気は君ひとりが悪いわけじゃない。条件はみんな同じなんだ。そんなこともわからない奴《やつ》は、この会議に出る資格もない」

自分でも情けないくらいに、全身の血がさっと引いていく。北川の怒りは紛れもなく本物で、反論の余地は一ミリたりともない。

キリリと、胃が痛んだ。

「もういい。次、営業一課」

ようやく順番が過ぎ去ると、原島は、その場にへたり込みそうなほどの脱力感を覚えた。

進行役を務める副部長の森野《もりの》の指名を受け、颯爽《さっそう》と立ち上がったのは一課長の坂戸宣《さかどのぶ》彦《ひこ》だ。営業部のエースといわれる男で、原島より七つ歳下《としした》の三十八歳。中堅企業とはいえ、この東京建電《とうきようけんでん》では最年少で課長に昇進し、華々しい成果を上げている男であった。

発表が済んでため息を吐《つ》いた原島に、「お疲れさまでした」、と隣席の佐伯浩光《さえきひろみつ》が小声でいった。佐伯は二課の課長代理だが、一課長の坂戸とは同期入社である。

「営業一課から先週の売上実績並びに、当期累積実績について発表させていただきます」

坂戸は、凛《りん》とした声でいうと、自信に満ちた表情で会議テーブルを囲んでいる面々を見回した。

名だたる大手企業を顧客に擁し、東京建電の業績を牽引《けんいん》する稼ぎ頭となっているのが坂戸の率いる営業一課であった。万年業績不振の二課と比較し、社内で〝花の一課、地獄の二課〟と呼ばれる所以《ゆえん》である。扱う商品が違うから仕方がないが、一課がスマートなホールセールなら、原島率いる二課は、さしずめドブ板営業といったところだろう。

坂戸は、堅調そのものの売上実績を淡々と報告していく。聞いていると嫉妬したくなるほどの成果だが、坂戸は人のいい男で、こういうやり手にしては珍しく、社内の誰か

らも好かれていた。しかしそのとき、

「いい気なもんだなあ」

佐伯が他に聞こえないような声でいって原島を振り向かせた。

「見てくださいよ、あれ」

佐伯が目で指したのは、ちょうどテーブルの反対側だった。見るとそこに腕組みをしたまま、坂戸の話を聞いているふうにみせかけて居眠りしている男がいる。

「八角《はっかく》さんか」

原島はいった。「いつものことさ」


八角民夫《やすみたみお》、というのが男の名前であった。

八角は、本来ヤスミと読むのだが、社内ではなぜかハッカクと呼ばれていた。理由はわからない。歳は原島より五つ上の五十歳。どこにでもいるぐうたら社員を絵に描《か》いたような男で、会議となればこれ幸いと居眠りをする万年係長だ。

一旦、出世の街道からそれて脇道に入ってしまえば怖いものはないとばかり、北川の前でも堂々と眠るのだから、その不良社員ぶりはむしろ堂に入っていた。そうしてついた呼び名は、〝居眠り八角《はっかく》〟だ。

だが、八角が北川を畏《おそ》れない理由は、また別のところにもあった。北川と八角は、同い歳で、同期入社なのである。

それだけではない。聞いた話で真偽は定かでないが、北川は八角に「借り」があるらしい。それがどんな借りなのかはわからない。片や営業部長、片や係長のまま二十年も据え置きで利息もつかない男となれば、サラリーマンとしての勝敗は明らかであるが、その借りのおかげで北川は、八角に頭が上がらないというのだ。

原島は、そんな八角をかなり苦手としていた。

万年係長とはいえ年配で、態度はでかい。まるで営業部の主《ぬし》であるかのように、偉そうに振る舞い、たまに開かれる二課の懇親会にまで顔を出し、上座に陣取って馴《な》れ馴れしく原島や部下たちに話しかけてくる。

「よお、原島。この前のあの商談はちょっとマズイんじゃねえか」

「佐伯、お前、課長代理なんだから、もう少しこいつらの面倒見てやんなきゃダメだろ」

そんな調子で、あれこれと課内のことを指図しては得意になっている。自分の仕事ぶりは棚に上げてよくいったものだが、本人はそんなことを気にするそぶりもない。

坂戸の発表が続いていた。

仕事ができる坂戸らしく、話には無駄がなく、しかも、原島が準備したデータとは比較にならないほど詳細なものを駆使している。時折、手元の資料から欲しい数字を探す場面もあったが、補佐役であるはずの八角は、知らん顔をして居眠りだ。もとより諦めているのか、坂戸のほうも、最初から八角を頼りにする様子はなく、北川もまたそんな八角の態度を見て見ぬふりをしている。

「坂戸もいい迷惑ですよね」

佐伯が嘲笑まじりにいった。「あんなオッサンが係長で」

「いいさ、一課はそのぐらいのハンデがあったほうが。いい客、抱えてるんだから」

原島も、さっきまで叱られっぱなしだった憂さを晴らすように、そう応じる。

まもなく坂戸の発表が終わり、着席すると同時に「この調子で頼む」、と北川の満足そうな声が続いた。

見慣れた構図といってよかった。

坂戸はいつも日の当たる坂道を上り、原島は日陰の坂道を下り続ける。

どれだけ努力しても状況は変わらない。

その一方で、心のどこかでは、それを許容している自分がいる。

原島にとって、人生はいつもこんな感じだった。

名前の通りの万年二番手。どうしたって、トップにはなれない、そんな運命を背負ってきた。

2

原島は、二人兄弟の次男として生まれた。

学業にスポーツ、なにをやっても秀でている兄と違い、原島は、何もかもが平凡であった。決して人に劣るわけではないのだが、かといって注目されるほどのものは何もない。

地元の公立小中学校に通い、高校は埼玉県下では二番手グループに属するそこそこの進学校に入ったものの、成績は中の上くらい。卓球部では三年でようやくレギュラーになったが、団体戦は二回戦敗退。今度こそ、と臨んだ個人戦でも、運悪く強豪校の選手と当たってあえなく緒戦で涙を呑《の》んだ。

遅まきながらエンジンのかかった受験勉強は、原島なりに努力した。しかし、第一志望の大学には落ち、結局、進んだのは第三志望の私立大学だ。

原島の父は、市役所に勤める役人であったが、助役になるのを本気で目指しているような上昇志向の強い男であった。そんな父の期待を一身に担っている二つ違いの兄は、東大に進み、旧通産省に入って官僚になった。

誰もが一目置く出来のいい兄に対して、物足りない弟。

「オレ、メーカーへ入ろうと思うんだ」

就職シーズンになって、そう告げた原島に父が返したのは、「そうか。まあ頑張れよ」、という気のない言葉だ。

なんという会社へ行きたいのかとか、そこでどんな仕事をしたいのかとか、父親であれば一言ぐらい聞いたってよさそうなのに、そんな質問のひとつも投げてはこない。

どうせオレは兄貴と違うよ。

見返してやろうと思った原島は、就職戦線が本格化するまでに周到な準備を重ね、一流と呼ばれる総合電機メーカーにアタックした。しかし——。

万全を期したはずの面接に、原島はことごとく落ちた。

理由はわからない。だが、何度も面接を重ねるうち、気づいたこともあった。

その会社に入りたいという熱意だけで、採用されることはないということだ。

難しい面接であればあるほど、求められるのは、抜きん出た何かだ。しかし、原島のどこを探しても、そんなものはありはしない。

いつだって原島は、その他大勢のひとりであった。

当時、大学四年の夏から始まった就職活動で、原島は三十社近い会社の面接を受けた。誰でも知っている大手企業ばかりである。

「高望みし過ぎだよ。分相応の会社、狙ったら？」

そんなアドバイスをしてくれた友人もいたが、原島は、耳を貸さなかった。兄と比べられ、意固地になっていたのだ。

だが、残暑も厳しい九月の上旬、最後の望みを託して臨んだ面接で落ちたとき、ついに現実を認めないわけにはいかなくなった。そのとき、大手の採用面接は、もうほとんどが終了してしまっていて、仕方なく原島は、上場企業への就職を諦め、中堅企業の求人を当たることにしたのであった。

実はそのときまで、東京建電という会社を、原島は知らなかった。情報誌で偶然見かけて興味を持ったのは、大手総合電機メーカーの雄であるソニックの子会社だと知ったからだ。ソニックの面接には落ちた。でも、あの会社の子会社であれば、自分がやりたいことが見つかるのではないか。そんなふうに考えた原島は、すぐに東京建電の人事部に電話を入れ、面接を申し込んだのである。

ダメかも知れない。負け癖がつき始めていた原島だったが、このとき、奇跡が起きた。いままでの連戦連敗が嘘《うそ》のように、トントン拍子に面接は進み、一週間後には初の、そして唯一の内定通知を手にしていたのである。

最初に面接をしてくれた社員が同じ大学の出身だったというのは後で聞いた話だが、会社との縁なんて、結局そんなものかも知れない。

「東京建電っていう会社でさ、ソニックの子会社なんだ」

就職が決まったことを報告したとき、父親が洩《も》らしたのは、「ほう、ソニックか」、という言葉であった。それが父にとってどんな意味があるのかはわからない。ソニックだからいいのか、子会社だからダメなのか。

「よかったな」

続けて父はいったが、そのときテレビから聞こえてきた歓声に一旦視線を戻した。ちょうど贔屓《ひいき》にしているチームの三番バッターがチャンスに倒れたところだ。父は野球好きであった。そのまま中継に没頭するのかと思ったが、意外なことに父は腰を上げ、冷蔵庫から五〇〇ミリリットルの缶ビールを取ってくると、食器棚から出したコップに注《つ》いで原島と自分の前に置いた。

「どんな会社でも、必要としてくれるところで働けるのなら、それが一番幸せだ」

父はやけにしんみりとして、確信を込めた口調でいった。後で知ったことだが、その頃、父は出世レースに敗れ、課長職での据え置きを内示されていたのだ。

「精一杯頑張ればなんとかなるさ。これからお前の人生を切り拓《ひら》くのは、お前自身だ」

顔の前にひょいとコップを挙げ、妙に鯱《しゃちほこ》張った表情でビールを喉に流し込む。父からそんな親身な言葉をかけてもらったのは、後にも先にもそのときだけだった。

だが、そうして入社した東京建電では、まさに会社という組織に翻弄される日々が待っていた。

最初に配属になったのは経理部だ。ここでは必要に迫られて簿記を学び、日々、伝票と格闘して過ごした。ところが、ようやく経理マンとして一人前になったと思った入社三年目、原島が受け取ったのは、畑違いの営業部行きの辞令であった。

新規獲得のための飛び込み営業を三年。電子部品関連のセクションに代わって五年。さらに会社の都合で社内を転々とし、遅ればせながら課長に昇進し二課を任されたのが二年前のことだ。

辞令一枚でどこにでもいくのがサラリーマンだが、あまりの理不尽さに転職を考えたことも一度や二度ではない。ところが、三十歳で社内結婚し、やがて子供ができるとそんなことも言っていられなくなった。世の中は不景気で、転職しようにも、入れてくれる会社などありはしない。気づいたときには、もはや会社にしがみつくしかない自分がいた。

たしかに父の言う通り、自分の人生を切り拓くのは自分自身だろう。

だが、いままでの人生を、〝切り拓いてきた〟という実感はまるでない。

しがないサラリーマンというトロッコに乗って、ときに急カーブに翻弄されつつ、振り落とされないよう、必死でしがみついてきただけだ。

いや、そもそも、切り拓くほどの価値も人生の奥行きも、最初からなかったのではないかと、原島はいまになって疑わしく思うのであった。

3

「もっと真剣にやってくれないと困るよ」

鋭い声にはっとした原島は、そちらを振り向いた。

ちょうどテーブルの反対側、立ち上がった坂戸が、まだ椅子にかけたままの八角に向かって、怒りの表情を向けている。

会議が撥《は》ね、部長の北川が部屋を後にしたところだった。室内にはまだ半分以上の出席者がいたが、全員が動きを止めて坂戸と八角のやりとりに目を奪われていた。

「居眠りしてる場合じゃないだろう。必要な資料だって何ひとつ自分で準備せずに部下に押しつけてるし。だいたい、課の実績を発表しているときぐらい、居眠りをやめたらどうなんだ」

「別に寝てたわけじゃないよ」

反論した八角は、自分たちに注がれている視線を気にして照れ笑いを浮かべた。「なにか勘違いしてないかい。ちゃんと聞いていたさ」

「あんた係長だろう。だったら、必要なところで資料を回してくれるとか、補佐してくれなきゃ。何のために会議に出てるんだ。ちゃんと聞いてただって？　何様のつもりなんだよ」

理知的な坂戸が感情を剝《む》き出しにすること自体、珍しい。普段から溜《た》まっていた怒りがついに爆発した感じだった。

「はいはい、悪かった。まあ、これからは考えるよ」

そういうと、八角はどっこいしょっと立ち上がり、坂戸にさっさと背を向けて会議室を出て行く。

「なんですかね、あの態度」

啞然《あぜん》としてそれを見送りながら、佐伯が呆《あき》れ口調でいった。手にしていた資料をテーブルに叩き付けた坂戸が、もの凄《すご》い形相でもう八角の姿が見えなくなったドアを睨《にら》み付ける。

佐伯を促して会議室を出た原島は、「まあ、坂戸君の気持ちもわかる」、と廊下を歩きながらいった。

「一課の実績に八角さんはほとんど寄与してないだろ。あれはみんな坂戸君がやってる仕事だからね。完全なお荷物だ。しかも口ばかり達者で罪悪感ゼロ。態度はでかいときている」

「前々から一課の打ち合わせでは、よく坂戸とぶつかってたらしいですよ」

佐伯は事情通のところを見せていった。もっとも、同期ということもあって坂戸とは親しいから、本人に聞いたのかも知れない。

　フロアの端にある自販機コーナーにふたりで立ち寄った原島は、「まあ、坂戸君の性格では、ああいうの、許せないだろうなあ」、と思ったままを口にした。坂戸は、とにかく馬車馬のごとく働くことで知られた男であった。社内でナンバーワンの営業実績は、単なる運や才能ではなく、誰もが認める努力の上に成り立っている。同じフロアで一課と二課は隣り合っているから原島も見て知っているが、坂戸は一日中、頭を巡らせ、体を動かし、寸暇を惜しんで忙しく立ち働いている印象だ。喫煙コーナーでのんびりとタバコを吸い、暇そうにいつもお茶か缶コーヒーを飲んで、営業といえば電話で済まそうとする八角とは、まるで対照的である。だが——。

　この一件が、坂戸と八角との関係に、明確な変化をもたらすことになろうとは、このとき原島も想像していなかった。


「なんだよ、この報告書は。こんな理由で受注減を認めろというのか、君は。ふざけないでくれ」

　その会議後の一件以降、坂戸は誰の前でも、気に入らなければ八角を呼びつけ、叱るようになった。言葉遣いも、以前のように歳上だからと遠慮したものではなく、完全に目下の部下に対するものに変わった。

日中、いつものように八角が自分のデスクでお茶をすすっているところに坂戸が帰社し、声を荒らげることも少なくない。八角との関係だけではなく、坂戸の性格まで変わってしまったようにも思えた。

「呑気《のんき》にお茶なんか飲んでる場合かよ。あんたの仕事、どうなってるんだ」

そんなふうに言われたときの八角は、口答えするでもなく、かといってすぐに従うそぶりを見せるでもなかった。薄笑いを浮かべ、突き返されるまま書類を持ち帰ったり、坂戸が再びしびれを切らすのではないかというほどのスローな動きで腰を上げたりする。坂戸が叱ったところで八角が態度を変えるわけでもなく、ふたりのぎくしゃくした関係は、収まることなく日常化していった。

そうこうしているうちに月日が経《た》ち、年度末の三月が来た。月末にかけて戦場のような忙しさになり、何度も、坂戸が八角を怒鳴っているのを目の当《ま》たりにしたが、原島自身、一課の人間関係になど構っている余裕はなかった。それに、そのときにはそんな光景も当たり前になっていて、大して興味をひくものではなくなっていたのだ。

原島が、坂戸と八角の関係に再び関心を寄せるようになったのは、怒濤《どとう》の三月が過ぎ去り、ようやく新年度が始まってまもない頃であった。

「知ってますか、課長。坂戸の話」

その日の昼、佐伯とふたり近所の蕎麦屋《そばや》に入ると、店員が注文を取っていくのを見計らって佐伯がいった。

「部長にでもなるのか」

一課は前期も目標を大きく上回る実績を上げている。最年少の役員として抜擢《ばってき》でもされるのかと予想をつけた原島に、佐伯の話は意外そのものであった。

「いえいえ。パワハラ委員会にかけられるらしいですよ」

「ほんとうか」

思わず、原島は聞き返していた。「誰に聞いた」

「ロクさんですよ」

木村禄郎《きむらろくろう》は、四課の課長だ。ずんぐりむっくりの体型と明るい性格で、部内では「ロクさん」で通っている男だった。

「なんでロクさんが」

「パワハラ委員ですもん」

そういえばそうだった。社内には、パワハラとセクハラのふたつの委員会があり、各部から委員が選出されて月に一度、会議が開かれることになっている。

とはいえ、パワハラやセクハラの被害を受けたという訴えは滅多にないから、会議といってもただ顔を合わせて「社内に問題となる事態無し」を確認するだけの形式的なものになっていた。

「らしいです」

「訴えがあったのか」

こたえた佐伯に、「誰が訴えた」、ときいた原島は、佐伯の返事に唖然となった。

「八角さんですよ」

まさか、とは思ったが、考えられなくもない。

「いわれてみればってところじゃないですか」

「しかし、八角さんが……」

どうにも釈然としない思いで原島は独り言のような口調でいった。「いい歳して、歳下の上司を訴えるか?」

もちろんパワハラに歳は関係ない。冷静に思い返してみると、ここのところ坂戸の八角に対する叱責は、少々度を超していたような気もする。だが、パワハラ委員会にかけるほどのものだろうか?

黙り込んだ原島に、「先週、ロクさんのところにご当人が来て、パワハラ委員会に提訴したいと申し出たそうです」、そう佐伯は続けた。

「どう思う、この話」

蕎麦屋を出て、会社へ戻る道すがら、原島は聞いた。

「まあ、なんというか――」

佐伯は、春のどこかうっすらと白い膜がかかったような空を眩《まぶ》しそうに見上げた。

「意味、ないんじゃないですかね。だって、坂戸の態度がパワハラなら、たとえば北川部長あたりが訴えられてもおかしくないということになるじゃないですか。そう考えただけでも、この話の先は見えてますよ」

同期の贔屓目もあるだろうが、佐伯の指摘は、たしかにその通りであった。これを認めたら、社内のバランスを保つことはできない。

「そのへんは、河上《かわかみ》さんもきっちり押さえてくると思うんですよね。坂戸の実績を考えても、パワハラを認定することはないでしょう」

パワハラ委員会は、部門横断的に組織されており、人事部長の河上省造《しょうぞう》が委員長を務めていた。河上は、バランス感覚に優れたキレ者だ。

「八角さんの態度も態度だからな」

原島は嘆息した。「しょうもない話だな、まったく。次回のパワハラ委員会、いつだ」

「今月のは二、三日前に終わったばかりだそうで、本来なら来月ですが、近々臨時会を招集して審議するという話でした」

認定されれば、今度は役員会で坂戸に対する処遇が話し合われることになる。

それまで、さぞかしやりにくいだろうな、と原島は思った。

自分のことをパワハラで訴えた部下と、どんな顔をしてどう向き合えばいいのか。原島だったら、やりきれない。

「坂戸も頭の痛いところですよ」

佐伯は顔をしかめると、自分のことのように重い吐息を洩らした。

4

臨時パワハラ委員会が開かれたのは、佐伯から話を聞いた翌週火曜日の午後のことである。

委員会の性質上、坂戸の件は社内に伏せられてしかるべきだが、原島がそうであったように話はどこからともなく洩れていき、この頃にはいわば公然の秘密になっていた。それは原島にしても、なんとも居心地の悪い一週間だった。なにせ、一課と二課のシマは隣り合っていて、ふたりの態度は否《いや》が応にも目に入ってくる。冷戦である。ただし、お互いにこれ以上の争いを避けようとしているのも、それとなくわかった。八角のほうは妙に大人《おとな》しく、いつもより早い時間から営業に出かけ、全員出払った後に悠然と茶をすすっているようなことはしなくなった。一方、坂戸が八角を叱責することもない。いや、もっといえば、ふたりは会話らしい会話をほとんど交わしていなかった。奇妙な没交渉状態である。

委員会が開かれる時刻、ちょうど都内の営業先から戻った原島は、フロアの入り口で八角とすれ違った。

思わず足を止めたのは、その表情が思い詰めたようでもあり、少なくとも原島が知っている八角とは人が違って見えたからだ。今更ながらに自分の起こした訴えに気後《きおく》れしているようにも、あるいは逆にパワハラ被害者であることを演出しているようにも見える。

委員会が始まったのは、午後三時。開始と同時に真っ先に呼ばれた八角が戻ってきたのは、小一時間も経ってからだ。それまで待機していた坂戸がフロアを出て行き、その後、営業一課を中心とした営業部員たちが何人も証人として呼ばれた。審議を終えた木村が疲れた顔でフロアに戻ってきたのは、午後八時を回った頃である。

「どうだった」

そう尋ねる三課長の日野《ひの》の声で委員会の終了を知った原島は、木村が両手の指でバツ印を作るのを見た。反射的に日野が原島のほうを振り向いたのは、原島ではなく、その向こうにいるはずの坂戸を見ようとしたからだが、すでに坂戸は顧客の接待があるといって退社した後であった。八角もすでに帰宅していて、当事者は不在である。

「おい、クロかよ」

日野の言葉に、フロアにいた全員が顔を上げた。表情は様々だ。好奇の色を浮かべる者、戸惑いを隠せない者、眉を顰《ひそ》めている者。

「まあ、ちょっとやり過ぎじゃないかって話になりまして」

このやりとりに、佐伯がひどく驚いた顔を原島に向けてきた。まさかパワハラを認定されるとは思わなかったからだろう。案の定、日野もまた「ばかいえ」、と舌打ち混じりに横顔を見せる。

「あれでパワハラなら、オレはどうなるんだよ。お前ら、来週あたりオレのこと訴えようとか思ってねえだろうな」

残っている部下をそういって苦笑させた日野だが、すぐに真顔に戻り、「えらく厳しいじゃないか」、と低い声でいった。顔は笑っていない。日野は原島よりひとつ歳上だが課長職は長い。日頃から八角をこころよく思っていない日野は、このクロ裁定に不満なのだ。

原島も同感であった。

「お前ら、なに話し合ってきたんだよ」

日野の苛立《いらだ》ちに、「それが、ちょっと意外な展開で」、と木村は神妙な顔になる。

「河上さんが結構問題視してまして」

「どういうことだよ、それは」

むっとして日野が聞いた。

「パワハラとセクハラについては、ソニックが作成したガイドラインを全グループ企業が採用することになっているんです。それでいくと、坂戸さんの行為は間違いなくパワハラに該当するっていうんですよ」

親会社の名前が出て、日野は居心地が悪そうに鼻の頭あたりを指でこすった。木村は続ける。「処分するかどうかは役員会の決定に任せるとして、ガイドラインに抵触する以上、クロの裁定を下すべきだろうと」

東京建電では、係長以上の役職になると、ソニック製のガイドラインが一律に配られることになっている。神経質なほど事細かなルールと事例に溢《あふ》れた本で、読めば女子社員や部下が怖くなる。

「随分お堅いな。さすがパワハラ委員会だ」

日野が皮肉をいうと、「滅多に開かれたことのない裁定会議なんで、どうしても原則論がまかり通るというか」、と木村は弁解がましくいった。

原則論で商売ができりゃあ苦労はしないぜ、という日野の感想は、まさにその通りだと原島も思う。

「なんだよ、まったく。やってらんねえな」

日野たちの話を聞いて、吐き捨てた佐伯も納得している様子はない。

そりゃそうだ。役員会でどんな処分が出るにせよ、坂戸はいままで輝かしい実績を上げてきた。社内トップの業績をひっさげ、最年少で〝花の一課〟の課長職になった有望株が、質《たち》の悪い古参に足を掬《すく》われ、陥れられる。

誰が見たって、悪いのは八角なのに、これでは坂戸が気の毒だ。

「パワハラ委員会の裁定はクロでも、実際に処分を決めるのは役員会だ。その辺りのことはわかってるだろ。宮野《みやの》さんが追認するはずがない」

原島はいった。社長の宮野和広《かずひろ》は良識派である。処分が出てもせいぜい始末書か譴責《けんせき》程度に違いない。

ところが、数日後に開かれた役員会で坂戸の「人事部付」が決まり、原島は言葉が出ないほど驚いたのであった。

5

「坂戸は一課長を外れて人事部付になるから」

そう原島に耳打ちしたのは、森野副部長だった。役員会後、坂戸が呼ばれ、北川部長とともに社長室に向かったことは知っていた。

「なんで――」

あまりのことに驚いて、原島はすぐには言葉が出なかった。

「ちょっとそれ、厳しすぎませんか」

原島は森野にしか聞こえない小声でいった。「相手は八角さんですよ」

「わかってるよ」

森野自身、怒りのやり場を失ったかの口調だ。森野もまたこの決定に納得していない。人にいわずにはいられない。そんな気分だったに違いない。

「じゃあ、なんで」

「知るか」

森野は吐き捨てた。

一課のシマには、他の課員よりひと足早く帰社していた八角がひとり自席についていた。役員会の結果を知らされていることは、己の魂を見失ってしまったかのような表情を見れば明らかだ。八角にとっても、ここまでの処分は想像していなかっただろう。

部長秘書からデスクに電話がかかってきて、原島が呼ばれたのはその直後だ。

役員フロアの一室へ行くと、そこに見る影もなく肩を落とした坂戸がいた。その横顔に無言のまま視線を送り、空いているソファにかける。

「内示が出たぞ、原島」

着席するなり、北川の言葉に思わず原島は顔を上げた。

「坂戸の後任として、一課をやってもらいたい」

「私が、ですか」

地獄の二課から花の一課へ。万年一番にはなれなかった原島が、ついに営業課長として最高のポジションを得た瞬間であった。

しかし、どうやっても、原島は笑顔を作ることはできなかった。当然である。隣には悄然《しょうぜん》たる姿の坂戸がいて、まるで生きたまま死んでいるような目をしているのだから。

「今日の役員会で、坂戸君には外れてもらうことになった。後任として君の名前が挙がってね。君の努力は私も相応に認めてきたつもりだ。坂戸君の穴を埋めてもらいたい」

北川の言葉は、いつも重い。このときも、ひと言ひと言がずしりと胸に響くようで、原島は落ち着かない気分になった。

果たして北川自身この人事をどう思っているのか。残念なのか悔しいのか、それとも仕方がないと諦めているのか、あるいは当然だと思っているのか。心が読めない。

営業部のポイントゲッターとして、坂戸に寄せていた期待は決して小さなものではなかったはずだ。だが、その部下に対して、北川はなぐさめの言葉ひとつ、かけようとはしない。

そういう男だとわかってはいたが、「冷たいな、北川さん」、内示を受け取った原島の胸に湧いた、それが正直な感想だった。

6

「あらま、よかったじゃない」

その夜、遅い時間に帰宅した原島が内示のことを話すと、妻の江利子《えりこ》は湯飲み茶碗《ぢゃわん》を運ぶ手を止めて、目を丸くした。

「なにがいいもんか。どうもオレは釈然としない」

「そんなことにこだわっているから、あなたはダメなのよ」

江利子は、現実的な主婦の目で原島を見た。「一課長になってくれって言われたんでしょう。チャンスよ」

チャンス。その言葉に違和感を覚え、原島は遅い晩飯を口に運ぶ箸を止めた。

チャンスだなんてとても思えない。万年補欠のピッチャーが、主力の故障で急遽《きゅうきょ》マウンドに送られる、そんな気分だ。

「オレは補欠だよ」

そういうと、「補欠の何が悪いのよ」、と江利子は開き直ったようにいう。

原島は思わず、妻の表情をまじまじと見てしまった。昔は楚々《そそ》として可憐《かれん》なところもあったのに、いつのまにこんな図太い女になったのか。

「あなた、『ウェスト・サイド・ストーリー』、知ってるでしょ」

江利子は大のミュージカル・ファンである。原島が不審な顔をすると、「あれを作曲したバーンスタインが指揮者として大成功を収めたのは、ブルーノ・ワルターの代役がきっかけだったのよ。いってみれば、それまでのバーンスタインは補欠だったのよ」、といった。

説得力があるような、ないような話である。「要するに、本当に評価をされるのはこれからだってこと。ついにあなたも日の当たる舞台に立つチャンスを摑《つか》んだのよ。才能を認められるかも知れない」

才能だと？　オレにそんなもんがあると思ってるのか。そう訝《いぶか》しく思いながらも、世間離れした妻の言葉は、わだかまっていた原島の心の端っこぐらいは解きほぐしてくれた。

「だけど、オレは八角さんとうまくやってく自信、ないな」

「しっかりしてよ、あなた」

弱気なところを見せた原島に、江利子はコワい顔になっていった。「課長でしょ。いうことが聞けないならどこかに飛ばすぞって、はっきりいってやれば」

それこそまさに、パワハラであった。

7

「いろいろ、お世話になりました」

佐伯は水割りのグラスを掲げた。

歓送迎会の夜だ。原島の後任は大阪支社の営業部から呼び寄せられ、その男とはこの五日間ほどかけて引き継ぎを終えたところだ。会社近くの飲み屋で一次会をやり、近くのカラオケが二次会の会場となった。解散のあと、「ちょっと行きませんか」、という佐伯の言葉で、部下たちと別れて向かったのは、品川《しながわ》駅に近いホテルのバーだ。

「坂戸の処分を決めた役員会のことなんですが、聞いていらっしゃいますか」

もって回った佐伯の切り出し方に、「今更なんだ。はっきり言え」、と酔った勢いもあって原島は不愉快さを声に出した。

「実は、坂戸を辞めさせて人事部付にするという案、北川さんが出したって話なんですよ」

「なに？　誰に聞いた？」

聞き捨てならない話である。

「日野課長が、昨日そんなことをいってまして。役員の誰かに聞いたという話でした。

私はどうにも信じられなくなってしまいましたよ、北川部長のことが」

酒が入るといつものことだが、佐伯は、いまにも泣き出しそうな様子だ。「北川部長は、坂戸のことをどう思ってたんですか。いくら八角の奴に借りがあるといっても、それはないでしょう。八角の肩を持って坂戸を課長職から追いやるなんて、そんなことが許されるんですか」

同期入社で仲の良い坂戸が、理不尽な人事で一線から排除されようとしていることに、佐伯は目を真っ赤にして不満を口にした。

そうしながら佐伯は腕時計に視線を落とし、バーの入り口のほうをちらりと見た。さっきから二度目だ。

「誰か来るのか」

原島が尋ねたとき、長身の男がドアを押して現れるのが見えた。

当の坂戸である。

片手を上げた佐伯に気づいた坂戸は、ゆっくりと原島たちがいるテーブルにやってくると、空いている席に腰を下ろした。

「お疲れさまでした」

歓送迎会を終えた原島に、まずねぎらいの言葉をかけてくる。本当に疲れているのは自分のほうだろうに、礼儀正しいところはいかにも優秀なセールスマンらしい。オーダーを取りに来た店員に坂戸は生ビールを注文し、軽く乾杯した。

「来週の引き継ぎ、よろしく頼む」

小さくうなずいた坂戸の表情からは、バーの琥珀色《こはくいろ》をした照明の下でも濃い疲労がはっきりと見てとれる。

「大変だったな」

返事はない。「力になれなくて、すまなかった」

「いえ――」

顔を上げた坂戸は、ひび割れた氷のような笑みを浮かべた。「自分で蒔《ま》いた種ですから」

「この裁定に納得してる奴なんかいるもんか」

佐伯が断言した。「いるとすれば、八角ぐらいなもんだ」

八角の名前が出た途端、坂戸の視線はテーブルの一点に結びつけられ、動かなくなる。

「ノルマ未達でも平気の平左《へいざ》だし、会議では居眠りばかり。万年係長で――」

「もう、いいから」

坂戸は、苛立ちの滲《にじ》んだ声で遮った。「八角さんが悪いわけじゃない」

「人が好《よ》すぎるぞ、坂戸」

その態度に業を煮やした佐伯は、「いいか、よく聞け」、と体を乗り出した。

「お前は一所懸命やってきた。営業部の業績だって、お前が一課長になって随分、伸ばしたんじゃないか。不景気で業界全体が沈む中でだ。お前はウチの会社に途轍《とてつ》もない貢献をしてきたんだよ。それに対して、八角がなにをした。ただ、会社にぶらさがって、偉そうな態度でサボってるばかりじゃないか。そんな奴が、パワハラで訴えるなんてスジ違いもいいところだし、ましてそれを真に受けて課長更迭《こうてつ》だなんだと、いったい何を考えているんだ、役員会は」

「だから、もういいんだって」

坂戸はいま、うんざりしたような笑みを佐伯に向けた。「気持ちはうれしい。だけど悪いのはオレだ。本当に申し訳ない。すまなかった」

頭を下げた坂戸の態度があまりにも潔《いさぎよ》すぎて、原島は違和感を禁じ得なかった。

「ひとつ聞きたいんだが、北川部長となにかあったのか」

原島が尋ねると、坂戸は唇を嚙《か》んだ。「申し訳ないが、君がなんといおうと、そうでもなきゃこんな話は納得できないんだよ。一体、なにがあった」

「それは、いまの段階では申し上げられません」

「どうして」

原島は尋ねたが、坂戸は口を噤《つぐ》んだまましばらく答えなかった。やがて話を変え、

「原島さん、大変かも知れませんが、ウチの課、よろしくお願いします」

深々と頭を下げる。

その態度に釈然としないまま、「君、これからどうするつもりだ」、と原島はきいた。

人事部付といっても、具体的な仕事があるわけではない。

坂戸は表情を硬くし、決意を秘めたような鋭い眼差しを虚空へ投げた。それが戻ってきたかと思うと、

「ここだけの話、退職させていただくことになると思います」

はっきりとした口調でいった。

「なにいってんだ、坂戸。お前――」

佐伯が慌てて止めようとしたが、坂戸は原島のほうを向いたまま、それを手で制した。

「この会社で、もはや私の居場所はありません。退職するしかないと考えています」

たしか、坂戸には妻と、小学生の子供がふたりいたはずだ。これからますますお金もかかるだろうに、職を辞そうというのか。坂戸の心中を推し量ると、原島は、胸が締め付けられるような気がした。

「身の振り方は君が決めることだ」

原島はいった。「だけど、ひとつだけいわせてくれ。今度のことで、役員会は、君を一課長から外した。だが、それは君の実績を否定したからではない。君が会社にとって必要な人材であることには変わりはない」

坂戸の視線が斜めに落ちていき、どこか淋《さび》しげな表情を浮かべる。

「そんなのはまやかしですよ」

その言葉は、原島の胸の底に投じられた小石のようだった。「会社にとって必要な人間なんかいません。辞めれば、代わりを務める誰かが出てくる。組織ってそういうもんじゃないんですか」

8

原島が、坂戸との引き継ぎを終えたのは、その翌週の金曜日のことであった。

新課長に就任した原島がまず着手したのは、十五名いる課員を把握することだ。営業活動が一段落する夕方以降、若手からひとりずつ呼んで、一時間あまりの面談をする。いままでの実績と経験、将来の希望を書き付けた人事資料を見ながら、不満があれば聞き、課の運営について改善したほうがいいと思われる点はないか、尋ねるのだ。

今年入社した新入社員から始め、途中、仕事の都合などでの中断を挟みながら、ついに最後のひとりを残すだけになったのは、ゴールデンウィークを間近に控えた四月最後の水曜日のことであった。

午後八時を回った頃、面談に当てた応接室に入ってきたのは、居眠り八角こと、八角民夫だ。

坂戸の処分が役員会で決定してから二週間余り。この間の八角は、次第に以前の態度に戻りつつあった。午前九時にはほとんどの課員が出払う一課のシマで、のうのうと缶コーヒーを飲みながら書類を整理し、ときには昼近くになってやっと外出していく。課の運営について、八角の態度は非協力的というより無関心といったほうがぴったりくる。だが、サボっているようでいて貼られたノルマはそこそこなす。

まだ一週間ほどの付き合いだが、原島はすでに、八角という男をもて余していた。

「八角さんは、目黒《めぐろ》区に住んでるのか。通勤は四十分ぐらい？」

あえて他愛もない質問から始めたつもりだが、「そんなつまらないこと聞いてどうするんだい」、と八角は小馬鹿にした返事を寄越した。

それにはまともにこたえず、身上書に書かれた経歴に視線を落とす。そこに、人事部の担当者による、コメントがいくつかついていた。

「ずっと営業畑なんですね。もう二十――」

「二十八年だよ」

八角がこたえた。それは、この東京建電という会社の社歴とほぼ重なる。

手元の身上書には、地方の国立大学を出てから現在に至るまでの八角の軌跡が記されていた。

最初に配属されたのは半導体関連のセクションだ。そこで四年。それから、住宅設備関連の商品を扱う部署で一年。そこで――いまの八角からは想像もできないことだが――華々しい実績を上げ、同期入社ではトップで係長に昇格している。八角が二十七歳のときであった。

だが、八角に関して好意的なコメントがつけられているのは、そこまでだ。

昇進してからの評価は惨憺《さんたん》たるもので、特に係長として最初に仕えた課長による八角評は、辛辣を極めた。

「オレの身上書見ると、みんなそんな浮かない顔になるんだよな」

八角がいい、原島は心の中を見透かされた気分になる。

「途中まで評価は高いのに。どうしたんです」

「まあ、いろいろあって。当時の課長が大馬鹿野郎だったんでさ。そこに印鑑捺《お》してる奴さ」

身上書の捺印《なついん》は、「梨田《なしだ》」となっていた。古い書類である。

思わず顔を上げた原島に、「ソニックの梨田さんよ」、と八角はいった。梨田元就《もとなり》は、ソニックの常務取締役だ。次期社長と目されている男だった。

「梨田さんは、以前東京建電にいらしたんですか」

「まだこの会社を立ち上げてまもない頃さ」

八角はこたえる。「いまの一課を率いて大手企業にバンバン売り込んだのが梨田だった。奴はその実績をひっさげて親会社へ戻っていったわけさ」

いわれてみれば、そんな話を以前聞いたことがあったな、と思い出した。

「梨田さんとなにがあったんですか」

きいた原島に、八角はしばし押し黙り、目を細くして応接室のなんでもない空間を眺めやる。まるでそこに二十年以上前の光景が展開されてでもいるかのようだ。

「係長になったオレが異動させられたのは、当時の産業課っていう部署でな。いまでいうところの一課、つまりオレたちの課だ」

八角はいった。「当時、東京建電は設立して五年ちょっとの会社で、親会社のソニックからは、とにかく業績を伸ばせとハッパがかけられていた。梨田は、そんな親会社から送られてきた、いわば特命の課長みたいなもんで、なりふり構わない営業で実績を作っていた」

原島も後で知ったことだが、実際、その頃の東京建電は、急速な勢いで業績を伸ばしている。八角は続けた。

「背景には、ソニックの戦略があった。当時の社長がぶち上げた五ヶ年計画で、エレクトロニクス分野に軸足を置くそれまでの経営方針を変え、多角化経営に大きく踏み出そうとしていたんだ。東京建電は、その梨田が今後の成長分野として期待している分野のテコ入れを命じられてね。そのひとつにオレが担当していた住宅設備関連があった」

八角は、胸ポケットからタバコを一本抜き、ズボンのポケットをまさぐって探し出した百円ライターで点火した。うまそうに吸い、もわりと煙を吐き出した八角は、嗄《か》れた声で話し続ける。

「キッチン、給湯設備、ユニットバス、空調、トイレ——いまウチで扱っている商品ラインナップは、その当時できあがったものだ。梨田の売り方はモラルもへったくれもなかった。住宅メーカーの担当者にゴリ押しするぐらいならまだいい。それでも足りないとなると、今度は高齢者をターゲットにして、強引な訪問販売を仕掛け始めたんだ。違法すれすれの営業だった。ひとたび契約書にサインすると、関連する商品を山のように売りつける。年金暮らしの老夫婦に、強引な訪問販売を仕掛け、断り切れないのをいいことにさして必要もない商品をときには何百万円も売った。梨田は、その取りまとめをオレに押しつけてきた。係長として課員たちを指導し、実績を上げろと。最初はオレもそれに従った。だがあるとき——」

八角はタバコを灰皿の底に押しつけ、黙り込んだ。目を泳がせ、苦しげに浅い呼吸を繰り返す。「あるとき——オレがユニットバスを売った客が死んだ。自殺だ。息子がやってきて、あんたのせいだっていわれたよ。オヤジは買ったことを悩んでいたって。あのときのあの言葉、いまでも忘れることができねえ。胸にグサッと突き刺さったまま、抜け落ちることもない。それでオレは、目が醒《さ》めた。こんな商売してたらダメだって。少なくともオレは、こんな商売を続けることはできないと。だからオレは、梨田にそういった。こんな商売は間違ってるとな。それからさ、梨田がオレを目の敵《かたき》にし始めたのは。梨田は、オレのことを虐《いじ》めて虐めて、虐め抜いた。だが、会社が評価したのは、梨田のほうだった。梨田は栄転でソニックに戻っていき、オレはたった一年でダメ係長の烙印《らくいん》を押され、主要な仕事から一切外されることになった」

八角は、話とは裏腹な平穏な面差しを浮かべている。

「後悔、してますか」

原島が尋ねると、唇に笑みが浮かんだ。

「あの老人に、ユニットバスを売らなきゃよかった。後悔するとしたら、それぐらいのもんだ」

「会社を辞めようと思ったことは？」

その質問は、新任課長としての面談を逸脱していた。だが、八角ほどではないにせよ、やはり組織に理不尽な一面を見てきた原島は、どうしても聞いてみたかったのだ。

「会社なんてどこも同じだ」

八角は断言した。「期待すれば裏切られる。その代わり、期待しなけりゃ裏切られることもない。オレはそのことに気づいたんだ。すると不思議なことが起きた。それまで、ひたすら辛《つら》く苦しかった会社が、まるで気楽なものに見えてきた。出世しようと思ったり、会社や上司にいいとこ見せようなんて思うから苦しいんだよ。サラリーマンの生き方は、ひとつじゃない。いろんな生き方があっていい。オレは万年係長で、うだつのあがらないサラリーマンだ。だけど、オレは自由にやってきた。出世というインセンティブにそっぽを向けば、こんな気楽な商売はないさ」

「なら、どうして坂戸をパワハラで訴えたりしたんです」

原島は、八角の矛盾を突いた。「そんなふうに力を抜くコツを知っていたんなら、わざわざ訴えることもなかったでしょう。あなたにとって、坂戸がいっていることは、まるで意味がなかったはずだ」

「もちろん、その通りだ」

八角はこたえた。「だが、坂戸を許すわけにはいかなかった」

「なぜです」

「さあな」と八角は、二本目のタバコを胸ポケットから抜く。のうのうとした態度を見ていると原島の胸底に、むくむくと怒りが込み上げてきた。

「家族もあるひとりの男が、それでポストを失ったんですよ」

原島は語気も荒くいった。「惚《とぼ》けないで理由ぐらいいったらどうなんです」

「理由を聞くのは簡単だ。だけど、そうすることであんたはひとつ大事な権利を放棄することになるが、それでもいいか」

意味がわからない。

「どんな権利ですか、ばかばかしい」

吐き捨てた原島に、「知らないでいる権利さ」、と八角はいった。「知らないうちが華だ」

「それは違いますよ」

原島は反論した。「管理職だからこそ、知ってなきゃいけないことがある。前任者があなたとの間にどんなトラブルを抱えていたのか。なぜ役員会で、しかも北川部長があえて坂戸の更迭を主張することになったのか。その理由を私は知りたいし、知る権利があるはずだ」

八角は紫煙をくゆらせ、細くした目で原島を観察している。

「権利か。たいそうなこった」

そういって肩を揺すった八角は吸いかけのタバコを灰皿で押し潰すと、やおら話し始めた。

それからどれくらいの時間、八角は話し続けただろうか。

いま、打ちひしがれている原島を残し、八角がふらりと部屋を出て行った。

誰もいなくなった部屋で、原島は天井を仰いだまま深い吐息を洩らす。

なぜ八角が坂戸をパワハラで訴えたのか、なぜ北川が坂戸を更迭しようとしたのか、なぜ役員会がそれを承認したのか。

その全てをいま、原島は理解した。

「〝花の一課、地獄の二課〟、か」

口にしてみると、それはどうにも虚《むな》しい響きを伴って聞こえてくる。

華々しい実績を支えてきたものが果たしてなんであったのか。

八角が語ったのは、会社という組織の醜悪な舞台裏に他ならなかった。これからその舞台裏を支えるのは、誰でもない自分である。

――お前の人生を切り拓くのは、お前自身だ。

父の言葉が脳裏に蘇《よみがえ》った。しかし、ここに切り拓くだけの人生があるのだろうか。

そう、原島は自問する。深く、消し難い疲労を感じながら。午後九時半を回っていた。

営業一課長としての日々は、まだ始まったばかりだ。

第二話　ねじ六奮戦記

1

「ねじ六」といえば、この界隈《かいわい》の者なら知らぬ者のいない、ネジを作る会社であった。

明治四十年創業で、中小の鉄鋼問屋が密集する大阪市西区でも指折りの老舗《しにせ》。創業者の三沢六郎《みさわろくろう》が、リヤカー一台を引いて商売をはじめ、従業員十人ほどの小さいながらも堅実な商売の土台を築いた。

それから約一世紀、父で先代の吾郎《ごろう》は面倒見のいい性格だったことから経営者仲間の信望も厚く、地元法人会や銀行の取引先会の世話役を務めるほどの顔役であった。

平成八年八月、この吾郎がゴルフ場で倒れたという一報を、三沢逸郎《いつろう》は、当時勤めていた鉄鋼会社で受けた。

「おい、三沢。オヤジさんが倒れられたそうだ。家に電話してくれ」

足早に近づいてきた主任にいわれ、逸郎は言葉を失った。

知多《ちた》の海っぺりにある製鉄工場。素肌の上に直接、白衣のような上っ張りを着てヘルメットを装着している逸郎の前を、真っ赤に焼けただれた粗鋼が熱延ラインで運ばれ、流れていく。工場の轟々《ごうごう》たる地鳴りのような操業音はまさに産業の産声とでもいうべき野趣に溢《あふ》れているが、普段なら心地よい響きも逸郎の意識から遠ざかっていき、霧の中へ閉じ込められてしまったかのようにかき消え、聞こえなくなった。

点検ボードを小脇に抱えたまま、主任の後を追うようにして工場を出ると、事務所へ走った。まだ携帯電話も普及していない時代のことで、「ちょっと借ります」、といって手近な机の上にある電話で、自宅の番号を押す。

電話に出たのは、妹の奈々子《ななこ》であった。奈々子は、短大を出た後、船場《せんば》の繊維卸会社に勤めるサラリーマンと結婚し、専業主婦をしていた。

「ああ、お兄ちゃん。お父ちゃんが倒れはってね、箕面《みのお》の総合病院へ救急車で運ばれてん。いまお母ちゃんが向かってるけど、お兄ちゃんから電話があるはずやからここにいてって言われて。どうしよ」

突然のことに、奈々子も明らかに狼狽《ろうばい》し、声が震えていた。

「倒れるって、どんな状況や」

「さっき救急車で運ばれたばっかでいま検査中らしいんやけど、脳の血管が切れたんやないかって」

頼むから、些細《ささい》な病気で済んでくれ。ゴム底の上履きを鳴らして足早にここにくるまでずっと捧《ささ》げてきた祈りは虚《むな》しく砕かれようとしている。

「意識あるんか。誰か、ついてくれてんのか、いま」

「法人会のゴルフやっててん。山畑《やまはた》のオッチャンらがついてくれてるみたいやけど、意識はないって。お兄ちゃん、こられる？」

逸郎は、受話器を握りしめたまま視線を周囲に転じ、はじめて事務所中の視線が自分に集中していることに気づいた。

目が合った主任に、「ちょっとマズイ状況みたいなんです」、というと、「いいぞ、行ってこい」、という返事があった。

「わかった。これから向かうから、お前も行き。何病院や教えてくれるか」

妹が読み上げた病院と住所、最寄り駅をメモに書き付けた逸郎は、「すみません、上がらせてもらいます」、と青ざめた顔で主任に頭を下げて事務所から更衣室に駆け上がった。

知多から名古屋へ出て、そこで新幹線に飛び乗る。

新大阪から地下鉄を乗り継いで千里中央《せんりちゆうおう》まで行き、タクシーで病院に駆けつけると、病室の外で、奈々子が一歳になる甥《おい》っ子を胸に抱いたまま、ぼうっと窓辺に立っていた。

「おい、奈々子」

振り向いた妹の目は真っ赤で、逸郎の姿を認めた途端、その目から大粒の涙がこぼれ落ちた。

「あかんかったのよ。いまさっき」

　震える唇で、奈々子はいった。「行ったたって、まだお父ちゃんの手、あったかいうちに握ってやって」

　奈々子は閉まっていた病室の引き戸を開けると、逸郎を先に入れた。

「逸郎」

　パイプ椅子に掛けて泣いていた母が立ち上がり、逸郎に場所を譲った。

「お父ちゃん」

　逸郎は、ベッドに横たわる吾郎を呼んだ。そして、ゆっくりと体温の抜けていく手を両手で握り、父の死に顔を信じられない思いで見つめたのであった。

「ひとって、簡単に死ぬんやな」

　ソファで疲れ切った体を休ませている奈々子が、放心したようにつぶやいた。

　葬儀が終わり、親戚を見送って、ついいましがた骨壺《こつつぼ》を抱えて立売堀《いたちぼり》の自宅に戻ったところだ。人前では気が張っていたのに、それから解放された途端、父親を失った悲しみが急速な勢いで心の中になだれ込んでくる。

「ああ、お母ちゃん。私がやるよ」

まだ喪服のままお茶を淹《い》れようと台所に向かった母を見て、奈々子が慌てて立っていく。

台所から母が歩いてきて、それまで奈々子が座っていたソファに体を埋《うず》めた。

「困ったな、どうしよ」

重たい吐息とともに、母はつぶやいた。この数日、従業員の手前もあって気丈に振る舞っていた母だが、さすがに憔悴《しょうすい》し、顔色が悪かった。

「会社のことか」

逸郎はいい、肘掛け椅子に少しだらしなく掛けたまま、両手を頭の後ろで組む。

「そや。あんたに頼もうにも、務まるかどうかわからんしな」

逸郎は両脚を伸ばし、ずっと靴を履いたままだったために疲れた足の指を動かした。大学を卒業して、いまいる鉄鋼会社に勤めたのは、逸郎が自分で選んだ道だった。会社を継いでくれ、と父に言われたこともない。

「そもそもオレが継ぐとか、そういうこと、お父ちゃん、考えとったんかな」

「えらい期待しとったで」

いつもなら張りのある母の声は、萎《しぼ》んでかすれていた。「あんたにいうのは、ちょっと遠慮してたみたいやけどな」

「そんなこと、知らんかったわ」

逸郎は少し不機嫌になっていった。父に会社の跡継ぎを期待されていたことに腹を立てたのではなく、父と腹を割って話す機会が永遠に失われたことに、やり場のない怒りを感じただけだ。

「あんたが会社の仕事を一所懸命やってんのに、そんなこといったら水を差すやろ。そういう優しいとこあんねん、お父ちゃん。そういうひとやったやろ」

「そうやな」

それについては認める。父は優しい男だった。その優しさ故、損をしたり、遠回りをすることも少なくなかった。会社を大きくする機会を幾度も逸して、いまもなお「ねじ六」は、従業員三十名の中小企業のままだ。それでも、会社を潰すことなく細々と続けて来られたのは、父の頑張りがあったからに違いない。

「機会があったら、それとなく聞いてみようういうてはった。その機会、なかったから、こうして私がいうてんのよ」

母はいい、ポケットからタバコを出すと火を点《つ》けた。細いタバコの出す煙は、エアコンの送風で攪拌《かくはん》され、あっという間に見えなくなる。逸郎は、そのタバコが半分まで短くなるくらいの時間、鈍く重たい頭でいま目の前に置かれた問題を考えようとした。

父にも遠慮はあっただろう。

父まで三代続いた老舗とはいえ、吹けば飛ぶような中小企業だ。この厳しいご時世に、安定した大企業での職を投げ打って、それを継いでくれとはなかなか言い出せなかったに違いない。

「お母ちゃん、社長できるやろ」

逸郎がいうと、緩んでいた母の表情が引き締まり、専務取締役の肩書きもまんざらではないと思わせる商売人の顔になった。しかし、

「やれるもんならやりたいけどな。あかん、無理や」

やがて母は首を横に振り、肩を落とす。

「経理見てるやんか」

「ただ見てるだけや。実際のところは、横川《よこかわ》先生におんぶにだっこでなにもしてへん。会社のことはわかってるつもりやけど、社長やろう思ったら、それなりに人様と付き合いができんとあかんやろ。お母ちゃんには無理や」

社長仲間とか、取引先とか。父はそういう人たちと、おそらくは普通以上によく付き合っていた。

「村野《むらの》さんはどうなん」

古参の社員の名前を、逸郎は出した。今年六十になる村野は、社員でただひとりの役

員である。

「あのひとは向いてないな」

母はきっぱりといった。「社内で、若い子たちを叱ったりしてまとめるのはええんやけど、そもそも融通がきかんっちゅうか、小者《こもの》や。社長になって交渉で仕事取ってくるような洒落《しやれ》たことできんよ。社長の器やない」

大阪のオバチャンである母は、疲れていても、言いたいことはしっかり言う。

「そんなこといったら、やれるひとおらんようになってしまうで」

逸郎が呆《あき》れたとき、

「お兄ちゃんがやったらええやん」

台所から人数分のお茶を運んできた奈々子がいった。

「オレ、一応、働いてるし」

「そやけどサラリーマンやろ。まだヒラやし」

「ヒラやないで。リーダーや」

反論した逸郎に、「ヒラみたいなもんやん」、と手厳しいひと言を奈々子はいい浴びせる。

「それに、サラリーマンはどこまでいってもサラリーマンやん。一国一城の主《あるじ》のほうがええんとちゃう？　お兄ちゃんに合ってるで。四代目ねじ六や」

「勝手なこというなよ」

昼の端に怒り半分の笑いを挟んでいった逸郎に、奈々子は真顔になってきいた。

「ひとつ聞いてもいい？　お兄ちゃん、なんのために働いてるん？　いまの会社で定年まで働いて、それがお兄ちゃんにとって、どんな意味があるのん。本当にそれでええの？」

2

空気を震動させていたNC旋盤のモーター音が止まると、窓を叩《たた》く雨音がたちまち大きくなって耳に入ってきた。先週梅雨入《つゆい》りした途端、活発化した梅雨《ばいう》前線が近畿地方に停滞し、まとまった雨を降らせている。今朝のニュースでは、三田《さんだ》のほうで土砂崩れがあったといっていたから、このままではあちこちで被害が出そうな勢いだ。まったく異常気象の影響は年々顕著になるばかりで、収まる気配がない。

「世の中、狂ってるなあ」

雨音を響かせている高いところの窓を見上げてつぶやいた逸郎は、ネジ工場の油に塗《まみ》れた通路を歩いて、奥まった中二階の事務所へ上がっていった。

「お疲れさん」

机に広げた帳簿に向かい、忙しそうになにやら数字を書き込みながらいったのは、奈々子だ。黒縁の洒落たメガネはしているが、ジーンズに着古したシャツ、ひっつめにした髪はところどころほつれ、疲れが滲《にじ》んでいる。

「かっちゃんは？」

「さっき塾から帰ってきた。いまお風呂入ってるわ」

夕方、奈々子は工場の裏手にある自宅に一旦戻り、晩ご飯の準備をしたあと、仕事の続きをするために事務所に戻ってくるのが常だ。

逸郎は、いま奈々子親子と三人で暮らしていた。二年前に脳梗塞《こうそく》をやってから半身不随になった母は、最初のうち家で面倒を見ていたが、半年ほどして養護老人ホームの空きが出てそっちに移った。いまは毎週末、顔を見にいってとりとめもない話に付き合ってやる程度だ。

奈々子が離婚と共に、実家に戻ってきたのは、父が亡くなった二年後のことである。会社に不満を持ち、家に帰ると愚痴ばかりこぼし続けた挙げ句、暴力を振るうようになった夫に三行半《みくだりはん》を突きつけたのは奈々子のほうで、そうしたほうがいいと逸郎も母も離婚に賛成した。

思い返せば父の葬式の日、なんのために働いているのかと奈々子が問うたのは、仕事に不満を持ち続ける夫との辛《つら》い生活があったからではないか。あのとき、口には出さなかったものの、奈々子自身、サラリーマンとして働くことの意味を日々問い続けていたに違いない。

逸郎がそれまで勤めていた鉄鋼会社を辞め、家業であるネジ製造業を継いで十数年が経《た》つ。

いまなんのために働いているのかと問われれば、逸郎は何の迷いもなく明確な答えを述べるだろう。

生きるためだ。従業員を食わせ、奈々子親子を食わせるためだ、と。

「ちょっとええ？　相談したいことがあんねん」

奈々子のひと言で、「おお、なんや」、と逸郎は自分のデスクに腰を下ろした。

ねじ六はいま、逸郎が社長で、奈々子が専務を務めている。他に役員はいないから、どちらかが「話がある」といえば、ふたりだけの経営会議になる。

「このままいくと、来月あたり、資金足りんようになるってこの前いったやろ。今日、銀行さんにお願いに行ったんやけど、ちょっと厳しい、いいはるんやわ」

逸郎は難しい顔になった。資金繰りの話は苦手である。いや、資金繰りそのものはわかるのだが、つきつめて考えると銀行が苦手なのだ。銀行員の前に出ると、なにをどう交渉すればいいかわからなくなる。

「厳しいって、理由はなんや」

「赤字やろ、前期」

奈々子は言いにくいことをはっきりいった。「この状態で借りて、どうやって返済するんですかって。まあ、もっともなんやけど、言い方が冷たかったわ」

バブル崩壊やその後の不況をなんとか乗り切ったねじ六だったが、売上はジリ貧で経営は苦しくなる一方だ。逸郎が社長に就任したとき三十人いた従業員も、古参の社員を中心に三分の一が辞めたり、辞めてもらったりして、二十人に減った。

「赤字解消するためのリストラ計画出してくれって。私が作るけど、売上予想が欲しいねん。社長、それ頼める？」

会社にいるとき、奈々子は逸郎のことをお兄ちゃんではなく、社長と呼ぶ。

「まあ、作れんことはないけどども。鉛筆なめなめでええか」

「ええんちゃう。村正《むらまさ》さんも、稟議《りんぎ》通すための数字が欲しいだけやと思う」

「なんかええ加減な話やな。それが組織の論理っちゅうやつかい」

村正は取引銀行の融資担当者で、「組織の論理ですから」、とことある毎《ごと》に口にする男であった。融資を渋ったり金利を引き上げたりするときの常套句《じょうとうく》で、聞くたびに逸郎の頭には、貸し渋りとか貸し剝がしとかいう言葉が浮かんで不快になる。

「組織の論理なんて、ほんとはないんよ」

奈々子は達観していた。「口から出任せというか、単なる方便なんやから。別に村正さんに限らず、ウチに出入りしている銀行員の誰にも、一本スジの通った考えなんてない。あるのはその時々の都合だけやで、みんな」

逸郎は奈々子の観察眼に感心しながら、「そんなもんかな」、といった。

「そんなもんや。そやから、テキトーに売上の数字並べてくれたらええねん。後の書類は私がそれらしくカッコつけとくから」

学校を出て、しばらく税理士事務所に勤めていたことのある奈々子は、いまやねじ六に欠かせない優秀な経理担当だ。

「わかった。ちょっと作ってみるわ」

一日働き詰めに働き、喉はひたすら冷たいビールを渇望していたが、思いがけないデスクワークになった。三十分ほどかかって、ようやく数字をまとめて奈々子に渡すと、

「まあ、こんなもんやろ」

ちょっと偉そうな返事がある。こういうときの奈々子は、妹とはいえなかなか手強《てごわ》い理論家である。

「それにしても難しいなあ」

手元に広げていた売掛帳を机の引き出しに片付けながら、逸郎はつぶやいた。

「難しいって、なにが」

パソコンに数字を打ち込みながらきいた奈々子の声は、ぼんやりしている。

「経営さ」

逸郎はため息とともにいった。「正直、こんな難しいもんやと思わんかったわ。オレ、結構自信あったんやで」

サラリーマンという安定した仕事を辞して、ねじ六を継いだときのことだ。このことを考えると、逸郎の脳裏に苦々しさとともに思い浮かぶのは、勤めていた鉄鋼会社の事務所で開かれた最後の夕礼の場面であった。

退職の挨拶を聞きに集まった同僚たちの前で逸郎は、「ねじ六を、誰もが知っている大企業に育ててみせます」、と大見得を切ったのだ。

思い出すたび赤面してしまう。

社長業のなんたるかも知らず、根拠のない自信に自惚《うぬぼ》れていた。

社長に就任してから、逸郎は一度たりとも売上を増やすことができなかった。

チャンスはあったのに——。

逸郎は、そっと唇を嚙《か》んだ。

3

「こういう規格のネジを考えてるんですが。試作品とコスト、出してくれませんか」

差し出された仕様書を見て頭に浮かんだのは、航空機のネジか、ということだ。チタン合金のＵＮＪネジだったからだ。ＵＮＪというのは、一般的なネジと比べてネジを切ったときにできる山形の谷の底が丸みをおびたネジだ。もともと米軍で採用されていた規格で、米軍からの調達規格とされていたため航空機メーカーが使っていることが多い。実際、航空機であれば、温度差に強く強度や耐久性が求められるわけで、そう考えるとチタン合金というのも納得がいく。

東京建電の坂戸は、そのとき十数種類の仕様書を脇に抱えて会社を訪ねてきていた。その航空機用ネジとおぼしきものの他にも、様々な規格の仕様書をテーブルに広げ、それぞれについて生産本数や品質についての要求を述べていく。

東京建電は、ねじ六の主要顧客の一社で、いままで何人もの担当者と仕事をしてきた。だが、その中でも坂戸が見せる仕事への厳しさは際立っていて、それまでなあなあで済んでいたものが減った分、ねじ六の儲《もう》けはことごとくこそぎ落とされていった。

「コンペですか、これ」

坂戸の話をきいて、最初に気になったことを逸郎は聞いた。

三年前の夏。油照りの午後だった。工場奥の事務所で、頭上では十年選手のエアコンがカタカタと音をたて続けている。応接セットのソファにかけた坂戸は、目に染みるような真っ白な半袖シャツから陽《ひ》に焼けた腕を出していた。氷が溶けて温《ぬる》くなった麦茶を一口飲んで、「うまいな、これ」、と本音とも思えないことをいってから、「そうです」、という返事を寄越した。

「ネジまでコンペですか」

非難するつもりはなかったが、坂戸が表情を曇らせるのがわかった。

「ウチもコストが厳しいんですよ」

返ってきたのは、当然予想された言葉だ。そうでしょうね、としかいいようがない。だが、ネジは薄利多売だ。〝産業の塩〟とよばれるほど、ネジは様々な製品に使われているが、安ければ一本一円にも満たないものまである。価格競争に晒《さら》されたら、なけなしの利益はものの見事に吹き飛んでしまう。

いま坂戸が説明した仕様のネジなら有り難いことにもっと高価だろうが、だからといってコストをさっ引いてしまえば儲けは少々。やはり薄利多売の商売に変わりはない。そこにコンペという競争要因を持ち込まれれば、利益がギリギリにまで圧縮されるのは目に見えていた。儲けはほとんどないが工場を動かすために受注するようなことにもなりかねない。ネジの商売は厳しい。

「来月十日までに、見積り、できますか。全品でなくてもいいですから。結果はすぐにお知らせします」

そんな事情など気づかぬそぶりで坂戸はいい、逸郎は思わず坂戸の背後の壁にぶらさがっているカレンダーを上目遣いで眺めた。

間に合わんスケジュールやないな。

もとより、坂戸のことだ。間に合うだけのタイミングを見計らって申し入れているに違いない。次に浮かんだのは、競争相手は何社なのか、ということだがそれを聞いたところで意味がない。

それでも、頭に浮かんだ価格で大雑把に計算してみると、毎月の売上に寄与する額が数百万円に上ることに気づいて、逸郎は内心色めき立った。

これを受注できれば業績が上向く。

社長就任以来、景気の波に飲み込まれた挙げ句に取引企業の選別に晒され、右肩下がりの業績しか経験していない逸郎にとって、これほどの大口案件はまたとないチャンスだ。先月解雇した社員の顔がちらりと瞼《まぶた》に浮かび、もう少しこの話が早く来ていたら、などと受注してもいないのに思ってしまう。

「わかりました。そのコンペ、参加させてもらいますわ」

逸郎がいうと、坂戸は満足そうに膝を叩いて、「よろしく」、といった。

一日の仕事が全て終わり、誰もいなくなった工場で試作品を作る日々が続いた。検査して品質を確かめ、さらに工程を考えて見積りを作ったり、一旦決めた利益率を迷った挙げ句に訂正したりする。

コンペというのは、ひたすら、発注者側に有利にできている。

目に見えない競合が安い値段を入れてくると思っただけで、仕事が欲しいねじ六のような零細企業は通常よりも何割か安く入札してしまうからだ。それを承知でコンペにし、コストダウンを狙う坂戸の意図も透けて見えるが、かといって、こうした仕事を勝ち取らない限り、ねじ六の業績が回復することもない。

競合しているのがどんなネジ屋なのか逸郎は知らない。もしかすると、最新鋭のＮＣ旋盤を備えた大きな会社かも知れない。ねじ六に競争力があるとすれば、それは償却済みの設備と安い人件費ぐらいだ。

見積りを坂戸に送る前、苦労して算定した金額を眺めた逸郎は、こいつは零細企業なりのあがきだとしみじみと思った。厳しい世の中と戦い、荒波を生き抜いていくための精一杯の背伸びだと。いまのねじ六のどこをどう叩いても、もうこれ以上安い見積りは出てこない。ギリギリに切り詰めた見積額は、いま出せる最低価格だ。大げさに聞こえるかも知れないが、零細企業の経営者として全身全霊を賭した、そんな価格である。

坂戸がいった通り、コンペの結果は、あっけなく出た。

逸郎が見積書を送った二日後のことだ。

「じゃあ、これでお願いします」

拍子抜けするほどあっさりした坂戸からの返答に、事務所で指が白くなるほど受話器を握りしめていた逸郎はその場にへたり込みそうになった。

ねじ六の工場に、活気が溢れた。仕事があるというのはいいことだ。従業員の目に輝きが戻り、ネジ一本を選《よ》り分ける作業にまで熱意が滲み出る。

品質には自信があった。指定された種類とロットを製造する準備は着々と進み、そのままねじ六の新規受注は順調に立ち上がるかに見えた。

「ちょっと相談があるんですけど」

坂戸が訪ねてきたのは、本格的な生産開始を間近にした日のことである。

「もしかしたら追加で新しいネジの発注ちゃう」

坂戸が来る前、奈々子は期待に目を輝かせてそういった。「最近、東京建電さん業績上向きみたいやし、きっとまた新しい製品の企画が通ったんやないかしら」

「いままでそんなことあったか。坂戸課長といえば、いつもコストダウンの話ばっかやろ」

ぬか喜びは禁物とばかりにそういった逸郎だったが、実のところ内心、期待しないではなかった。

目に見えない潮の流れが来ている。そんな気がしていたからだ。底を這《は》うようだった業績に、ようやく明かりが射し込んできた。ちょっとしたきっかけで、業績が急伸するという話はたまに聞くが、同じことがねじ六に起きたとしても不思議ではない。

だが、約束の時間に少し遅れてやってきた坂戸は、渋い顔をしていた。

「この前の見積りの値段なんですけどね、もう少し下げてもらえませんか」

そのひと言で、胸の中で膨らんでいた期待が急速に萎んでいくのを、逸郎は感じた。

坂戸はカバンから一枚の書類を出してテーブル越しにすべらせてくる。先日のコンペに入札して受注し、納品しているネジの部番がずらりと並んだリストだ。どういうわけかそこには、逸郎が入札した価格と、それより一段安くなった価格がふたつ並んでいた。

「こっちの値段にしてもらいたいんですよ」

感情を映さぬ面《おもて》で、坂戸は安いほうの価格を指した。

「ちょっと待ってください」

意外な申し出に、逸郎は慌てた。「この値段にしてくれって、どういうことなんですか。コンペで決まった価格ですよ、ウチのは」

「あれから、もっと安くやるという会社が出てきまして」

坂戸は頬のあたりを硬くしていった。「たしかにコンペはしましたが、ウチとしても安いほうがいい。継続的に御社に出すんなら、やっぱり同じ値段に揃《そろ》えてもらわないと上への説明がつかないんですよ」

「どうすればこんな値段になるんですか」

坂戸が示した価格のあまりの安さに、逸郎は目を疑った。とてもじゃないが、ねじ六では無理だ。そもそもこれは、常識で説明できる価格ではない。

「そんな簡単なもんやないですよ。ウチとしてもギリギリ、コストを切り詰めてるんですから。他がもっと安いからって、それに合わせるのは無理ですわ。赤字覚悟で出してきてる価格かも知れへんのに。ウチは真っ当な商売してるんです」

「じゃあ、発注はその会社に振りますが。それでいいんですね」

とりつく島もない口調で、坂戸はいった。

「そんなん無茶苦茶やわ。見てください、もう動いてるんですよ。増産を見越して人も増やしたばかりやし」

事務所の窓から見える工場内部を逸郎は一瞥《いちべつ》した。「一旦値決めしてるのに、いまさら注文の引き揚げはないですよ、勘弁してください」

「正式な発注書は出してないじゃないですか」

坂戸は冷ややかにいった。「実はこれだけじゃなく、お宅に出してる他のネジについても見積りをもらってるんです。申し訳ないが、みんな向こうのほうが安い。割高なんですよ、御社は」

「そんなことないですよ」

逸郎は絶望的な気分になって反論した。「ウチの人件費や減価償却費は他社より安いはずです。それでギリギリにまで切り詰めた価格を提示させてもらってるんですよ。多少の価格差はあっても、割高といわれるほど高くはないはずですよ。いったい、どこの会社なんですか、そんな無茶苦茶な価格、出してきたのは」

「それはねじ六さんには関係ないでしょう」

坂戸は態度を硬化させた。「相手がどこであれ、ねじ六さんの価格がウチにとって割高であることには違いない。同じ品質なら安いところに出すのが経済原則だと思いますが」

「長年の付き合いやないですか」

逸郎は心の底でとぐろを巻く怒りを無理矢理に抑えていった。「そういわず、なんとか今回はいまの値段でお願いします。ずっととはいいません。せめて一年ぐらいは継続してください。この通りですわ」

テーブルに額がくっつきそうになるほど、深々と頭を下げた。返事はない。顔を上げると、難しい顔をして腕組みしている坂戸と、その肩越しにこちらの成り行きを見守っている奈々子の不安そうな表情が見えた。

「長年の付き合いとか、そういうの、関係ないんですよね」

坂戸は冷たく言い放つと席を立った。「ここで議論しても仕方がない。とにかく、できるかできないか明日までに返事をくれませんか。お待ちしてますから」

坂戸の姿が見えなくなるまで見送って事務所に戻ると、奈々子が不安そうに聞いた。

「どうすんのん」

「無理や。見てみ」

テーブルの上に残された書類をつまみ上げ、席を立ってきた奈々子に手渡す。顎を引き、厳しい表情でそれを見た奈々子から力が抜けていくのがわかった。

虚《うつ》ろな目が、逸郎を向いた。

「そやけど、この値段出さんとどこかへもってくいいはったやろ、坂戸さん。少しぐらい赤字でもやったほうがええんちゃう。せっかくみんなやる気になってんのに」

奈々子のいうこともわかる。できれば、逸郎もそうしたかった。

「少しぐらいの赤字やないで、これ。大赤字や」

逸郎は応接セットの肘掛け椅子に崩れ落ちるように体を埋めると、右手の親指と人差し指を額に押しあてたまま、しばらく黙り込む。奈々子が、さっきまで坂戸がいたソファにかける気配がした。ふたりだけの経営会議がはじまる。

「断ったら、ひと、余ってしまうで」奈々子がいった。

「わかってる。そやけど、こんな赤字の仕事、でけへん」

胸が苦しくなり、言葉とともに魂まで吐き出されそうだ。

「赤字はわかる。でも、この仕事受けてたら、そのうち新しい発注してくれるかもしれんで。そこで儲けること、できるんちゃう」

「いつ？」

逸郎は、悔しさで血走った目を奈々子に向けた。「いつそんな仕事が来るんや。来たところで、儲けさせてもらえる可能性はないやろ。コンペでとっても、今度みたいに少しでも安いところがあったら、そっちに鞍替《くらが》えして終わりちゃうか。東京建電の仕事には将来がない」

これはひとつの岐路だと、逸郎は思った。赤字覚悟で東京建電と付き合うか、やめるか——どちらか決断すべきときだ。

「東京建電は、うちのことをパートナーと思ってないで、専務」

逸郎は、胸底に落ちている坂戸の言葉のひとつひとつを拾い上げながら、うめくようにいった。

「あの会社にあるのはコスト意識だけや。ビジネスパートナーとして信頼できるだけのものはない」

「そやけど、ここで値段下げんかったら、他の仕事までなくなってしまうかもしれん」

奈々子の声は不安に震えた。「さっき、そんなこといってはったやろ、坂戸さん。今回のに限らず、うちの部品が割高やて。コスト意識だけしかないんなら、そういう部品もみんな転注されてしまうんやないの？　そうなったらどっちみち赤字になるんよ、社長」

「いまこの条件を呑《の》んだからといって、どこかで儲けさせてやるなんて甘い考え、坂戸さんには微塵《みじん》もないで。いままでもそうやったやろ」

坂戸が東京建電の営業一課長になって新任挨拶の名刺を持って挨拶に来たのが二年前だ。だが、最年少課長という触れ込みと、実際爽やかな見てくれとは裏腹に、坂戸のビジネスは強引そのものだった。たしかに、やり手には違いない。だがその業績を支えているのは、東京建電の利益を確保するための徹底的な下請け叩きだ。坂戸のやり方には、温情の欠片《かけら》もなかった。

「いい目を見るのはいつも東京建電だけや。うちのコストはとことん叩かれて、なけなしの利益までむしり取られてしまう。こんなん、正しいビジネスの姿やない。間違ってる」

逸郎は自分に言い聞かせるようにいった。「もっとプライドもって仕事したいんや、オレは」

奈々子は、じっと逸郎の顔を見つめたまましばらく返事をしなかった。

やがて、その視線がさっと斜めに落ちていくと、

「そやな。そうかもしれんな」

つぶやくような声でいう。再び顔を上げたとき、奈々子の目には一筋の決意が浮かんでいた。

「社長の思ったようにやったらええと思う。それでええと思うわ」

それは逸郎にというより、奈々子自身に向けられている言葉のようだった。

「昨日の話ですが、あれ、ちょっとウチでは無理ですわ」

坂戸のところに、電話をかけたのは翌日のことだ。

「そうですか。わかりました」

電話の向こうから乾いた返事があった。引き止めたり、惜しんだりする気配はまるでない。「じゃあ、この話はなかったことにしてください。それと、いままで継続発注してきたネジも全て見直しさせていただきますので、そのつもりでお願いします」

そう言い放つなり、坂戸の電話は、一方的に切れた。

「どうやった、社長」

不通音の鳴り出した受話器を見つめ、それをゆっくりと下ろした逸郎に、奈々子がきく。

「東京建電との取引、なくなるぞ」

奈々子が息を呑む気配が、ふたりだけの事務所に広がった。好機から一転、ねじ六は、創業以来の危機に見舞われた。

4

東京建電という取引先を失った衝撃は、予想以上に大きかった。

坂戸と訣別《けつべつ》してから逸郎が着手したのは、いうまでもなく営業の強化だ。既存の取引先を回ってひたすら注文を取り、さらに新規取引先を開拓するための飛び込み営業をして回る。

だが、逸郎の努力に反して成果のほうはいまひとつで、ねじ六の業績はジリ貧に転じていった。前期は赤字。当期も、三ヶ月が経過した段階の集計で、赤字を解消できる見込みはない。

逸郎が出した売上計画をもとにしたリストラ計画を持って、朝一番で銀行に出向いた奈々子が戻ってきたのは十時過ぎのことであった。

「どやった」

虚ろな表情をして戻ってきた奈々子に、逸郎は聞いた。

「あかん。難しいこと言いはって話にならんわ」

「リストラ計画、作ってたんやろ」

昨日、深夜近くまでかかって、奈々子が仕上げたはずだった。「あれじゃあ、あかんのかい」

「足下の業績が悪すぎるやろ。疑ってるわけやないけど、本当に計画通りにいくか、ちょっと見させてくれって」

逸郎は油のついた指で鼻の頭を掻《か》いた。提出した売上計画には、受注する見込みの無さそうなものまで突っ込んである。

「そら無理や。そやけど、金がいるのは来月やろ。様子見てる暇なんかないで。なにいってんねん、村正さんは。そんなこといってたら、こっちは干上がってしまうわ」

「こっちの都合なんか考えてえへん。自分の都合だけやで、あのひとは」

奈々子はいったが、融資担当者の悪口をいったところで、事態が打開するわけもなかった。

「いくらやったっけ、足らんの」

「三百万円」

奈々子はこたえた。「それが来月で、その次が四百万円。この売上が続いたら、だいたい毎月三、四百万円の赤字やろ。銀行さんには二千万円貸してって申し入れてる」

「銀行さんが渋るの、赤字だけが原因やないやろ」

逸郎はいって、自分のデスクにつくと、朝飲みかけたまま残っていたお茶に手をつけた。

「そうなんよ。そもそも借りすぎてることも問題らしいわ。調達余力っていうの？　そういうのがもう限界に来てるらしい」

　去年のねじ六は、おそらく創業以来、最悪の業績だったと思う。

　十二ヶ月のうち、ただの一度も黒字になることなく、総額で六千万円近い赤字を出した。もともと資金に余裕のある会社ではない。赤字の穴埋めは、ほとんど全額を銀行借入に頼った。

「赤字やから、返済原資がないやん。そんな会社にこれ以上、貸せんってことらしいわ。貸すためには、なんかの理由がいるって。貸すためのシナリオっちゅうのが。そやけどな社長、正直、これは銀行融資云々《うんぬん》の問題やないと思うわ」

　ひどく思い詰めた顔で、奈々子はいった。「今回、銀行から融資を受けられたらそれでええわけやない。そもそも、ウチは赤字なんや。それを解消するのが我が社の喫緊の課題やで」

「えらい大層な言い方やな」

　ちょっと茶化してみたものの、その意見については、逸郎も同感であった。

　赤字の垂れ流しでいいわけはない。

　ねじ六という老舗ののれんを守っていくために今必要なのは、抜本的な経営の立て直しだ。どうすれば融資が受けられるか――ではなく、逸郎が腐心すべきは、どうすれば黒字になるのか、ということのはずだ。

これ以上、従業員を削る気は、逸郎にはなかった。

仕事を知悉《ちしつ》した工員の技は、一旦失ったら二度と戻らない。一度《ひとたび》彼らを解雇してしまえば、次に忙しくなったとき、集まってくるのはズブの素人だ。熟練の工員に他より安い賃金で働いてもらっていることが、ねじ六の強みであり、信頼される技術の源泉なのだ。

「なにがなんでも仕事、取ってくるしかないよ、社長」

奈々子の毅然《きぜん》とした言葉に、逸郎もうなずいた。「九条興産《くじようこうさん》さん、どうなん？　そろそろ、結論でるんちゃう」

九条興産は、同じ西区内に本社のある建設機械の大手業者だ。東京建電との取引が打ち切られた後、逸郎が日参して新規受注を働きかけている会社であった。

最初は門前払いだった。それでも通い続けて、調達の担当者が会ってくれるようになったのが半年前。新製品に採用するネジの見積りを、先週の金曜日、調達課長に提出したばかりだった。

「あんたも頑張るなあ。根負けしたわ」

そんなことをいいながら逸郎が出した見積りを見た課長の小山《こやま》は、「わかった。返事まで少し時間くれるか」、と受理してくれたが、いまだ連絡はない。

「あんまりせっついても申し訳ないと思ってな。そやけど、そろそろ聞いてみるわ」

「いけるいうてたよね、社長」

小山との交渉はたしかに好感触だった。「これはもらった」、とそのときは自信満々だったものの、時間が経つと不安が湧いてくる。

「たぶん、いけると思うけどな」

トーンダウンした逸郎に、奈々子はちょっと怖い顔になる。

「たぶん？　いける言うたやん。あれ、なんやったん」

奈々子は嘆息した。「もしあれが取れたら、うち、ひと息つけるよ。銀行さんもお金貸してくれると思う。なんとか頑張って取ってきて、社長。全部やなくてええから。少しでも受注できたら、これからもっと増えますって銀行さんに胸張っていえるし」

九条興産はこのぱっとしない景気の中でも、業績は堅調に推移している優良企業だ。同社に口座を開設できれば、ねじ六の信用は増す。

「そやな。ちょっとプッシュしてみるか」

逸郎はいい、引き出しから小山の名刺を出すとデスクの電話を取った。

「ちょうどいま選定しているところですわ」

電話に出た小山の言葉に、逸郎はふいに緊張を覚えた。

「そうやったんですか。これはまた、絶好のタイミングで電話してしまいましたな。ひとつよろしくお願いします」

冗談めかした逸郎に、小山は、「いろんな部品があるんで、ネジは明日になるかなあ」、といった。

「いい仕事させてもらいますから。ぜひ、お願いしますよ、課長」

「意気込みはわかるけどな、あんまり期待せんといてや」

小山の返事に、「期待しますよ、そりゃ」、と逸郎は本気でこたえる。

「なんとしても九条興産さんの仕事、欲しいんです。精一杯勉強させてもらってますんで。何卒《なにとぞ》、よろしくお願いします」

「まあ……そやな」

小山の口調は素っ気ない。「決まったら連絡しますよ」、といってその電話は切れた。

「明日やて」

やりとりを聞いていた奈々子にそれだけいい、逸郎はデスクを立って、工場へと戻った。

薄利多売であっても、ネジ作りは地道な作業だ。いまでこそ自動化されたNC旋盤などの機械があるが、このねじ六が創設された百年前にそんな便利な機械があるわけもなく、手作業に近い原始的な機械で一本ずつネジを切り、検品しては得意先に納めていた。

一本いくらもしないネジで、日本中で果たしてどれくらいの人が食っているのかはわからないが、ひとつ言えるのは、どんな時代でも、それで大儲けすることはできなかったろうということだ。

ネジを作る人間に求められるのは、ひたむきさだ。

得意先の希望を満たし、丈夫で長持ちするネジを供給する。創業者の三沢六郎が始め、先代の吾郎、そして逸郎にいたるまで、たとえ事業の浮き沈みはあっても、ネジを作るひたむきな心だけは、しっかりと受け継いできたつもりだ。

だがいまは、作り手の心持ちなどという目に見えないものは通用しない時代になったのかも知れない。このご時世、重要なのは作り手の真心などではなく、価格競争力だ。手間をかければかけるほどそれは失われていき、いまやねじ六は時代の荒波に飲み込まれる寸前である。戦争すら乗り越え、百年もの歴史を紡いできた会社だというのに——。

そう考えると、この窮状が決して時代のせいではなく、自分の力量不足に原因があるのではないかという気もしないではなかった。

父の吾郎は十七年間、社長をやった。その間、極度の業績不振に陥ったり、資金繰りに窮したり、取引先から選別をくらったりしたことはなかったのだろうか。

いや、あったはずだ。

どんな時代だって、零細企業の経営は厳しい。順風満帆のときなんてありゃしない。常に生きるか死ぬかの瀬戸際を、歩いているようなものなのだ。それをなんとかやり過ごし、次の世代にバトンを渡してねじ六ののれんを継いできたのだ。

それをお前の時代で絶やすのか。

逸郎の自問は、質《たち》の悪いウィルスか何かのように、ぐるぐると頭の中を回りはじめた。

みんな苦しかったんだぞ。それでもなんとか切り抜ける才覚があった。お前にはそれがないのか、と。

すると逸郎の胸に、いまとなってはどうすることもできない様々な「もし」が浮かんできた。

もし、坂戸のコスト引き下げ要求を呑んでいたらこんなことにならなかっただろうか。もし、思い切って新型のＮＣ旋盤を入れていたらもっと仕事が取れただろうか。もし、銀行がいうようにもっと大胆なリストラをしていたら業績はいまより上向いていただろうか。

どれだけ考えたところでいまさら引き返しようもなく、またこれが正解だという答えもない。ただあるのは、積み上げた選択肢の結果としての現実だけだ。

考えていくうち、過去の選択を悔やんだりするのは、いまが苦しいからだと逸郎は思い至った。

ねじ六の商売が順調だったら、過去をあれこれ思い悩むことはきっとない。

つまり、過去を正当化したいのなら、とどのつまり、いま目の前にある問題を解決するしかないのだ。

明日、か。

旋盤の重い振動音が降り積もる工場内を歩きながら逸郎は問うてみる。もし、九条興産の仕事が取れたらねじ六は変われるだろうか、と。

きっと変われるはずだ。

そのためには、なんとしても受注したい。なんとしても……。

胃が焼けるような感触がじわっと広がって逸郎は顔をしかめ、好感触に終わった小山との面談を思い起こしてみる。

「いい値段を出してるんだ。なんとかなるはずだ」

その日、逸郎は幾度も自分にそう言い聞かせ続けた。


小山からの電話は、翌日の午後一時過ぎにかかってきた。

「九条の小山さん」

取り次いだ奈々子の表情が強張《こわば》っている。

急に心臓がどきどきしはじめ、「電話、代わりました、三沢です」、と名乗る言葉も緊張で喉にくっつきそうだ。

「いま会議でネジの調達先、決まったんで連絡させてもらいますわ。残念ながら、今回は見送りっちゅうことになったんで。また挑戦してください」

「そんな。なんとかなりませんか」

逸郎は藁《わら》にもすがる思いでいった。「値段、もう少しでしたら、なんとか勉強させてもらいますんで」

「いやもう、決まったことなんでね。また次回お願いします」

逸郎の胸で膨らんでいた期待は急速に萎み、あとには敗北と絶望の苦みのみが残った。

5

その日、朝から取引先を回った逸郎が会社に戻ったのは午後二時過ぎのことであった。京橋《きょうばし》にある機械メーカーで打ち合わせをし、江坂《えさか》にある住宅関連機器メーカーを経由して、梅田《うめだ》の電器メーカーの調達担当者を訪ね歩いた。新規、あるいは増産の話を求めての営業であったがどれも空振りに終わり、それどころかいま納めているネジの値段を下げられないか検討してくれという正反対の要求を突きつけられる始末である。

コストダウンといわれても、ネジはもともとの受注単価が安い上に、長くやっていれば安くできるという性質のものでもない。結局のところ、下請けの儲けを大企業が吸い上げ、単に利益を付け替えるだけの構造を強いられているに過ぎないのではないか。大企業を儲けさせるために下請けが赤字になる。こんなことをしていたら、日本のモノ作りは根底からダメになると思うのだが、サラリーマンである調達担当者にそれをいったところで始まらない。

重い足取りで駅から会社への道程を歩いてきた逸郎は、そのときふと足を止めた。見れば道路に立ち、ねじ六の工場を見上げているひとりの男がいる。

四十代半ばの冴《さ》えない風采の男だった。左手に使い込んだビジネスバッグと紙袋を重ねて提げ、右手にはパソコンでプリントアウトしたらしい地図を持ったまま、工場の外観や周囲の様子を観察している。

ふとその視線がこちらに向けられ、男を不審そうな眼差《まなざ》しで見ていた逸郎に気づくと、「どうも」、と会釈を寄越した。

「なにかご用ですか」

逸郎が声をかけると、「ねじ六さんの社員の方ですか」、と男は聞きながらスーツの内ポケットから名刺入れを取り出した。

「私、こういう者です」

――東京建電営業部　営業一課課長　原島万二
差し出された名刺を見た逸郎は思わず、相手の顔をまじまじと見た。

「前任の坂戸さんはどうされたんでしょうか」

事務所に案内し、テーブルを挟んで奈々子とふたり並んで、原島と向き合った。

「実は担当替えになりまして」

「担当替え？　どちらにいかれたんです」

引き継ぎの挨拶もなかった。もっとも、ねじ六との取引は切れていたから、その必要性はないとの判断だったのかも知れない。

「今度は人事部へ」

「人事部？」

驚いて、逸郎は思わず聞いた。最年少課長だったぐらいだから、将来きっと出世するに違いない。畑の違うマネジメントを経験させるためのローテーションだろうか。

「そうだったんですか」

そうこたえた逸郎に、「坂戸の在任中には、いろいろ無理を申し上げたようです。どうもすみませんでした」、と原島は軽く頭を下げた。

「いいえ、そんな」

原島に謝られても困る。戸惑う逸郎に、原島は続けた。

「実は今日お邪魔したのは、またお取引いただけないかと思ったからでして」

思いがけない話に、逸郎は奈々子と思わず顔を見合わせた。

「それはありがとうございます。ぜひ、お願いします」

そういってから、心配になり、「しかし、以前、取引が打ち切られた経緯というのはご存知なんでしょうか」、と聞いてみた。掛けたハシゴを外されるような仕打ちはもうご免だ。

「もちろん。当時の資料を見て、ねじ六さんとの取引があったことを知ってこうしてやってきた次第です」

そういうと、原島は手にしていた紙袋から、段ボールの小箱を取り出した。

中に詰まっているのは、何種類かのネジだ。

妙に懐かしい思いと共に逸郎は、そのネジを取り上げて目の前にかざした。形状には記憶がある。以前坂戸から受注しそこねた特殊形状のネジだ。見ていると、

「そのネジ、製造していただけませんか」

思いがけない提案を、原島はしてきた。

「増産ですか」

逸郎は聞いた。あのとき、ねじ六はどこかの会社に価格競争で敗れ、結果的に東京建電との付き合いを絶たれた。このネジを使った製品が何かは知らないが、それは順調に成長していき、ついにその会社の生産能力を超えたに違いない。ところが、

「いえ、特にそういうことではありません」

原島のこたえに、逸郎はぽかんとした。

「どういうことですか」

「発注先を替えたいと思っています。ねじ六さんでこのネジ、引き継いでもらえません

か」

「それは構いませんが……」

狐《きつね》につままれた気分で逸郎はこたえた。「しかし、あのときは価格でウチは負けました。勉強はしますが、そちらが希望される価格を出せるかどうかはわかりませんよ」

「御社からいただいた、当時の価格で結構です」

原島の返答は予想外だった。「ただし、今月から製造ラインに乗せてもらいたいんです。急いでまして」

「今月から?」

ちらりと、原島の背後に見える工場内部に視線を走らせて、逸郎は聞く。「量産ですよね。どのくらいのロットが必要ですか」

原島は、傍らのビジネスバッグから分厚い書類を取り出すと、そのうちの一枚をテーブル越しに差し出した。

「これでお願いできませんか」

逸郎は思わず息を呑み、しばしそこに印刷された数字から目を離せなかった。

「こんなに……?」

「無理ですか」

原島の問いに、「いいえ、そういうわけやなくてですね」、と逸郎は顔の前で手を振る。

「急ぎの理由を聞かせてもらえませんか」

油断すれば舞い上がってしまいそうな頭に、「冷静になれ」、とひたすら言い聞かせつつ、逸郎は尋ねた。

「いま発注している下請けさんとは方針の違いがありまして。急遽《きゅうきょ》、発注先を変更することにしたんです」

「方針、ですか」

逸郎はどうにも浮かない顔でいった。「差し支えなければ教えていただけませんか。どんな方針なんです」

「コストと品質の問題とでもいいますか」

原島はこたえた。「それ以上は詳しくお話ししても意味はないかと。私としてはねじ六さんの品質を信頼して伺ったとご理解ください」

納得できるようなできないような、話である。

「そうですか」

逸郎は腕組みしてしばし考え、「これ、コンペですよね」、ときいた。

いつもそうだ。

品質云々といったところで、コストに合わなければ採用されない。世の中そんなに甘いものじゃない。そう簡単に仕事なんか取れやしないのである。

しかし、このとき原島は、くそまじめな顔をゆっくりと横に振った。

「いいえ。コンペではありません」

「違う……？」

信じられない思いでつぶやいた逸郎に、「時間がないんです。できるかどうかだけ、いま回答していただけませんか。あるいは、いつからならできるという答えでも結構です。お願いします」、と原島の口調は切羽詰まっていた。

「わかりました。ちょっと待ってください」

逸郎は腰を上げ、壁際のキャビネットから生産管理表を持ってきて当該月のページを開くと、その場で検討しはじめた。

できなくはない。ただし、いま空いている旋盤の二十四時間フル稼働が条件だ。だが、それには社員の数が足りなかった。三交代は無理。二交代にしても、いまの社員でやりくりするのは難しい。

ダメか。

そう思った逸郎だったが、生産管理表を閉じ、原島と向き合った途端、口から出てきたのは、「やらせていただきます」、という言葉だ。

それまで険しい表情をしていた原島に、初めて笑顔が浮かんだ。

「お困りのようですし、そういうときはお互いさまですから」

逸郎はいった。「その代わり、ウチが困ったときにも助けてください」

「もちろんです。すみません、ちょっと社に携帯かけさせてもらっていいですか。このことを知らせなければならないので」

本当に急いでいるのだろう、原島が立ち上がった拍子にネジの箱がひっくり返り、床一面に、まるでバネでも仕掛けられているかのようにネジがぱっと散らばった。その散らばり方があまりにも見事で、逸郎の心のもやもやを吹き飛ばすかのようだ。

慌てて奈々子が席を立ち、ネジを拾い集める。

「原島さん、拾っときますから。どうぞ、電話してください」

すみません、と小さく頭を下げ、原島は事務所を出たところで携帯をかけ、事務連絡らしい話をしはじめた。

断片的に聞こえてくる会話に耳を傾けながら奈々子を手伝い、逸郎もネジを拾う。

「よかったな、社長。捨てる神あれば拾う神ありっちゅうやつやな」

「昨日の敵は今日の友って感じでもある」

そんなことをいいながらふたりでネジを拾い終えた頃、原島が戻ってきた。

「いま、社のほうから今月末までの詳しい納入スケジュールをファックスさせますんで、確認してください。それと、当時と同じものですが、これが仕様書になります」

バッグから分厚い書類を取り出して逸郎に手渡した。

「精一杯やらせていただきますわ」

逸郎はいうと、原島に深々と頭を下げた。「毎度、おおきに！」

6

再開した東京建電の仕事は、最初のうちこそ人繰りに追われたものの、やがて順調に軌道に乗っていった。

「村正さん、運転資金、来週中には出してくれるって」

銀行から戻った奈々子から、そんなほっとする報告をもらったのは取引再開が決まってまもなくのことだ。

ねじ六の業績はおかげで一段落し、従業員数も増えた。原島の話では、他のネジも順次転注したいということだから、売上はさらに増えるだろう。

しかし、とんとん拍子に話が進む一方、やはりどうしても気になることがあった。

なぜ、原島がねじ六に仕事を依頼したのかということだ。

原島は、コストと品質の問題だといった。

取り上げられた仕事がねじ六に舞い戻ってくる原因になったその理由が、具体的にどんなものだったのかわからないまま、今に至っている。

「そんなことどうでもええんちゃう。仕事は増えたし、業績も安定した。それでええやん」

一度奈々子にそのことを話すと、そんな返事があった。

いま工場内を歩きながら、ふとそのことに思いを馳《は》せた逸郎だったが、

「そやな。まあ、ええか」

そうつぶやくと深く考えることをやめた。

すでに梅雨が明け、真夏日が続く七月だ。大型扇風機にあおられて、油の臭いを含んだもわっとする熱気が逸郎の頬を撫《な》でていく。気にはならない。子供の頃から親しんできた風だ。

そのとき、半袖の上っ張りにあるポケットに手を入れた逸郎は、指先に当たった硬い感触に、ふと今朝ほどのやりとりを思い出した。

新しい机が増えて、事務所内の模様替えを始めた奈々子が、コピー機の下に転がっていたというネジを二本、逸郎に差し出したのだ。

「これ、原島さんがこの前ぶちまけたネジやと思うわ。落ちてたから、今度、返しといて」

「いまさら、そんなもんいらんやろ」

逸郎はいま、そのネジをしげしげと見つめ、ちょうどネジ用の引張試験機の前で立ち

止まった。

ふと思い立ち、手にした一本のネジをそれにセットし、スイッチを入れる。特段理由のない動作だった。あえていえば、ネジ屋の習性とでもいうか。

バチン、という音とともにネジが折れたのはその直後だった。

そこに表示された強度を確認した逸郎は、しばし声もなく、その場に立ち尽くす。

試験機が表示していた強度は、本来そのネジが持つべきものを遥《はる》かに下回っていた。

米軍規格を適用されたそのネジがどこで使用されているのか、逸郎は思いを馳せた。

なぜコストと品質なのか。なぜ、急いでいるのか。なぜ、詳しいことを原島は話さなかったのか。この瞬間、バラバラだったピースがあるべき場所に収まり、逸郎はすべてを理解した。

試験機から破断したネジをはずす指先が震えた。

考えるな。

そのとき、内なる声が自分にいった。言われたままのネジを作れ。ひたむきに目の前の仕事を誠実にこなせ。ネジ作りの原則とはそういうものだ、と。

そうだ、それでいい。いま、その原則を踏み外したネジを逸郎はゴミ箱に放り捨て、何事も無かったかのように歩き出した。

第三話　コトブキ退社

1

浜本優衣《はまもとゆい》は、二十七歳になる誕生日を、ひとりで過ごした。

七時過ぎまで残業をし、会社帰りに最寄り駅の学芸大学《がくげいだいがく》から自宅に歩いて帰る途中にあるイタリアンレストランに寄って、パスタとグラスワインだけの食事をした。

駅前通りに面した窓際の席だった。そこから見る街は、澱《よど》んだ熱帯夜の底に沈んでいる。なんでこんなに元気なのだろうと不思議に思うほど賑《にぎ》やかな学生たちの一団をぼんやりと眺め、一方で、この蒸し暑さに「もういい加減にしてくれ」、と文句をいいたいのを我慢して歩いているようなサラリーマンやOLの疲れ切った横顔を共感を持って眺めている。

大学を卒業して五年、つい先日までは疲れ知らずに仲間と騒いでいたというのに、いつのまにか働く側の人間になっている自分に気づいて、遠くに来たなと思う。そしていま窓際のテーブル席で、空いたまま誰も来ない向かい側の椅子をワイングラス越しに眺めていると、その思いはさらに強くなる気がした。

この三年間誕生日を祝ってくれた彼は、もういない。

それで良かったのかもしれないと思う。いや、いいとか悪いとかいう以前に、どうやったって自分のものにならない相手との恋愛に疲れてしまった。ただ、それだけのことだ。別れを告げられた先週、体中の涙が絞り出されきるほど泣いたのに、いままた汗をかいたワイングラスが視界の中で滲《にじ》んでいく。

いままで積み上げてきたもの、尽くしてきたものが全て崩れ去り、まるで意味のない精神的瓦礫《がれき》の中にぽつねんと佇《たたず》んでいる自分。

いったい、私ってなにやってんだろ。

頬杖《ほおづえ》をつき、ぼんやりと街の光景に視線を向けたまま、優衣は思った。

果たして、東京建電という会社に入っての五年間はなんだったのか。この年月に、自分が得たものがあっただろうか。ただ毎日会社へ行き、与えられるままの仕事をこなす。その全てが、優衣ではなくて、他の誰がやっても同じ仕事ばかりだった。

殺風景なトンネルをひたすら歩き続けてきたような五年間だ。日常に埋没するという言葉をそのまんま実体験するような日々の中で、優衣はひたすら非日常と刺激を求めていた。

彼と付き合い始めたのは、会社の飲み会で席が隣になって話したのがきっかけだった。彼は、優衣の不満を聞いてくれ、真摯に仕事のアドバイスをくれた。それだけではなく、彼が趣味にしているダイビングに誘ってくれ、会社の人たちとはタイプも雰囲気も違うダイビングの仲間たちとの飲み会にも優衣を連れて行ってくれた。

一緒にいると楽しくて新鮮で、灰色だった日常に潤いと色彩が戻ってきたような気がした。

だが、そんな楽しい気分が続いたのは、考えてみれば最初の半年だけだったかも知れない。好きだけど、嫌い。楽しいけど、悲しい。そんな正反対の感情に翻弄され続けた彼との三年間で、優衣は疲れ果ててしまった。彼には妻がいたのだ。

優衣のアパートで、おそるおそる別れを言い出した彼に、優衣は大声で泣き喚《わめ》いてしまったが、一方で、「限界だったんじゃない？」、と冷静に考えているもうひとりの自分がいたのもまた事実なのであった。

だが、そうして彼を失った優衣の前にはふたたび、あの怖《おそ》ろしく無味乾燥な生活が横たわっていた。

かつて我慢できたその生活に、今度こそもう耐えられなかった。いますぐにでもこの職場を逃げ出して、たしかに生きていると実感できる仕事を探したいと優衣は思った。

大した給料をもらっているわけではないし、少しぐらい不安定でもいい。働く場所は東京でなくて、地方でも構わなかった。そしてもう二度と、オフィスで働くＯＬには戻らない。そのために、優衣に必要なのは——行動だった。

そしてこの日、優衣はついにその最初の行動を起こした。

「私、辞めたいんです」

そう上司に伝えたのである。

2

相変わらず窓際の席に座り、ぼんやりと外を眺めながら、優衣は、直属の上司である木村禄郎《きむらろくろう》の慌てぶりを思い出していた。

「なんだって？」

外出から戻り、いやあ暑い暑い、と繰り返しながらぱたぱたと煽《あお》いでいた団扇《うちわ》の動きを、木村はそのときぴたりと止めた。ずんぐりむっくりの体型に六頭身と称される大きな顔の中で、ぎょろりとした目が驚いて見開かれたまま静止している。刹那《せつな》、自分が悪い冗談でもいっている気分になりかけた優衣は、「辞めたいんですけど」、ともう一度いってみた。

営業四課の自席にいた木村は、きょろきょろと周りを見回し、他の営業部員がいないことを確認した上で、

「ちょっと待てや、浜本。向こうで話そう」

あたふたと立ち上がってフロア奥にある応接ブースへと優衣を誘った。

「辞める？　そんなこというなよ、浜本。悲しいじゃないか。なにか不満があるのか？　もしあるのなら言ってくれ。改善できることは改善するからさ」

汗の噴き出した額にハンカチを当てながら、木村は聞く。いい上司だと思う。実際、社内ではロクさんと呼ばれて親しまれている木村は、情け無さそうに眉毛をハの字に下げている。上司として、辞めようという部下を引き止めるのは当然の仕事だと思っているのだ。

「不満は特にないです」

優衣はこたえた。

「だったらなんで辞めるんだよ。一緒に頑張ろうや、な」

木村にいわれ、優衣は嘆息した。

彼と別れたことは木村には関係がない。彼との関係については、口が裂けてもいうつもりはなかった。いえば、会社に居残る彼が困るというより、自分がどうしようもない女に思えてしまう。

一方で、ＯＬとしての物足りなさをいくら語ったところで、それはどうしようもないことだった。東京建電の事務職として就職し、日々を裏方のコピー取りや資料作成に費やしている優衣の仕事内容は、いわば入社前からわかっていたことだからだ。その意味で、優衣は自分がわがままであることも理解していた。

だが、自分だって人間なんだし、どれだけ最初は納得していた仕事でも、飽きて退屈して耐えられなくなることはある。それでも、生活の安定のために我慢して仕事を続ける人もいるだろうが、辞めて自分探しの旅に出るのもまた——ありきたりな言葉だが、それはいまの優衣の心境にもっとも近い言葉かもしれなかった——、生きていく上で立派な選択ではないか。

だが、辞めないでくれ、と嘆願している木村にそうしたもろもろの事情を話すだけの気力が、そのときの優衣にはなかった。

ならば、どうすれば木村が納得するのか。

快く送り出してくれるのか。

その妥協点を探った優衣が口にしたのは、

「結婚するんです」

というひと言だ。

なんでそんなことを口走ってしまったのだろう。相手が、いつも冗談ばっかりいっている木村だということも、少しは関係していたかも知れない。木村を見ていると、本気で話すより、本音を隠して冗談をいっているほうが正しいような気がしてくるからだ。しかし、それにしても結婚とは——これにはいった自分が一番驚いた。ほんの数日前、彼と別れたばかりなのに。結婚の夢がやぶれ、かさかさに乾いた抜け殻のような自分に戻ったばかりなのに。

だがそのとき、前のめりになって退職を思い止《とど》まらせようとしていた木村の表情が緩むのがわかった。「なんだそうか」、という声が安堵《あんど》の吐息とともに出てきて、「それはおめでとう！」、というお祝いの言葉に変わる。

「で、式はいつなんだ」

木村に問われ、「いま式場探しをしているところで、まだなんです」、といい加減な返事をした優衣は、「九月いっぱいで、できたら退職させていただけませんか」、と慌てて本題に戻った。

いまはまだ七月。二ヶ月あれば、新しい仕事を見つけることができるはずだ。

「九月、か……」

上目遣いになってしばし考え込んだ木村は、おそらく退職日までにそれなりの余裕があることに安心したはずだ。事務職であっても、いきなり辞められては人繰りが大変になるからである。

「わかった。人事部に話してみる」

そういった木村は、「それにしても、いいなあ。人生、これからで」、と中年男の悲哀を感じさせるセリフを口にした。

「課長の人生もこれからじゃないですか」

そう合わせた優衣に、いやいや、と木村は手のひらを顔の前で左右に振った。

「オレなんかダメだよ。女房には財布握られてるし、娘には嫌われてるし……。出世もあんまり期待できないしさ。このまま定年まで働き続けるだけの働きバチさ。できればオレもやり直したいけど、それもできないしなあ。お前がうらやましいよ。旦那になるひと、大事にしてやれよ」

そういうと、やけにしんみりして、木村との短い面談はおしまいになったのであった。


「おかわり、いかがですか」

店員がききに来た。

同じワインを頼んだ優衣は、「今日、会社を辞めるといおう」、と決意してアパートを出た朝のことを思い出した。

人生の新しい道を切り拓《ひら》くには、なにかを捨てなければならない。

なにか信念のようにそう思ってみた優衣だが、実際に辞意が受け入れられてしまうと、気持ちが軽くなった分、将来への微《かす》かな不安とともに、この五年間のOL生活の中味の無さが痛感された。

「いったい、会社にとって私ってなんだったんだろう」

ワインのほのかな酔いに身を任せながら、優衣は考える。毎日毎日、営業部員の下請け仕事ばかりやってきたけれど、自分がいたことによって何か会社が変わったということがひとつでもあっただろうか。

やがて運ばれてきたパスタを口に運びながら、優衣は、いままでの五年間をつらつらと振り返って愕然《がくぜん》とした。

「これは自分がやった仕事だ」といえるものが、なにひとつとしてないことに気づいたのだ。

いくら事務職だからって、それではあまりに淋《さび》しいじゃないか。

このままでは、自分が会社を去った後、東京建電という会社に浜本優衣という社員がいて五年間働いていたということは、あっという間に記憶のかなたへと押しやられ、忘れ去られてしまうに違いない。

なにか、自分にできることはないだろうか？

そう考え始めると、失恋で痛んでいる心が少し和らぐ気がした。だが、いままで五年間かかってできなかったことが、残り二ヶ月となったいまになってできるとも思えない。

なにしろ、会社の仕事など、ただ退屈なルーティンとしか思ってこなかったから。いまさら後悔したって始まらないけれど、やる気になれば新たなおもしろさに目覚めていたかとなると、それもまた考えにくいことだった。

事務職はあくまで事務職で、内向きの仕事に過ぎない。取引先と折衝することもなければ大口の商談をまとめるようなチャンスもまるでないのだ。

木村は退職を思い止まらせようとしてくれたけれど、会社の本音は、優衣などいくらでも替わりのきく歯車のひとつに過ぎないのだ。

その歯車に何ができる。できるとすれば、止まることなく擦《す》り切れるまで正確に回り続けることだけではないか。

ところが――。

そんな自嘲気味だった優衣に、朧《おぼろ》げにではあるが、あるアイデアが浮かんだのはその夜遅くのことであった。

きっかけは、帰宅後にかかってきた一本の電話である。

3

「ちょっと優衣、なに勝手なことやってんの」

桜子《さくらこ》の第一声には、苛立《いらだ》ちがこもっていた。

「勝手なこと？」優衣は聞いた。

「辞めるって話。いつ、そんなこと決めたの」

「ああ、そのことか」

たちまち憂鬱な気分になって、「まあいろいろあって」、と曖昧な返事をする。

「いろいろはいいよ、いろいろは」

電話の向こうで、桜子はいった。「結婚するって話、本当なの？　人事部で話題になってたよ」

「そういわないと、課長が煩《うるさ》く引き止めそうだったから」

優衣の返事に、「あっきれた」、と桜子は鋭い口調でいい、「そういうことするんなら、私にひと言ぐらい相談しなさいよ」、と怒りのこもった言葉が続く。

「ごめんね」

遠藤《えんどう》桜子は、優衣の同期入社で、昨年まで営業部で一緒だったが、社内の異動でいまは人事部に配属になっていた。優衣の退職の話は、木村から即座に人事部に上げられ、そこで桜子の知るところになったらしい。

「それにしても、結婚はないでしょ、結婚は。どうすんのよ、うちの部長なんか、〝コトブキ退社か、祝電打っとけよ〟、なんていってるしさ。私、どう返事していいかわかんなかったよ」

桜子は、優衣が誰と付き合っていたか、唯一知っている友達だった。彼に事情があって結婚できないことも、そして最近別れたことも、すべて知っている親友だ。

「ごめん、許して」

「許してじゃないよ、まったく」

桜子はあきれた口調になる。携帯でかけてきた桜子の背景に、電車が発着する音が聞こえるのは、おそらく東京駅のホームからかけてきているからだろう。

「もしかして、あのひとにフラれたから会社辞めようと思ったんじゃないよね」

桜子は疑わしげにきいた。「もしそうなら、絶対にやめたほうがいいよ。悪いのは、優衣じゃなくて、相手のほうなんだから。優衣が会社を辞めることなんてない」

「そんなんじゃないよ」

優衣はいった。「彼とのことが関係ないとはいわないけどさ、なんだかもう毎日、こんな仕事してることが、意味のないことに思えてきたわけ」

「いま不況だよ。辞めてどうすんの。二十七にもなって、手に職もない。そんな女、やとってくれる会社なんか、そう簡単に見つかるわけないよ。わかってんの」

桜子は、優衣の言葉など無視して世の中の事情を口にする。それがいかにも桜子らしくて、閉口しつつも、叱ってくれることはありがたかった。

「私はもう、ＯＬには戻らない」

優衣がいうと、「どういうこと」、と低い声になって桜子はきく。

「だから、もう事務員の仕事は金輪際、やめる。花屋とか、フードコーディネーターとか、インテリアデザイナーとか、なんでもいいから考える仕事がしたい。自分らしくできる仕事っていうかさ」

「そんなのが簡単にできると思ってんの？」

桜子はあきれた口調でいった。それは、能力のない子供を叱る親のようだ。「世の中そんなに甘くないよ」

「わかってるけどさ、とにかくいまのまま仕事を続けてたって、私に残るのは後悔だけなんだよ。それだけは確かなんだよね。だったら、失敗するかもしれないけど、まだ若いうちに新しい道を探して進んでいきたいんだ。リスクはわかってる」

「部屋代だって毎月かかるんだよ、生活費どうすんの？」桜子は、あくまで現実的だ。

「あと二ヶ月、仕事しながら進路を探してみる。その間に決まらなかったら、失業手当もらいながら、頑張ってみるつもり。最初は見習いみたいな仕事でもいい。でも、ずっと続けられるようなのを探そうと思うんだ」

反論するかと思った桜子から返ってきたのは、小さな嘆息だった。

「まったく、いつもガンコなんだよね、優衣は」

桜子はいった。「やめとけっていってるのに、あんなのと付き合うし」

「あんなのじゃない」

「あんなのだよ！」

電話の向こうで、桜子は一段声を張り上げる。「私、あいつのことは絶対に許さないから」

自分のために怒ってくれるのはうれしいけれど、その怒りが大きい分、その彼と付き合っていた自分も悪くいわれているようでいい気はしない。

「それとさ、遅くなったけど——」

桜子はこほんと小さく咳払《せきばら》いして、すこしバツの悪そうな声を出した。「誕生日、おめでとう。メールしようかと思ったんだけど、直接いおうと思ってさ。もうご飯、食べた——よね」

優衣は、午後九時を回っている部屋の時計をちらりと見て聞いた。

「もしかして、まだ食べてないの」

「忙しくてさ。抜けて食べにいけるような雰囲気じゃないでしょ、ウチの会社」

桜子はあきらめ口調でいった。「もし、優衣が食べてなきゃ、一緒にどうかと思ったんだけど」

「ごめん」

謝った優衣の脳裏に、なにかがぼんやりと浮かび上がったのはそのときだった。それは、桜子との電話を切った後も、もやもやとして摑《つか》み所《どころ》のない塊となって優衣の頭から離れなかった。

もしかしたら、この会社で最後にできる、自分らしい仕事がみつかったかも知れない。

4

いろいろ考えた末、優衣がその考えを公にする場として選んだのは、環境会議だった。

環境会議は、各職場から任命される環境委員によって構成され、毎月第三木曜日の夕方、定期開催されることになっている。議題は、名前の通り職場環境に関する様々な問題の改善だ。

プリンターやコピーの順番待ちを解消して欲しいとか、どこそこの電球を取り替えて欲しいとか、パソコンのOSやソフトのバージョンを上げて欲しいとか、女子社員用のロッカールームに鏡を設置して欲しいとか——話題は、業務関連に限らず多岐に亘《わた》る。

いつもは退屈な会議だった。しかも、長引いてたいていは残業になる。義務だから参加はするものの、優衣は、いままで一切発言したこともなく、決を採るときに挙手をするだけの消極的な委員だった。

この日も、夕方から始まった会議は延々と長引き、終わりが見えてきたのは休憩を挟んでようやく午後七時になろうかという頃だった。

それまでの、様々な部署から出された取るに足らない議題に耳を傾けてきた優衣だが、このときになって心臓がドキドキしてきた。環境会議の議事は、あらかじめ申請することになっていて、最初に配られる資料に、本日の議題と称して印刷される。だがそこに、これから優衣が発言しようとする事柄は含まれていなかった。いつも話し合われる改善点とは少し趣の違う話題なので、もしかしたら議事として申請した段階で、「それはちょっと」、と削られてしまうテーマに思えたからである。

いま最後の議事について意見がまとまり、議長役を務める人事部課長代理の伊形雅也《いがたまさや》は、疲れた表情で手元の資料に何事かエンピツでチェックを入れ、三十名近くいる委員を見回した。

「他に何かありませんか」

そして、閉会の言葉を述べようとして、会議テーブルの一番離れた目立たない場所で挙手をしている優衣に気づくと、物珍しそうな目を向けてきた。

「はい、どうぞ。ええと――」

出席者名簿を引き寄せた伊形に、

「営業四課の浜本です」

そう名乗った優衣は、全員の視線に気圧《けお》されそうになりながらも懸命に言葉を継いだ。

「残業するときに、みんなお腹《なか》が空《す》いて困っていると思うんです。外に食べにいく時間があったら早く仕事を終わらせろという雰囲気だし、男性も私たち女子社員も、空腹を抱えて仕事をするのでは仕事の効率も悪いし、それに美容にもよくありません」

会議テーブルのあちこちから抑えた笑いが起き、優衣は少し背中を後押しされた気がした。

「そこで、社内に、なにか食べ物を販売する場所を設けてはどうかと思うんです。お腹が空いたらそこで買って席で食べられるようなものをイメージしているんですが、どうでしょうか」

「食品販売か……」

伊形は考えながら右手を頭に添えた。きっと衛生面とか、保健所への届け出とか、もろもろの手続きのことを考えているに違いない。「具体的にどういうのをイメージしてるの？」

「ドーナツです」

優衣が言った途端、会議室がかすかにどよめいた。

「ドーナツ？」

伊形は、意表を衝《つ》かれた顔だ。「ドーナツを販売する自動販売機があるの？」

「いえ、私が考えているのは自動販売機じゃありません」

　優衣はこたえた。「無人のドーナツ販売です。それを休憩スペースの脇に設置して、お腹が空いたひとが買って食べるというものです。ドーナツなら席に持ち帰っても食べられますし、すぐに食べなくても腐ったりしません。お腹を空かせてひもじい思いをしながら残業することもなくなります。一度、検討してみてもいいんじゃないでしょうか」

「そんなにひもじかったのか」

　伊形にいわれ笑いが起きた。思わずつられて笑ってしまった優衣だったが、自分がからかわれたことに気づいて、慌てて笑顔を引っ込める。

「つまらないアイデアに聞こえるかも知れませんが、ニーズはあるはずです」

　優衣の意気込みに、伊形はちょっと驚いた顔になって参加者たちを見回した。

「このアイデア、検討してもいいと思うひと、どのくらいいる？」

　ダメか。

　そう思ったとき、小さな奇跡が起きた。息を呑《の》んで成り行きを見守る優衣の前で、ちょっとびっくりするぐらいの手が上がったのだ。もちろん、その中には全面的に賛成というのではなくて、面白半分のもあれば、検討ぐらいはしてもいいというのまでいろいろあるだろう。だけど、その瞬間、優衣は心の底に滲み出るような充実感に浸ったのであった。

「こんなに賛同者がいるのか」

瞠目《どうもく》した伊形は、からかったことを少々後悔する表情で優衣にいった。「じゃあ、君のほうで具体的なプランを立ててよ。それをベースにして検討することにしよう。それでいいか」

「ありがとうございます。頑張りますから皆さん応援よろしくお願いします」

自分でも驚いたことに、優衣は思わず立ち上がって頭を下げていた。その大げさな発言にあちこちから笑いが聞こえる中、伊形は会議の閉会を宣言し、かくして退職までの二ヶ月間に優衣がすべき仕事が決まった。

5

「ふうん、それで？」

テーブルの向こうから、桜子は訝《いぶか》しげな眼差《まなざ》しを向けてきた。「なんでドーナツなの」

「私が好きだから」

あきれ顔で黙った桜子に、続けた。「パンとかクッキーとか、ベーグルとか、いろいろ考えたけど、やっぱりドーナツが好きなんだ、私は」

会議で無人販売の検討が決定した翌日の会社帰りである。伊形にそのときの様子を詳しくきいたらしい桜子に、会社近くのカフェに誘われた。

「それに、ハンバーガーとかカップラーメンとか、食べ物が出てくる自動販売機を入れてくれっていったら、話が大きくなり過ぎるじゃない？　節電の時代に電気を食うのも問題だし。言下に却下されそうな感じ。かといって、弁当販売の店を開くのもちょっと違う。お腹が空いたからといって、職場でひとりだけ幕の内弁当食べる勇気、私にはないし」

優衣の説明に、桜子はすまし顔でコーヒーをすすった。「それで？」

「それでね、もっと簡単で、さっと食べられて、ひもじい思いをしないですむ仕組みはないかと考えたわけよ。それが今回の提案ってわけなんだけど」

「コンビニでおにぎり買ってきても同じじゃん」

桜子の反応はにべもないが、その理由はわかっている。優衣たちが働く東京建電という会社は、とかく保守的なのだ。何十年も前のモーレツ主義がいまだ形を変えて生き残っており、男尊女卑、上意下達の社風そのままに、目立つことをすれば叩《たた》かれる。きっと桜子は、優衣があれこれいわれるのを心配してそういっているのだ。

「だったら桜子だってコンビニにおにぎり買いにいけばいいじゃん。残業でお腹が空いたなんていわないでさ」

優衣は、ささやかに反論する。「実際にはそれはできないじゃない。だけど、社内で売られてるドーナツがあればそうはならない。カップコーヒーを買うついでに買えるから。外食すればお金がかかるけど、ドーナツなら安くすむのもいい。これのどこが気にくわないわけ？」

「あのね、ウチがどういう会社か知ってるでしょ」

案の定、桜子はいい、少し怖い目で優衣を見た。「そんな提案しても上から睨《にら》まれるだけで、うまくいくわけないって。環境会議から提案されるものって、たいてい潰されてるんだよ。まだ会社の仕事に直結するような要求なら可能性はあるけど――たとえば電球が暗いとか、切れてるとかさ――でも、優衣がいってるのは、ドーナツでしょ、ドーナツ」

「睨まれたっていいよ。どうせ私、もう辞めるし」

優衣は、紅茶をスプーンでかき回しながらこたえた。

「じゃあ、余計に説得力ない」

「あるよ」

スプーンを持ったまま、優衣は思わずムキになった。「ある。これは私のためにいってるんじゃない。みんなのためにいってるんだよ。私だって、会社のためになにかしたっていうものが欲しいし。みんなが、ただ上司に睨まれるのがイヤという理由だけで黙ってるんなら、会社からいなくなる私がそれを主張するのは意味があるはずじゃない。睨まれたところで関係ないしさ」

桜子は少し困った顔をして、短いため息を洩《も》らした。

「うまくいくとは思えないけど、優衣はやってみないと納得できないんでしょう。それで？　当てはあるの」

「当て？」

聞き返した優衣に、桜子は苛立ちの表情で腕組みした。

「だから、ウチの社内販売用にドーナツを売ってくれるお店の当て」

「それはやっぱり、どこかのドーナツ屋さんに頼んでみるつもりだけど」

「その程度？」

桜子はあきれたとばかりの口調で聞いた。

「だめかな」優衣は、遠慮がちに桜子に聞く。

「あのさあ、会議にかける以上、もう少し計画的にやんなさいよ。どこのドーナツ屋さんに頼むか、その当てもないのによくそんな提案したね、まったく」

たしかに、少し甘かったかもしれない。

「ねえ、桜子、無人販売に協力してくれそうなドーナツ屋さん、知らない？　どこか紹介してよ」

じっと優衣を見つめる桜子の視線が、がくっとテーブルに落ちた。ダメだこりゃ。そう思っているのがわかる。

「ひとつ聞きたいんだけど、無人販売って、具体的にどういうシステムにしたいわけ。

そのぐらいのことは考えてるんでしょうね」

「まず、ドーナツをプラスチックの箱に入れとくわけ。その隣に代金を収納する箱を置いて、ドーナツを取ったらそこに代金を入れる。イメージとしては、田舎《いなか》でよくある無人野菜販売。あれと同じ。どう？」

腕組みをした桜子からはしばらく返事がなかった。

「それで、何個ぐらい売れると思ってるの」

やがて桜子から出てきた質問は、まったく予想だにしないものだった。

「個数？　それがなにか関係あるわけ」

「あのさ」

桜子は、優衣の目を見つめたまま体を乗り出した。「ドーナツを売る側からすれば、これは商売なんだよ、わかる？　たとえば、一日に数個しか売れない会社のために、わざわざそんなことしてくれると思う？　優衣がやりたいといったことを実現するためには、ドーナツ屋さんは毎日ドーナツを運び、残ったドーナツと現金を回収しなきゃいけない。それにかかる手間暇は、みんなドーナツ屋さんにとってコストなんだよ。それを補って余りあるだけの個数が売れなきゃ、ビジネスとして成立しない」

「コスト……？」

その言葉を、優衣はつぶやいてみた。コスト――。

「そう、コスト」

桜子はもう一度いった。「優衣はさ、お腹が空いたときにドーナツが食べられたらみんなが喜ぶだろう、ぐらいの考えなんだろうけど、そんな単純な話じゃないってこと。いま目の前には、ふたつの障壁が立ちはだかってるんだよ。ひとつはケチで保守的な会社の上層部。もうひとつは協力してくれるお店探し。どっちも、壁を乗り越えるのはそう簡単じゃない。だけど、自分で提案したことなんだから、責任とってそれをやり遂げるしかない」

「桜子、お願い」

優衣は、いきなり顔の前で手を合わせた。「手伝って。なんか私、急に桜子の知識が必要な気がしてきた。この通り」

返事の代わり、はあっという、けだるそうなため息が洩れてくる。

「そんなことだから、男に騙《だま》されるんだよ。もっと現実を見なさいよ。まったくしょうがないなあ。その代わり、今日の夕ご飯、優衣の奢《おご》りだからね」

しっかり者の桜子は、いまの優衣にとって願ってもないオブザーバーだ。

「ドーナツだけを売る無人販売を実現させるためには、まずビジネスとしてクリアしなきゃいけない問題がある。それをひとつずつ潰していこう」

カフェから移動して、丸の内のビルにあるお洒落《しゃれ》な居酒屋に入った。店内は混み合っていたが、オーガニックを売りにしているせいか、男性客より仕事帰りのＯＬの姿が目立つ。

「まず、一日に販売できる数は三十個を目安にしてみよう。一個百五十円として、それを作るためのドーナツ屋さんの原価はどのくらいだと思う、優衣」

　問われ、優衣は考えた。「半分ぐらい？」

「そんなにはかからないな。材料費とか作るときの手間とか全部入れてで、せいぜい三割。つまりあとの七割が粗利《あらり》ってこと。一個売って、百五円の儲《もう》けになるわけ。三十個売れれば三千百五十円。まあ、一日このぐらいの粗利があるんなら、ウチに無人販売のドーナツを届けてもいいと思うお店はあるかもね。客がなくて困ってる店だったら、もっと少なくてもいいかもしれない」

「でも、何個売れるかなんて、やってみないとわかんないよ」優衣はいった。

「だったら簡単なアンケートを取ってみれば」

　桜子にいわれ、優衣は戸惑った。「アンケート？」

「もし、そういう無人販売があったら、どのくらい利用するつもりがあるか、調べるの。お店の交渉は、そのアンケート結果を持って行く。そうすれば、説得力が増すでしょ。それと――」

　桜子は顔の前で人差し指を立てた。「ドーナツを売る店は、できるだけ近いところで見つけること。電車とか車で配送するとなると、それだけ大変になって続かなくなるかもしれない。地理的に遠いと融通もきかない。たとえば、売り切れたから追加が欲しいとき、それに対応できないわけ」

「なるほど」

優衣は桜子の指摘をノートに書き留めながら聞いた。「それと、どんな種類のドーナツを置くかも問題かなと思ってるんだ」

「種類は増やしても、値段は均一にしたほうがいいよ」

桜子はいった。「ドーナツによって値段が違ったら、代金を箱に入れるとき間違いが発生するかもしれないから。だから百五十円と決めたらどんなドーナツでも百五十円。価格を統一してわかりやすくすること。でも最初は単一の種類がいいかもしれない。必要なら曜日によってドーナツの種類を変えてもいい。そうすれば売れた個数で、みんなの嗜好《しこう》がわかってくる。あと、チェーン展開のドーナツ店は、こういう商売に合わないな、きっと」

桜子の指摘に、優衣は顔を上げた。「なんで?」

「そういう会社は自分たちの目の届かない、無人での販売に協力はしないと思うんだ。もしそれをするのなら、毎日必要な個数を会社で買い取ってくれといわれるんじゃないかな。衛生上の問題もあるし、もし食中毒とか起こしたときに誰が責任をとるのかという問題もあるからさ」

優衣は桜子の実務能力にひたすら敬意を抱きながらうなずいた。

「じゃあ、私はどうすればいいの」

そう問うた優衣に、桜子の答えは明快だった。

「この近くでドーナツを売ってる店を探すこと。個人経営のコーヒーショップやパン屋さんね。最低でも地下鉄で一駅ぐらいのところにある店をピックアップして一軒ずつ当たっていくとか」

「やってみる。ありがとうね、桜子」

礼を言った優衣に、桜子は硬い表情で、「まあ頑張って」、とだけいった。本当は世間知らずだと詰《なじ》りたいぐらいの気持ちだったかもしれないけれど、かろうじてそれをいわないのは、女の友情だ。

ノートをしまった優衣は、ぬるくなったビールで喉を湿らせる。

もう後には引けないし、引くつもりもない。これは他の誰のためでもない、自分のための戦いなのだ。

6

事情を話すと、四十歳ぐらいの店主は困った顔をした。

「無人販売はちょっとなあ……。やったことないし」

会社近くにあるベーカリーである。たまに優衣が利用する店だった。パンはおいしいし、店のロケーションも会社から徒歩圏内と申し分ない。

会社が引けた後、閉店間際に入った優衣は、店員がブラインドを下ろしている店内のレジでオーナー店長と話していた。

「それに、売れ残っても買い取ってはくれないわけですよね」

店長はやはりそれが気になるようだった。

「それはまあ……。売れ残らないように数を考えて置くとか、最初は、多少の試行錯誤が必要になると思いますけど」

「試行錯誤ですかあ」

そういった店長の表情は、迷っているというより、どう断ろうかと考えているように見えた。

「ウチも小さなお店ですし、やっぱり売れ残りは出したくないんです。お客さんとのコミュニケーションも大事だと思ってるんですよ。無人販売では、そういうのもお留守になってしまいますからね」

優衣は反論の言葉を探したが、思いつかなかった。出てきた言葉は、「そうですかあ……」、という諦めのひと言だ。

「お役に立てなくてすみません」

店長はそういうと、もうこれでいいでしょう、といいたげな作り笑いを浮かべて優衣を見た。

「ダメだ」

それから数日後、会社帰りに桜子と食事にいった優衣は、お店の片隅でうなだれた。

「何軒か回ったんだけど、どこもいい返事くれないんだよね。無人はやらないとか、衛生面に問題があるとか、売れ残るのは困るとか。まあどれもごもっともではあるんだけど、こんなに大変だとは思わなかったな」

「当たり前じゃない」

やっとわかったかという顔で、桜子ははっと短い息を吐いた。「世の中そんなに甘くないの。いい勉強になったでしょう」

「はい。すみませんでした」

ぺこりと頭を下げた優衣は顔を上げ、店の何もない空間に焦点の合わない遠い目を向ける。

提案はしたものの、目の前に立ちはだかる壁の堅牢《けんろう》さに、手も足も出ない自分がいる。

このまま立ち消えになっちゃうのかなあ、という漠然とした予感が、いつのまにか頭の片隅にちらつきはじめているのに気づき、だから、あんたはダメなのよ——そう、自分にいってみる。

この五年間、東京建電という会社での優衣は主体性のない部品だった。いわれるままに仕事をこなし、目立つことは一切なく、ただひたすら事務方に徹した物いわぬ部品だった。考えてみれば、会社だけではなく、あの人との関係においても自分は部品だったのではないかとさえ思う。

あの人の気分を満たし、安定させるための都合のいい部品だ。

部品になってしまったのは、意思や感情はあっても、状況に抗《あらが》うだけの勇気がなかったからだと思う。

ただ徒《いたずら》に過ぎ去っていった日々はもう取り戻すことはできないけれど、未来なら変えられる。

そして、変えるためにはまず自分が変わらなければならない。

だから——だからここで諦めるわけにはいかない。

「どうするの？　もうやめるの？」

桜子に聞かれ、「まさかまさか」、と優衣は首を横に振った。「あきらめないよ、私は」

返事はない。桜子からは、ただ疑わしげな眼差しが優衣に向けられただけだ。

「企画書出してって、伊形さんにいわれてなかった。書けるの？」

「ドーナツ屋さんの目星はまだ付いてないけど、とりあえず出してみるつもり」

優衣はいった。「一応、コンセプトだけでも理解してもらわなきゃ話にならないでしょう」

「まあ、そうだけどね」

桜子は、ぽつりと返事をしながら白ワインを口に運んだ。「だけどさ、優衣、背伸びしてない？」

「してる、思いっきり」

優衣はこたえた。「だけど、そうしない限り私は変われない。これは私に課された試練なんだよ。乗り越えない限り、明日はない」

それはちょっと大げさな言い方で、案の定、

「ご立派」

桜子は嘆息まじりだ。しかし、優衣の決意を見てとったか、親友はそれ以上の反論は呑み込んだらしかった。

7

「社内ドーナツ販売についてのご提案」と題した企画書を優衣がまとめたのは、それか

らまもなくのことであった。

企画書というものを書いたのは、生まれて初めてだった。

桜子が貸してくれた小難しい『経営戦略』という経営学の本に載っていたひな形を頼りに、この三日ほどを費やして見よう見まねで書き上げたものを、昨日一晩かけて桜子が添削してくれた。

いま、テーブルの向こう側で伊形が、黙って企画書に目を通している。ページがめくられる乾いた音がするたび、否定的なことをいわれるのではないかと思ってドキッとするが、結局伊形はひと言も発することなく、最後まで読み通した。

「そうだな……」

ぽんと企画書をテーブルに置いた伊形は、視線を壁に向け、親指と人差し指を額に押しあてるとしばし考え込んだ。

「こういう軽食販売が社内で求められているというのは、事実なのかもしれないな」

この企画書に先立って、優衣は社内でアンケート調査を実施していた。

設問が四つしかない簡単なものだ。

問一は、「あなたは残業で空腹を感じることがありますか」で、これには、「1．毎回感じる、2．時々感じる、3．ほとんど感じない」の選択肢をつけた。問二は、「前項で1と2と答えた方に質問します」という条件付きで、「あなたは空腹を感じたときどうしますか」という問いかけ。これには、「1．外に食べにいく、2．我慢する、3．その他」という選択肢。問三は、「あなたは、もし社内に簡単な軽食販売があれば、利用しますか」。問四は意図的で、「もし社内販売があれば、仕事の能率は上がると思いますか」とし、これには、「1．上がる、2．どちらでもない、3．上がらない」の三つの選択肢をつけた。

桜子をはじめ女子社員数名の力を借りて集めたサンプル数はおよそ五十。「この数を十分と見るか、少ないと見るかは判断の分かれるところだけど」、とは桜子の弁。「だけど、ないよりマシ」、という意見に基づき、企画書に添付してある。

アンケートは無記名だが、その回答を読み解けば、東京建電の社員の多くは、「毎回残業で空腹を感じ、いまは外に食べにいったり我慢したりしているが、社内の軽食販売があれば利用するし、仕事の能率も上がる」、ということになるのであった。

もちろん、ここには優衣の作為は一切入っていない。公平なアンケートの結果である。伊形の反応はまさしく、そのアンケートが社内の実態を反映したことを認めるものだ。

「わかった。この企画書は環境会議からの提案として、関係部署に回しておこう。どんな反応が出てくるかはわからないが、その間に、君はドーナツ販売が実質的に可能かどうか、業者を探してみてくれ。それでいいか？」

「もちろんです。ありがとうございます」

一礼して伊形の前から辞去した優衣は、とりあえず最初の壁をなんとか乗り切った。

「伊形さんのところをクリアできたのは、まあよかったわ」

人事部での面談結果は、報告するまでもなく桜子は知っていた。午後七時過ぎ。丸の内のカフェで待ち合わせ、そこで簡単な夕食を摂《と》りながら今後のことを話し合おうといってくれたのは桜子のほうだった。

「おかげ様で、なんとかなりました」

ぺこりと頭を下げた優衣を、桜子は乾いた雰囲気で眺めた。「でも伊形さん、優しいからさ。あんたが苦労して企画書書いたことは見ればわかるだろうし、あの人だったらそんな労作を自分のところで潰したりはしないでしょう。そもそも環境会議のリーダーでもあるしさ。むしろ問題は、これからかな」

「河上部長とか？」

人事部長の河上とは直接話をしたことはないが、いつも苦虫をかみつぶしたような渋い表情をしている。苦手なタイプだ。

「部長もそうね。ただ、あのひとは風見鶏。他の役員がどう思うか敏感に察して、勝ち馬に乗るタイプ。自分の意思より周囲の反応が大事なひとよ。河上部長がドーナツ販売についてどんな立場を取るかは、まったくのブラックボックスだな。だけど、まだ部長はいい。自分にとってなんの関係もないと思えば、さっさと承認印を捺《お》すだろうから。この企画にとって、本当の敵は他にいる」

表情を固くした優衣の目を、意味ありげに桜子は覗《のぞ》き込む。「——経理部よ。あそこをクリアしない限り、この企画は絶対に実現しない」

伊形との面談が成功したことで少し浮かれていた優衣に、桜子が思い出させたのは東京建電の現実だ。古風な男社会、硬直化した組織。文句をいう暇があったら黙って働け——そんな不文律がいつも職場の、天井近くの空間にぶら下がっているような会社だ。

「どうすればいいと思う？」

尋ねた優衣に、桜子の答えははっきりしていた。

「一刻も早く、ドーナツ屋さんを探して企画を固めること。経理部は、面倒なことを極端に嫌う。それに、彼らの頭では森羅万象のすべてがお金に換算される。ドーナツを売るために実際にお金がかからなくても、もし誰かが管理する必要があれば人件費がかかると文句をいうでしょう。あなたはそれを論破する必要がある」

「論破？　どうやって」

桜子は、人形のような底の読めない目を優衣に向けてきた。ちょっとコワい目だ。きっと桜子は、これから十年もすると東京建電のお局《つぼね》様になるに違いない。

「それを考えるのが優衣の仕事でしょ。立てた企画をやり遂げるためには強くなきゃいけない。いま優衣は試されてるんだよ。誰も助けてくれなくても、ドーナツをみんなに食べさせてあげるんだって、その気持ちがどれぐらい強いか試されてる」

その通りだ。

そしてこれは、これからの自分の人生を占う試金石でもある。

桜子の言葉は、ある意味、優衣が感じ始めていた呪縛を解くキーワードも含んでいた。

〝みんなに食べさせてあげるんだって――〟。

そう、これは自分のためだけの戦いじゃない。みんなのための、戦いなんだ。優衣の企画は、東京建電の社員たちを喜ばせてあげることができる。だからこそ、頑張る意味がある。価値がある。勇気が出る。

ドーナツの無人販売に協力してくれる業者を早く見つけ、企画を固めよう。そう思った優衣が、三雲英太《みくもえいた》と出会ったのは、その数日後のことであった。

8

夕方、都心に珍しくやってきた激しい雷雨のせいで、仕事を終えて会社を出たとき、大手町界隈《おおてまちかいわい》の街は濡《ぬ》れそぼっていた。優衣が思わず足を止めたのは、まだ上空の半分ほどを埋めている雨雲の切れ間から何本もの光柱が射し込んで、息を呑むほど美しい造形を成していたからだった。

束《つか》の間《ま》それに見とれていた優衣だが、道ばたに停車しているワンボックス車にふと目を止めた。

その車には、パンの絵が描かれていた。車体の下半分をえんじ色に塗った古いフォルクスワーゲンは雨粒を乗せたままで、ちょうど運転席から降りてきた男が、太陽光線に目を細めながら空模様を眺めたところだ。

もう雨は来ないと思ったのだろう。見ていると男はその場で改造してある後部のハッチバックを開け始めた。現れたのは、プラスチック製の透明なボックスに入っている何種類かのパンだ。背の高い男の骨張った指が天井のスイッチを押すと、ぽっと明かりが灯《とも》り、並んだパンを浮かび上がらせる。

吸い寄せられるように近づいていった優衣はショーケースを眺め、そこにドーナツがないか探した。

なかった。

「いらっしゃい」

どこから入ったか、いまショーケースの裏側に回った男が声をかけてきた。それに会釈でこたえた優衣は、メロンパンやチョコレートパン、サンドイッチなどが並んだケースをもう一度ざっと確認してから聞いた。

「あの、ドーナツはないんですか」

「すみません、売り切れちゃったんですよお」

男の返事はいかにもすまなさそうで、見ると面長の表情の中で、眉がハの字になっている。「でも、他のパンもおいしいですよ。どうですか」

さりげなく勧めるセールストークは、誠実そうな雰囲気で好感が持てた。

「これはご自分で作ってるんですか」

そんなことを尋ねる客はあまりいないのか、男はちょっと意外そうに丸い目をして、

「はい」、といった。

「ドーナツも？」

「もちろん。一番人気なんです。自分でいうのもなんですが、おいしいですよ、ウチのドーナツ」

「いつもここで？」

優衣は尋ねた。地下鉄の入り口に通じるこの道は毎日通るのだが、こんなパン販売のワゴン車は見た記憶がない。

「いえ、いつも二つほど向こうの通りでやってるんですが、今日から工事区間になってしまいまして。それでこっちに移動してきたんです。お近くですか？」

今度は男が尋ねた。

「あの角のビルにある会社にいるんです」

優衣は、ちょうど向こうに見えている東京建電が入居しているビルを指した。それから慌ててバッグを開け、「私、こういう者なんですけど」、といって名刺を差し出す。事務職ではあるが、営業部の女子社員はたまに顧客と接することがあるというので名刺を持たされていた。他の客がいたら商売の迷惑になるところだが、運良く、いまは優衣以外の客はいない。

「実はいま、ウチの社内でドーナツの無人販売をやろうと企画しているんです。そういうの興味ないですか」

「ドーナツの無人販売……ですか」

男は、まるで初めて聞く言葉を繰り返すようにしてつぶやいた。「ちょっと話を聞いてみないと……。あ、ぼくも名刺、ありません。こんなところからすみません」

そういうと助手席にある物入れから、一枚抜いてショーケース越しに差し出してきた。

ベーカリー三雲　三雲英太。

自分で焼いたパンをワゴン車に乗せ、オフィス街でルート販売しているのだと英太はいった。

「七時半ぐらいなら、もう終わってると思いますから」

英太がいった時間になるまで、優衣は近くのビルにあるカフェで時間を潰した。そうしながら、企画書を取り出し、どうやって英太を説得したものか頭を巡らせる。いままで、十軒以上のベーカリーやカフェを回ってこちらの意図を話すうち、優衣はこの企画の弱点がわかってきていた。

無人販売、買い取りじゃないこと、そして衛生面などの環境——。

最初のうち、優衣は、こうした問題をできるだけ大げさに聞こえないよう話すようにしていた。そうしないと、真剣に検討してもらう以前に、門前払いを喰《く》らう可能性があったからである。

だが、何軒も回っているうち、そういう考え方自体、間違っているのではないかという気がしてきた。

企画を実現させるために、面倒なことを後回しにするのではなく、最初にしっかりと説明するべきではないか。後で問題に気づくより、最初に問題として認識し、それに対する理解を得ておく。そして必要な対策を話し合っておく。そういうやり方でないと、仮に企画が実現してもすぐに頓挫してしまう気がしたからだ。

それでは優衣の趣旨にそぐわないし、企画に賛同してもらう業者に対しても悪い。小さくてもビジネスなら、最初に隠し事なく説明するのが信頼関係の第一歩のはずだし、そうでなくては、今後いろんなトラブルが起きたときに乗り越えていけないだろう。

そう考えると、これはそもそも説得するとか、そういうレベルの話ではないと気づくのであった。

「これはビジネスなんだよ」優衣は自分自身に言い聞かせる。

ビジネスならば、ウィン・ウィンの関係にならなければならない。ドーナツの無人販売という企画が、ドーナツを提供する相手にとっても「いい話」でなければならない。

通りが見えるテーブルにいると、ちょうど約束の時間を過ぎた頃、長身の男がこちらに歩いてくるのが見えた。

英太だ。

エプロンを外し、履き古したようなスニーカーとジーンズ、柄物のシャツ姿は、このオフィス街で見ると少し浮いて見える。

英太は、カフェの客席が見えるところで立ち止まり、優衣がどこにいるか探すように店内を覗き込んだ。手をあげると、ひょいと頭を下げて一旦視界から消え、ビル内部にある入り口から入ってくる。

「どうも、お待たせしました」

足早に近づいてきた英太に、

「お忙しいところ、お呼び立てしてすみません」

立ち上がって優衣は頭を下げた。「もう、お仕事は大丈夫なんですか」

「ええ。まあこれ以上やっても、あんまり売れないんで」

その口調から、少し売れ残りが出たのかな、と優衣は想像してみる。

「そうですか。お疲れのところ、ほんとにごめんなさい。お時間は大丈夫ですか」

「地下の駐車場に入れてきましたから」

英太はこたえ、腕時計を一瞥《いちべつ》した。「三十分ぐらいなら、問題ないです」

本当は、英太の仕事に少し興味が湧いて、いろいろ聞いてみたかったが、そんな時間的余裕はなさそうだ。早速、優衣は自分の企画を説明することにした。

「話はだいたいわかりました」

一通り説明を聞いた英太は、そういって腕組みをした。「それで、この企画はもう社内で正式決定されたんですか」

「それはまだ……」

優衣はこたえた。「いま第一段階を通過したところなんですが、今後正式承認まで持っていくためには、ドーナツを売っていただける業者さんまで固めておきたいんです」

「いままで、他のお店に声をかけられましたか」

英太に聞かれ、「はい、だいぶ断られました」、そう正直に白状するしかなかった。

「無人販売だとか、買い取りじゃないこととか、いろいろ問題があると指摘されまして」

「まあ、そうでしょうね」

英太はうなずいた。「それはウチでも同じですよ。ただ、そうだなあ……」

運ばれてきたアイスコーヒーをすすりながら、英太は企画書をもう一度読んでいる。

「一日、三十個ぐらい売れるんなら、やってもいいかな」

「ほんとうですか？」

予想外の反応に、優衣は思わず顔を上げた。

「見ての通りで、ウチの商売ってちっちゃいんですよ。ぼくが自分で売ってるだけではたかが知れてるし、こういう商売に可能性があるんなら挑戦してみてもいいような気がします。それに、ウチは移動販売だから、御社まで出向いて、新しいドーナツを入れて代金を回収するのもそんな手間にはならないですしね。もともとこの近くに来てるわけだから、ルートにも乗ってる。悪くないと思います」

「だったら、ぜひ、お願いします」

優衣は嬉《うれ》しくて泣き出しそうになりながら、いった。

「私、できるかぎり三雲さんの要望に添えるようにしますから」

「もし時間があるようでしたら、いま練ってみますか」

「もちろんです」

優衣はいい、「でも、三雲さん、時間大丈夫ですか」、と少し心配になって聞いた。三十分はとっくに過ぎ、すでに一時間を超えようとしている。

「気にしないでください。新しい仕事への投資なんだから、そんなのへっちゃらです」

英太はいうと、実際にドーナツを販売するシミュレーションをしながら、優衣の企画書の実現可能性を探り始めた。

9

「へえ。脱サラで移動ベーカリーやってるんだ」

翌日、お昼を一緒に食べようと誘ってきた桜子に、優衣は英太の話をしてきかせた。

英太は元はIT企業に勤めるサラリーマンだったが、殺伐とした社内の雰囲気や、ひたすらバーチャルなものに神経をすり減らす生活に疲れて会社を辞め、その後一念発起して畑違いのパン職人になった男であった。

「パン屋さんをやろうとしたらしいんだけど、店を借りたり設備を整えたりするお金がなかったんで、中古のワンボックスカーを買って今の仕事を始めたんだって」

昨日、企画を練る合間に聞いた英太の話を、優衣はそのまま桜子に話してきかせる。

「ワンボックスカーで売れば場所代はかからないし、自分ひとりでできるでしょ。リアルな世界で目に見える形の商売をしたかったからその意味ではよかったんだけど、ちょうど始めて一年が経《た》って、そろそろ何らかの形で事業を拡大できないかって考えてたらしいのよ」

いつのまにか、英太の代弁者のような口調で優衣は話していた。

「なるほど」

納得したらしい桜子は聞いた。「まあ運がよかったね。そんな人見つけられてさ。それで、どんな形にするわけ？　企画、練ったんでしょ」

「それなんだけど――」

英太と相談した内容を話す。「まず、ドーナツは一個百五十円を予定していたんだけど、二百円にしたらどうかって。三雲さんが売ってるドーナツは百五十円から二百五十円まで幅があるらしいんだけど、無人販売なら半端な金額じゃないほうがいいから、値段を丸めようって話になって。その代わり、種類はチョコやシナモンも入れて、ちょっとバラエティを出してくれるって」

英太は、もともとIT企業で企画に携わっていたこともあって、話し始めるとどんどんアイデアが広がっていった。ディスプレイをどうするか、代金を入れるボックスをどう設置するか。顧客のフィードバックを得るために、アンケートを取りたいというような意見も出してくれた。

英太と話すのは、楽しかった。ビジネスがこんなに楽しいのかと、自分でも驚いたぐらいだ。二時間近く話し込み、家に帰ったあとも、興奮して頭の中はドーナツ販売で占領されたまま、他のことが何も手に付かなかった。

この企画を実現するために、優衣はようやく話の嚙《か》み合う相手を見つけた。英太は、桜子のようなオブザーバーではなく、ビジネスパートナーというにふさわしい相手だ。

「これはポケットビジネスだね」

昨夜、すこしお互いに気安くなった頃、英太はいった。「ぼくの商売は小さい。だけど、これはもっと小さい。でも、商売ってそもそもこういう小さなところから大きくしていくもんだと思うんですよ」

まさにその通りだと、優衣は思った。

「どう思う」

すべてを話し終えた優衣は、ビジネスに厳しい親友に恐る恐るきいた。

「優衣にしては上出来だね」

桜子の返事は拍子抜けするほどあっさりとしていた。「それで正式な企画書が書けるでしょ。あとは優衣が、社内の難関を乗り切る番だよ」

10

優衣が、英太のドーナツを食べたのは、その数日後のことであった。

夕方の五時半過ぎにいってみると、同じようにフォルクスワーゲンのハッチを上げ、路面販売をしている英太の姿があった。前にいた数人の客を捌《さば》いた英太は、「先日はどうも」

優衣の顔を見ると、屈託のない笑顔で声をかけてくる。

「こちらこそ、ありがとうございました」

ぺこりと頭を下げた優衣は、ショーケースに並んでいるパンやサンドイッチの中にドーナツが並んでいるのを見つけて思わず覗き込んだ。

プレーン、チョコ、シナモン、フルーツの四種類。それをひとつずつ買って、プレーンをその場で食べてみる。新たに来た客が、その場で立ち食いしている優衣をちらりと見て、物珍しそうな顔をしたが、これも仕事である。

「どうですか」

その客が買ったパンを手渡した後、少し遠慮がちに英太がきいた。

「すごくおいしいです」

もう少し気の利いたセリフをいえないのかと自分に呆《あき》れながらも、それ以外の言葉は思い浮かばなかった。ただひたすら、おいしい。さくっとしていて、それでいてしっとりしていて、口の中にさっと広がっていく味わい。きっと英太はドーナツが本当に好きなのに違いない。だからこんなにおいしいドーナツを作ることができるのだろう。これを毎日食べられたら、どんなに幸せだろうか。

優衣が詳細な企画書をまとめ、人事部の伊形に提出したのは、さらにその翌日のことであった。

桜子からの情報によると、企画書は先日提出した概要だけのものと差し替えられる形で、その日のうちに伊形から人事部長の河上に回付されたらしい。

「決裁したよ、部長」

桜子から連絡があったのは、その翌朝のことだ。「企画書、役員会議に上がるまえに経理部のチェックに回るから。いよいよだからね」

「わかった」、といって受話器を置いた優衣に、その問題の経理部から早速連絡があったのは、その日の午後であった。

嫌な予感は確かにしていた。なんとなく、うまくいかないような。何かが起きそうな……。

午後四時過ぎ、実際に経理部を訪ねた優衣はその予感が的中したことを知った。小さなミーティングブースで待たされること数分。入室してきたのは、経理課長と課長代理のふたりだった。

課長の加茂田久司《かもだひさし》は、社内きってのうるさ型として知られている、いわば煙たい男である。優衣が所属している営業セクションも企画を潰されたことは数知れず、さらに中請した接待交際費が認められず泣かされた同僚も枚挙に遑《いとま》がない。そんな営業セクションの難敵がいま、優衣個人の前に立ちはだかる壁となって、仏頂面をして座っている。

そして、加茂田の隣にすまし顔でかけている課長代理は新田雄介《にったゆうすけ》。優衣の、不倫相手だった男だ。

「君の企画書なんだけどさ、こんなことする意味あるの？」

開口一番、加茂田の〝口撃〟が始まった。否定的な言葉を頭ごなしに投げつけるのが加茂田流だ。

「お腹を空かせて残業すれば効率も落ちますし、結果的に夜遅くになって食事を摂ることになるから体にもよくありません。アンケートを取ってみましたが、多くの社員がこの企画に賛成してくれてます」

そのアンケート調査は、企画書に添付してある。

「ああ、これね」

クリップを外し、アンケートを一瞥しただけで、加茂田はそれをテーブルに放り出した。「社員の要望を全部聞いていたらキリがないだろ。問題は、本当にそれが会社の利益になるかどうかなんだよ。君の企画書には、腹が減っていたら効率が落ちると書いてあるけどさ、本当にそうなのか。仮に落ちるとして、それはどのくらい？　わざわざドーナツを社販しなくても、欲しければ自分が買ってくればいいんじゃないのか」

「それは違うと思います」

畳みかけてくる加茂田に、優衣はなんとか抵抗を試みた。緊張で声は喉にひっかかりそうだったが、出てきた言葉は自分でも驚くくらい凛《りん》として聞こえた。

「違うって、なにが」

そういったのは加茂田ではなく、隣にいる新田だ。課長の前だからだろう、視線は冷ややかで、かつて優衣に見せた愛情の欠片《かけら》すら感じない。

「このドーナツは、本当においしいんです。外で買ってくればすむ話ではなく、ウチの社内で、ほっぺたが落っこちそうなドーナツが売られている、しかも二百円払えばいつでも自由に買える状態でそこに置かれている事実が重要なんです」

「意味がわからんな」

加茂田がいった。「個人の工夫ひとつでクリアできる問題だろ。無駄じゃないか」

「無駄じゃありません。職場を豊かにするために必要なことだと思います。だって、社内でおいしいドーナツがいつでも食べられる会社って、素敵じゃないですか」

優衣がいうと、加茂田は俯《うつむ》き、後頭部のあたりを右手でぼりぼり掻《か》き始めた。

「あのさ、そういう問題じゃないんだよ、君」

君——か。よそよそしく、上から目線で、新田がいった。たしかに、経理部のエリートからすれば、優衣のことなど取るに足らない存在だろう。その取るに足らない存在が、いままでにない企画を出してきたのだ。経理部にしてみたら、ただ面倒なだけのアイデアを。

「じゃあ、どういう問題なんですか」

新田の対応に怒りが込み上げ、思わず優衣は固い声を出した。

「だから――」

不機嫌に黙りこくっている上司に代わり、新田は説明をはじめる。「この企画には、経営的な必然性がないだろう。そういうことだよ」

「経営的な必然性ってなんですか」

優衣は思わず聞いてしまった。そんなことばっかりいってるから、いつまで経ってもウチの会社はぎすぎすしているんだと、そういいたかった。

「それはもちろん、株主利益を最大限にするためにだな――」

「そのためには社員に犠牲になれということですか」

あと一ヶ月ちょっとで退職するという状況でなければ、こんな物言いはできなかっただろう。あるいは、相手が、新田でなければ。

「犠牲になってるわけじゃないだろう」

呆れたという口調で、新田はいった。「みんな、それでやってきたんだ。それが不満だというのなら、なんでいままでそういう意見が出なかった」

「みんな気づかなかったんですよ」

優衣はいった。「もっと自分たちの職場環境をよくしていく知恵があるってことに。これは小さなことかもしれませんが、みんなの心が豊かになって、この会社を少しでも好きになれるかもしれない。経営的必然性とかいわれても、正直、難しくてよくわかりませんが、数字やお金に現れないことにも大切なことってあるんじゃないですか」

「感情論で企画を出されても困るんだよ、君」

熱くなった優衣に、加茂田が浴びせたひと言は氷塊のようだった。

「感情論じゃないです。アンケートも取ってあるし」

加茂田は黙ってそれを一瞥して鼻で笑った。「こんなもの……。会社は学校のお遊びサークルじゃない。それにさ、ウチはソニック系のれっきとした中堅メーカーなんだ。付き合う相手も選んでいかなければならない。それなのになんだ、このパン屋は。創業一年？　どこの馬の骨とも知れない相手をこの会社に入れろというのか、君は」

「そんな資料だけ見て判断するのは間違ってませんか」

優衣は必死で反論した。「相手が普通の会社ならそれでいいかもしれない。だけど、三雲さんはひとりでパンを焼いている職人なんです。脱サラしてまだ一年だけど、すごくおいしいドーナツを作ってます。一所懸命で誠実で、信用に値するひとです」

「随分、ご執心のようだけど、脱サラしてパン屋になりたてなんだろ。ビジネス的にいうと、そういうのが一番危ないんだよ。ある日突然ドーナツ共々雲隠れなんてことになりかねないじゃないか」

新田の発言は、それまで我慢してきた優衣の怒りに火を点《つ》けた。

「あなたにそんなことをいう権利はあるんですか」

優衣は思わず、新田に向かって言い放った。「あなたはそんなに誠実なひとなんですか」

加茂田が不思議そうな顔を新田に向けた。新田はぎくりとして顎を引き、優衣を見たまま言葉を失った。

11

「はっきりいってやればよかったのに」

桜子は鼻に皺《しわ》を寄せ、意地悪くいった。「なんでいわなかったの。どうせ辞めるんだから、道連れにしてやったら」

「なんか、あの人の慌てぶり見てると可哀《かわい》そうになっちゃったんだよね」

ぼんやりと窓の外を眺めていった優衣に、「だめだこりゃ」、と桜子はいい深く嘆息してみせた。

会社近くにある気楽なイタリアンの店だ。窓からは、オフィス街を行き交う人たちが見える。

「もしかしてまだあの男に未練があるわけ？　結局、優衣はあいつの精神安定剤に過ぎなかったんだよ。優衣が我慢して都合のいい女を演じ続けてたら、図々しくいつまでもその関係を続けてたんじゃないの」

新田はこの三年の間、いつか妻と別れて優衣と結婚するつもりだと優衣にいい続けていた。だが、「いつか」は様々な理由で引き延ばされてきた。子供が小さくて手がかかるからとか、私立の幼稚園に入れるのに両親が揃《そろ》ってなきゃいけないからとか、いま仕事で大変な時期だからとか――。その言葉を、優衣は信じていた。新田のことを、信用していた。

「言い訳できなくなったから、優衣のことを捨てたんだよ。そういう奴《やつ》なんだよ、あいつは」

「そう、かもね」

優衣は虚《うつ》ろにこたえる。

エリート然とした新田。優衣の発言に狼狽《ろうばい》する新田。それを交互に思い浮かべ、突き放そうとするのだが、それができない自分がいる。

「なんだかまだ傷は深そうだね」

いつのまにか真顔でワイングラスを見つめている自分に気づいたとき、やれやれとばかりに桜子がいった。

「それで、企画のほうはどうなの」

「わからない」

正直に優衣はこたえた。「だけど、あの感じではちょっと望み薄かも」

「あえなく沈没かあ」

桜子はいった。「優衣にしてはよく頑張ったわ。ただ、経理部のその二人組を敵に回したんじゃ、ちょっと荷が勝ちすぎたよね。でも、正直私は、今回の件で優衣を見直したよ。よくやりました」

「なにいってんの、桜子」

優衣はいった。「勝手に終わらせないでくれる？　私は、あきらめないから」

12

「お、ドーナツか。誰かの差し入れかい？」

副社長の村西京助《むらにしきょうすけ》は、いつにない秘書の差し入れに書類から顔を上げると少し驚いた顔をした。

午後三時過ぎに在室しているときはたいてい、秘書が気を利かせてコーヒーを淹《い》れてくれるが、茶請けが付くことはめずらしい。

「営業四課の浜本さんがキャンペーンしてるんです」

「キャンペーン？」

早速ドーナツに手を伸ばしながら、空いている手で秘書が差し出したチラシを受け取って読む。

——おいしいドーナツの無人販売コーナー設置を提案しています！

「ほう」

顔を上げた村西に、秘書が説明した。「環境会議で提案して、いま企画書を回しているとか」

「企画書？　見てないな。どこにある」

秘書は首を傾《かし》げた。「ちょっと調べてみます」

「それと——」

歩き出した秘書に、村西は声をかけた。「このドーナツ、家族に買って帰りたいんだが、どこで売ってるんだい？　それも聞いておいてもらえるか」

13

優衣の出した企画書が役員会で決裁されたのは、それからまもなくのことであった。環境会議で提案して三週間後、無人販売のドーナツは、英太が知り合いの業者に特注したプラスチックケースに入れられ、三階フロアの共用廊下に設置された。

値段は、一個二百円。ドーナツは、プレーン、チョコ、シナモンの三種類で、毎日午後の三時前に、近くでお昼用のパン販売を終えた英太がやってきて、新しいドーナツと入れ替え、代金を回収していく。

最初の日、少し多めに五十個置いたドーナツは、物珍しさもあってあっという間に完売。社内の評判も上々だったため、次の日はさらに多めの七十個を入れたが、それもほぼ完売した。

想像以上の滑り出しである。

しかし、いずれ販売個数も落ちるだろうという予測のもと、適正数を探る日々が続き、当面は約六十個を販売しようということになったのは、退職日を二週間後に控えた九月も半ばのことであった。友人たちの送別会が連続し、少々疲れが出はじめた頃である。

その日も、同期による送別会を終え、丸の内の居酒屋を出たとき、午後九時を過ぎていた。

ハンドバッグの中で携帯が震動しているのに気づいたのは、全員が店から出てくるまで店の外でたむろしているときだ。

携帯を開けた優衣が、出ようか逡巡《しゅんじゅん》したのは、電話をかけてきたのが新田だからだった。

少し迷った末、優衣は通話ボタンを押した。

「ちょっと会えない？　今日、送別会だろ。終わってからでいいからさ。今までのこと謝りたいんだ。やり直せないかな、オレたち」

アルコールの回った友達の賑《にぎ》やかな話し声にかき消されそうになりながら届いた新田の声は、真剣そのものだった。

「優衣、カラオケ行こう、カラオケ」

電話をかけているのも構わず桜子が声をかけてくる。それにうなずきながら、「まだ終わらないんで」、そういって優衣は一方的に通話を終えた。

「どうしたの？」

優衣は、感情が顔に出るタイプだ。事情を話すと、桜子は目をつり上げて、「ダメ」、とキツイ口調でいった。「行っちゃダメ。どうせ奥さんとケンカでもしたんだよ。それとも優衣が会社辞めたら、もっと都合よく会えるとか思ったのかもしれない。甘い顔したら絶対ダメだからね」

「そう、だよね……」

そういった優衣の携帯が震動してメールが入ってきたのはそれから五分ほどしてから

だった。

　——学芸大学駅前のいつものバーで待ってます。ずっと待ってます。

　優衣がその店に顔を出したとき、すでに電話をもらって二時間が過ぎていた。もう帰っただろうと思ったが、果たして新田はまだそこにいて、本当に優衣を待っていた。

　黙って隣にかけ、コーラを注文する。

「ごめんな、優衣」

　どうやら水割り一杯で粘っていたらしい新田は、優衣が隣にかけるやいなや謝った。

「やっぱりオレ、お前がいないとダメなんだ。必要なんだよ。もう一度、やり直さないか。オレはお前と一緒になれるまで、とにかく頑張るから」

　新田は、人に聞かれるのではないかと思うほどはっきりとした口調でいい、優衣の目を見つめてくる。

「オレにもう一度チャンスをくれ。この通りだ。会社を辞めても、オレと付き合ってほしい。お前しかいないんだ」

　あんなに冷たく別れようっていったくせに、いまさら何——そんな思いが優衣の胸で渦巻く。それなのに——。

　いま新田は、目に涙まで浮かべそうな勢いで優衣に復縁を懇願しているのであった。

なんなの、これは。

どう反応していいかわからず、黙り込んだ優衣に、「いますぐ結論出さなくていいから」、と新田はいった。

「お前も会社辞めて大変になると思う。オレはそんなお前を支えたい。力になりたい。一緒に生きていきたいんだ。だから——もう一度、オレとのこと考えてみてくれないか」

「話したいことは、それだけ？」

優衣はぐらぐらになりそうな気持ちをなんとかこらえた。経理部での木で鼻を括《くく》ったような面談を思い浮かべ、どちらが本当の姿なのか、わからなくなる。

「最後にひとつだけいわせてくれ。オレはこれから誠実に生きていくつもりだ。もうごまかしたりする気はない。だから、オレのこと信用してくれ」

「そんなこといきなりいわれても……」

激しく心を揺さぶられた優衣は、「少し考えさせて」、そういうと出されたコーラを半分だけ飲んで、ひとりその店を出た。

14

新田と会ったことを、桜子には言えなかった。

言えば、優柔不断だと叱られるだけだ。あれほど辛《つら》い目に遭いながら、優しい言葉をかけられた途端に迷いを否定できない自分に、我ながら呆れてもいる。

だけど、誠実に生きていくつもりだといった新田の言葉は、優衣の心にしっかりと張り付いて離れなかった。そのときの新田は、いままで見たこともないほど真剣な目をしていた。

「一応、毎日一万円ほどの売上が確保できてるのはいいんだけど、二十日間やってきて、ちょっと問題も出てきたかな」

英太との打ち合わせの席上である。ちょっと意外な発言に、優衣は、あれこれ思い悩んでいる思考から抜け出し、意識をそちらに向けた。

「ちょっとこれ、見てくれる？」

英太が広げたのは、毎日の入荷および販売個数と売上の一覧表だ。日付ごとに、三種類のドーナツが何個売れたかが記録されている。資料には様々な分析をした跡があって、ＩＴ企業で経営企画畑にいた英太にとって、この手の資料の分析は、パン作りと同じぐらい得意なのだろうと思わせた。

「通常よりも、繁忙日のほうがよく売れるのがこれでわかる。こういう日はきっと残業が多いだろうからね」

そう英太はいった。「で、御社の繁忙日は月の下旬に集中しているから今後はその日に少し多めに置こうと思ってるんだ。あと、雨の日は少し売上が増える。きっと昼ご飯の代わりに食べる人がいるからだろうね。それも変動要因として考慮する必要があるかな。それと、プレーンとチョコ、シナモンの三種類の売上傾向がわかったんで、均等ではなくチョコとシナモンを多めにする。それに、今後はこの三種類を定番にして、もう一種類日替わりドーナツを加えようと思ってる。それと、値段を一律にする方針はいままで通りでいこうと思う」

「いいんじゃないかな」

優衣はいった。いまやすっかり意気投合し、英太との打ち合わせは友達感覚だ。「で、問題ってどんな？」

尋ねると、英太は眉を顰《ひそ》めて優衣を見た。

「実はさ、売れた数と実際の売上が合わないんだよ」

え、と優衣は顔を上げた。思いがけない話であった。

「それはつまり、ドーナツを食べたのにお金を払っていない人がいるってこと？　どのくらい合わないの？」

「だいたい、何日かに一個か二個は合わないな。ほら、これが足りなかった金額。ちなみに、多すぎたことは今まで一度もない」

英太は資料の脇に並んだ金額を指した。「これを無人販売が抱える当然のリスクと考えるべきか、いま悩んでるところだ」

「それはダメです」

優衣はきっぱりといった。「合わないのがたとえ二百円でもお金を払わないなんて最低だし、そういうのを許してたら、無人販売というやり方そのものが崩れちゃうでしょう。迷惑をかけた分は私が弁償します。今後、貼り紙とかして、こういうことのないように周知徹底するから。すみませんでした」

頭を下げた優衣に、「弁償はいいからさ。その気持ちだけでうれしい」、と英太はいった。

「それに、周知徹底すればいいって問題でもないと思うんだな。というのも、ドーナツの代金を払ってないのは、いつも同じ人なんじゃないかと思うんだ」

予想外の指摘だ。「たとえば、ある人物が昨日は代金を払って今日は払わないってことがあると思う？　ないよね。代金を払う人はいつも払うし、払わない人は払わない。そういうもんだと思うわけ」

たしかに、その通りかもしれない、と優衣は思った。

「つまり、代金を払わない人はきっといつも同じだと思うんだ。たとえ貼り紙をしたところで、それは変わらない。そういう人は誰も見ていなければずっと代金を払わない。払うつもりがないんだよ」

「じゃあ、どうすればいいの？」

優衣は聞いた。「このまま、その人にはドーナツをただで食べさせるわけ？」

「ぼくには犯人捜しはできない。ずっと見張ってるわけにいかないから」

英太はいった。「だけど、気になったんで、この一週間ほど、午後だけじゃなくて、午前中にも様子を見ることにしたんだ。午後回収した代金と売れた個数は一致していた。つまり、昼ご飯がわりにドーナツを食べてくれた人にはインチキをする人はいなかったことになる。問題は残業の合間に食べる誰かだ。ぼくも無為無策で過ごしていたわけじゃなくて、いろいろ本を読んだりして、試したこともある。たとえば、ドーナツのプラスチックケースの上に大きな目を描いたワッペンを貼ったのもそのひとつなんだ」

優衣は、思わず頷《うなず》いていた。ある日行ってみるとそれが貼ってあって、どういう意味なんだろうと不思議に思っていたのだ。

「同じように無人販売をしているケースで、いろんな警告文より、人の目の絵を貼ったほうが効果があったって話を聞いたことがあったんでね。そのほうが人間の心理に訴えるものらしい。それでやってみたんだが、結局、何の効果もなかった。この犯人には、そんなものは通用しないらしい」

優衣自身はドーナツの無人販売が実現したことだけで満足していたが、その裏で英太は問題を抱え、それを解決しようと知恵を絞っていたのだ。

「ごめんなさい」

優衣は詫《わ》びた。「そんなことが起きてるなんて、まるで知らなかった。私、能天気に、毎日ドーナツ食べて達成感に浸ってました」

「それでいいんだよ」英太はいった。「これは業者であるぼくが考えるべきだと思う」

「それじゃあ、私の気持ちが収まらないし」

優衣はいった。「私に残された時間はあと少ししかないけど、社内の一斉メールとかで、きちんとお金払うようにいってみます」

「まあ、そうしてくれたらありがたいかな」

そういった英太は、再び手元の資料に視線を落として、「水曜日」、といった。

「どういうこと？」

「毎週水曜日は必ず代金が足りないんだ。こういう統計取ってみるとすごくおもしろいんだけど、お金を払わない人の行動パターンとか、読めてくる。他の曜日でも足りないことはあるけど、水曜日は必ず代金が不足してる」

「明日いよいよ退職だってのに、よく働くね」

「最後のご奉公ですよ」

優衣がこたえると、桜子はふうっと大きなため息を吐《つ》いた。「まあ、優衣の気が済むようにしたらいいけどさ」

水曜日の午後六時過ぎ、ふたりは廊下の端にある倉庫内に潜んでいた。帳票類を積み上げた棚が並ぶ部屋のドアの隙間から、ドーナツを入れたプラスチックケースが見える。

たしかに、東京建電という会社でのOL生活の最後が、探偵まがいの無銭飲食捜しというのも滑稽な気がする。代金をきちんと払いましょう、という当たり前過ぎるメールを社内に一斉発信したのは、英太から話をきいた翌日のことであった。警告の貼り紙もした。

ところが、優衣の努力を嘲笑《あざわら》うがごとく、その夜のドーナツ販売ですでに代金未払いが発生したのだった。

英太の報告でそれを知った優衣に残された道は、直接、犯人を見つけることだけだった。こんな形で犯人を特定することがベストだとは思わないし、特定したからといってそれを社内に晒《さら》すこともしない。ただ、行動を改め、いままでの未払い分を払ってもらうよう、お願いするだけだ。

だけど、そういう大人の対応をしても、代金未払いの犯人を自分がとことん軽蔑するだろうことも、優衣にはわかっていた。

「いったい、いつまでやるつもり？」

倉庫内で本を読んでいた桜子が聞いたのは、それからさらに二時間ほど経過した頃だった。

それまでドーナツを買いにきたのは十人。足音がするたび、そっとドアを開け、購入者がプラスチックケースに手を突っ込んでドーナツを取り出し、代金ボックスにお金を入れる場面を固唾《かたず》を呑んで見まもってきたが、いまのところ不正を犯した者はいない。いまも社員のひとりが買いに来て、コインを代金ボックスに落としたところだ。その足音が去ってしまうと、桜子はまた読みかけの文庫に没頭しはじめた。

窓際の棚に腰かけた優衣は、何もすることがなくなり、ふと新田とのことに思いを馳《は》せる。

――もう一度、やり直さないか。

バーでのひと言は、ドーナツ販売を実現して、新しい人生を踏み出そうとしていた優衣の脳裏で、あれから幾度もリフレインしている。

なんで今更そんなことというのよ、という思いと、本当にやり直せるのだろうか、という疑問、そして期待が入り混じり、自分でもどう判断していいか、どうすべきなのかわからなくなっている。

新田との関係こそ、第二の人生を踏み出そうとしたきっかけだったのに、それが変わってしまったら、肩すかしを食らったような気分にもなる。

ひとり暮らしのアパートで、退職後やるべきことをあれこれと考えているとだんだん心細くなってきて、こんなとき誰でもいいから相談する相手がいてくれたらと思わなくはない。だが、それでも新田に連絡しなかったのは、自分でもはっきり意識したことはないけれど、優衣にも女のプライドってものがあるからかもしれない。スジを通すところから始まることだってあるはずだ。

「優衣、これからどうするの？」

そのとき、桜子から不意に声をかけられ、優衣は思考の迷路から現実に戻った。いつのまにか本を閉じ、ひどく真剣な顔をしている桜子がそこにいる。

「まだ決めてない。しばらく時間があるし、三雲さんのベーカリーでも手伝おうかな」

自分でも思いもよらないことを優衣は口にした。三雲と何度も打ち合わせをするうち、好きなことをするというのはこういうことなのかと、具体的にイメージできた気がする。優衣にとって三雲は、好きなように生きる人生の先輩といっていい存在だ。

「それもいいかもね」

気のない返事を寄越した桜子は、「優衣が後悔したり、迷ったりしてなきゃいいよ」、と付け加えた。

「どういうこと？」

「会社辞めるんじゃなかったとか、あの男と縒《よ》りをもどそうかとか」

優衣は、桜子を見つめた。いつでも、桜子は優衣の心の迷いをわかってくれる親友だ。

桜子にごまかしはきかない。どう答えたらいいだろう――優衣が考え込んだとき、また新たな靴音が近づいてきて優衣は耳を澄ませた。

「誰か来た」

桜子がいい、ドアの隙間をそっと開ける。ドキリとしたのは、ちょうどドアの前を人影が通り過ぎたからだ。

紺色のズボンの裾が視界に入り、シャツ姿の背中が奥のプラスチックケースの前で立ち止まるのが見える。

男の腕が伸び、ドーナツを取り出した。ふたつだ。

そのままさっさと戻ってくる。代金を払わないまま。

「出番ですよ」

桜子にいわれなくても、優衣にはそれがわかっていた。

倉庫のドアを開けて外に出ると、ドーナツを持ったまま新田がそこに立ち止まった。

「あれ、まだ残業してたの」

新田はいうと、手にしていたドーナツに目をやり、「一個、どう?」、と優衣の前に差し出す。

「ふざけないでよ。いま、お金払わなかったよね」

優衣の言葉に、新田は浮かべていた笑みを消した。優衣は続ける。「見てたんだ、私。そういえば、水曜日って、木曜日の役員会向けの資料、経理部で作成するんだったっけ」

「あ、あのさ、優衣。誤解だって」

新田は、無理に笑いを浮かべようとした。「ちょっとお金持ってくるの、忘れちゃってさ。あとで払おうと思ったんだ。そんな顔すんなよ、オレがお金払わないわけないだろ」

下手《へた》な言い訳を口にする新田を、優衣は自分でも驚くほど冷静に見据えた。

迷いが引いていき、見ていた幻想が消え失《う》せていくのがわかる。

「そんなふうに嘘《うそ》ばかり吐《つ》いて、楽しい？」

冷めた目で新田を見つめたまま、優衣はいった。「会社にこのこと話そうか。私とのことも」

もちろん、そんなつもりはない。少し意地悪い気持ちになっていっただけだが、新田はたちまち青ざめ、ぷるぷると唇を震わせ始めた。

気の小さな男なのだ。

その激しい狼狽ぶりに、新田に対して抱いていた最後の感情すら砕け散り、代わりに優衣の胸に広がったのは、むしろ晴れ晴れとした思いであった。

「それだけは勘弁してくれ、優衣。頼む。この通りだ」

慌て、深々と頭を下げた新田は、嘆願するような眼差しを向けてくる。黙っていると、土下座すらしかねない勢いだ。

「これから私は、自分が本当に信じられるものを探す旅に出る」

かつての恋人に、優衣は憐《あわ》れみの視線を向けた。「だから、もう二度と私の前に現れないで。嘘吐きとニセモノには興味がないの。――行こう」

倉庫から出、一部始終を見守っていた桜子にひと声かけると、優衣は先に立って歩き出した。

東京建電でのＯＬ生活も残すところあと一日だ。

「とんだコトブキ退社だねえ」

そんな桜子の言葉を聞き流しながら、これでいいと優衣は思う。新しい人生を切り拓くために、きっと何かを捨てなければならないときがある。改めてそのことに気づいた。

これからどんな人生が待ち受けようと、もう過去は振り返らない。

第四話　経理屋稼業

1

「計画比七千万円も下ブレしているじゃないか。どういうことだよ、これは」

加茂田のギリギリと締め上げるような視線の先には、先頃、一課長になったばかりの原島万二がいた。

計数会議の席上である。

毎月計画と実績が報告され、検討されるこの会議で、加茂田の態度は病的といえるほど厳格だ。

「三河《みかわ》電鉄で見込んでいた発注が来月以降にズレ込みまして……」

原島の苦し紛れの弁明を聞きながら、新田雄介は、自分の前に山と積まれた計数資料から、営業一課がとりまとめた売上予想を引っ張り出す。ばさばさと音を立てて明細ぺージを開け、さっと横にいる加茂田に差し出した。そのスピードが勝負だった。遅いと文句をいわれる。

加茂田は小難しい顔でそこに記載された社名と金額を一瞥《いちべつ》し、「ズレ込む可能性があるんならあるで、なんでいわなかったんだ」、と原島を責める。

「この資料を作成する段階では、確実ということでしたので——」

「誰がそんなことといったんだよ」

けんか腰の横柄な態度だが、それに対して原島が反発するそぶりはない。いや、本当は腸《はらわた》が煮えくりかえっているだろうが、表向き、いわれるがままに神妙な態度を見せている。

営業が強い東京建電で、かつて経理部は日陰の存在だった。その経理部の存在が、一目置かれるほどまでに引き上げられたのは、加茂田が課長になってこの計数会議を仕切るようになってからである。

いまの新田の立場と同じく、長く課長代理としてこの会議を見てきた加茂田は、課長に昇格して自分が仕切るようになった途端、本領を発揮しはじめた。営業各課の課長相手に暴れまくったのだ。

計数会議は、毎月計上される売上や経費など様々な数字が固められる重要な会議だ。経理課は、それを業績予測として取りまとめ役員会に報告する責を担っていた。この会議において、数字の正確性と一旦挙げた数字の完璧な遂行を追求している加茂田はまさしく、専制君主そのものだ。

その加茂田に、面と向かって刃向かえる人間はここにはいない。

なぜなら、加茂田には業績の先行きを読む確かな目線があるからだ。会社の業績がどう推移しどう着地するか、会社全体の姿をいち早く正確に見抜く。その能力ゆえ、加茂田はいつしか社長の宮野に一目置かれ、課長職でありながら、すでに将来の役員候補と目される社内評価を獲得したのであった。

が、加茂田は嫌われ者だ。

そして新田もまた、加茂田のことが嫌いであった。

「七千万円も下ブレしてるのに、会議の場で発表するバカがあるかよ。あんた何年課長やってんだ。事前に報告するのが当たり前だろう」

バカじゃないの？

怒り狂う加茂田の隣で、新田は表情を消し、そんな本音を隠して押し黙っている。

売上がたった七千万円ズレたところで、実際のところ東京建電全体の業績予測が大きく変わるわけはない。そんな些細《ささい》なことに本気で怒る加茂田という男の精神構造は、新田には到底理解し難いものだ。

しかし、そんな新田の思惑とは無関係に、加茂田は自分流をこの日も貫き通した。かくして、毎月第一水曜日の午後開かれる計数会議は、今回も加茂田の独擅場《どくせんじょう》とでもいうべき展開のまま幕を閉じたのであった。

「おい、今日の資料、まとめといてくれ」

会議が撥《は》ねた後、加茂田は計数の取りまとめを新田に命じて、午後六時過ぎにさっさと帰っていく。

「いい気なもんだ」

ため息まじりにその後ろ姿を見送った新田は、この日の会議に出席したセクションから提出された書類を広げ、そこに記載された数字を拾い始めた。

一旦作業に没頭すると、時間はあっという間に過ぎていく。だが、いつもの要領で数字を取りまとめていた新田が、少し気になることを発見したのは営業一課が提出してきた詳しい資料を眺めていたときだ。

利益率が、落ちている。営業一課が担当する製品の利益率だ。

「課長が代わると、こんなに違うものか」

さっき加茂田に散々絞られていた原島の顔を思い浮かべながら、新田は思った。

それまで一課長だった坂戸が、パワハラの引責という思いもよらない理由でポストを外されてからすでに半年。当初は、退職するらしいという噂《うわさ》のあった坂戸だが、人事部付という形になったまま処遇も決まらず宙に浮いている。

いったい何が起きているのか、どういう事情でそうなっているのか、以前から気にはなっていた。一課の業績を見るにつけ、もしかすると、しばらくの冷却期間をおいて、また坂戸が課長に復帰するという目もあるのではないか。そんなことを考えながら数字を眺めていた新田は、さらにあることに気づいて首を傾《かし》げた。

「ねじ六？」

一課の資材担当が挙げている新規仕入れ先リストに、かつて付き合いのあったネジ製造業者の名前がある。

ここはたしか、コストが高いからという理由で、坂戸がバッサリ切ったはずじゃなかったか。

それを新課長の原島が復活させたのだ。

なぜだ？

徹底したコスト削減は、社長が全社的に号令をかけている重要目標のはずだ。

この営業一課の決定には首を傾げざるを得ない。

それとも、ねじ六との取引を復活させた背景には何か理由でもあるのか。たとえば、同社からより低価格の提案があったとか——。

新田は、内線電話で、一課長の原島にかけた。

受話器を耳にあてて一瞥した壁時計の針は午後八時半をさしている。すでに退社した後かもしれないと思ったが、ひとつ目のコールで原島は出た。

「経理課の新田です。新規仕入れ先リストの件で、ちょっといいですか」

「ああ。なんだよ」

原島は、疲労を感じさせる声を出した。

さっきの計数会議で加茂田に絞られた後だからだろうか。そう考えると、新田はほんの僅か、小気味好《よ》さを感じた。

原島とは、つい先日、経費の扱いを巡ってやり合ったばかりだ。原島が支出した接待費について、経費として認められるかどうか、感情剝《む》き出しのいい合いになった。取引実績のない会社相手の接待を新田が私用と断定して、伝票を突き返したからだ。

「ふざけるなっ！　こんな費用も認められなきゃ、営業の課長なんてやってられねえんだよ！　新規の営業は自前で金払えってことか」

普段おとなしくてぱっとしない印象の原島が、そのときばかりは激昂《げっこう》して新田を怒鳴りつけた。原島の怒りが爆発した背景には、営業と経理との間で同様の押し問答が何度も起きていたという事情もある。

新田もつい感情的になって、

「この銀座の店に何時間いたんです。そこで仕事の話をしたのは何分ぐらいですか。五分？　それとも十分ですか。だったらその分だけ払いますよ」

そう突っぱねると、原島は烈火の如《ごと》く怒り、「お前じゃあ話にならない」、と席を立ってしまった。

ざまあみろ、と思った新田だったが、予想外だったのは原島がその一部始終を上司に報告し、北川営業部長名で加茂田のところへ経費見直しを求める抗議文が送られる事態になったことである。

たとえ部長からの文書だろうが、そんなものは認められるわけがない、と新田は思った。ところが、いざ抗議文が届くや、加茂田は原島の主張を全面的に認め、そのケンカは新田の完全敗北で終わったのであった。

いま思い出しても、腹が立つ。そのとき、

「なんで、このときオレを呼ばなかった。お前ひとりで対応するな」

届いた抗議文をデスクに叩《たた》き付け、加茂田は新田を激しく叱責した。うなだれて加茂田の怒りをやり過ごさなければならなくなった新田に残ったのは、ふたつの感情だ。

ひとつは、当然のことながら原島に対する憎しみ。

そしてもうひとつは、加茂田への不満だった。

いつも経費にうるさいのに、営業部長から文句を付けられた途端、加茂田はいつもの主張をひっこめた。裏切られた気分だった。数字を読む力は本物かも知れないが、加茂田は巧妙に主張を使い分けている。加茂田にとって、部下である新田より社内での力関係のほうが大事だとこのときはっきりとわかった。

そして、いま――。

新田は、手元の資料を見ながら、原島にいった。

「ねじ六を新規仕入れ先として復活させてますよね。ここはコストが合わないといって坂戸さんが取引打ち切りにしたはずです。なんでまた復活してるんですか」

「また、依頼することになったからに決まってるだろう」

原島は、面倒くさそうにいった。「コストが合わなかったのは過去の話だろうが。君は相変わらずつまらんことをいってくるね」

刺々《とげとげ》しい原島の言葉に頭に血が上る。

「つまらんことですか？　さっき事業計画の遅延でたじたじになっていたのはどこのどなたです。こういう脇の甘いところが、最終的に事業計画のズレになるんじゃないんですかね」

新田は今年三十四歳で課長代理。一方の原島は、十以上も歳上《としうえ》でしかも課長。本来ならこんな生意気が許される相手ではないが、先日のこともあってつい、けんか腰になる。

「脇が甘い？　どこが」

原島が聞いた。その言い方には新田に対する敵愾心《てきがいしん》が滲《にじ》み出ている。そもそも、営業と経理は犬猿の仲である。

「ですから、コストの試算はどうなってるんですか」

ウンザリ口調でいった新田に、「数字は出してるだろ」、という突《つ》っ慳貪《けんどん》な返事があった。原島は続ける。「経理部は目標の数字さえクリアしていれば文句ないだろうが。余計なことに口出ししないでくれ。迷惑だ」

「しかし、経費削減が遅れれば、最終的に全社の業績が計画値を下回ることになるんですよ。それを事前に指摘して何が悪いんです」

「そんなことは、課長代理の君が私にいうことじゃない。こっちは忙しいんだ。くだらんことをいってこないでくれ」

原島との電話は、一方的に切れた。

くそったれめ。

受話器を力任せに戻した新田は、腹が立ってしばらくは仕事が手に付かなかった。

むしゃくしゃする。

こんなとき、優衣がいてくれたら、いい話し相手になったのに。

すると先日のドーナツの一件が蘇《よみがえ》り、心を満たした甘い感情はたちまち苦みのあるものに変わる。

帰ろうにも、加茂田にいいつけられた仕事はまだ終わらない。

デスクに散らばった書類を再び手元に引き寄せた新田は、憤然たるため息を洩《も》らした。

ノートパソコンに向き直り、再び無味乾燥な数字の入力を始める。長い夜になりそうだった。

2

新田の自宅は、小田急線経堂《きょうどう》駅から徒歩十五分のところにあった。

そこからさらに二駅町田《まちだ》寄りの祖師《そし》ヶ谷《がや》大蔵《おおくら》駅には両親が住んでいて、新田のマンションの頭金は、近いところに住んでくれるのならという条件で親が出してくれた。

新田の両親は健在で、昨年定年退職するまで、父親は長年、中堅電器メーカーで総務畑を歩いてきた男だった。高崎《たかさき》市内で大きな寝具店を営む家の次男坊に生まれた父は、高校を出て家業を継いだ伯父《おじ》とは違い、東京の大学へ出してもらった。家督を伯父に継がせる代わり、弟である父にはせめて学業をという祖父の考えからだ。

父は学校を卒業して入社したその会社で、三十余年をひたすらコツコツと勤め上げた地道なひとである。最初、父は、安月給のサラリーマン生活に不満を抱いていたと、母から聞いたことがある。その考えが変わったのは、羽振りのよかった実家の寝具店が大手に押されて倒産したときだ。

商売は危ない。

そう父は考え、その考えは今も変わらない。いい大学を出て、いい会社に入る。それがこの世の中で無難に生きていくもっとも堅実な方法なのだと、父は悟ったのであった。そのためには、学歴が必要なのだと。その考えには母親も賛成で、ふたり揃《そろ》って子煩悩で、教育熱心な両親であった。

新田はひとりっ子で、兄弟はいない。

父も母も、新田がこうしたいと思うものは、何でもかなえてくれた。欲しいおもちゃがあれば買い与えてくれ、本屋へ行けば好きなだけマンガ本や読みたい本を買ってくれる。そんな新田を見て、「いいなあ、お前は」、とうらやましがる友達は何人もいて、そんなとき新田は自分がひとりっ子であることに、なんともいえぬ優越感を抱いた。

甘やかされて育った、という実感は新田にない。

新田の親も、大事に育てたという思いはあるだろうが、過保護に育てたという実感も後悔もなかったはずだ。

だが、いかなる理由かは別にして、やがて新田は、どこか自分勝手で我が儘《まま》で、少し気ままなところのある性格の大人へと成長していった。

新田は中堅の私立大学を出て、さしたる希望も目的もなく、東京建電に新卒社員として入社した。結婚したのは入社五年目の二十七歳のときで、相手は大学時代、同じダイビング同好会にいたひとつ歳下の同窓生。いま四歳になる娘がひとりいる。

だが、妻の美貴《みき》に、新田はずっと不満を持っていた。

自分では意識していなかったかもしれないが、不満の根源には母との比較があったのかもしれない。たとえば子供の頃、母は、新田がおもちゃを散らかしても、「ダメよ、ゆうちゃん。片付けましょう」と、やんわりとたしなめるだけで、片付けてくれた。

服は脱ぎっぱなしでも、母が拾って洗濯してくれる。あれが食べたいといえば、すぐにそれを作ってくれる。新田は、次々に目移りする性格そのままに好きなことに熱中してしまう。

だけど、妻は違う。シャツが脱ぎっぱなしで置いてあれば、「なんで、放り出しておくの？　ちゃんと洗濯機に入れてよね」、と冷ややかにいい、食事を残せば文句をいう。食事が済んだら食器を流しへ持っていかないと、「自分で洗ってよね」、といい、疲れて寝ていたい土曜日にも、新田が娘を公園に連れていかないと機嫌が悪くなる。

妻とはどういうものか。母とは――。美貴は新田の常識をことごとく覆し、新たなものへと塗り替えていった。

子供が生まれ、生活のあらゆる場面で美貴との小さなすれ違いが起きるたび、新田は、結婚生活への不満を募らせていったのだった。それはいまも解消していない。

一方で新田が、その不満を本格的に解消するつもりがあるかといえば、それははなはだ疑問であった。

妻の悪口をいい、いつか別れるつもりだといって、優衣と付き合っていたときも、そうだった。

ふとしたことで浮気を疑われた新田がしたことは、それが発覚する前に、優衣と別れることだった。

たしかに新田は〝自分としては〟本気だったかもしれない。しかし、客観的に見て、新田の行動は、単なる自分勝手ととらえられてもおかしくはなかった。

むしろ問題は、新田自身が己の身勝手さに気づいていないことだ。ひたすら自らを正当化し、別れ話を持ちかけたとき逆上した優衣のことを、結局自分が求めていた女性とは違うと否定し、ドーナツの一件ではさらに憎々しい存在へと位置づけを変えた。

新田雄介とはそういう男であった。

いつも自分が正しいのだ。

そして悪いのは相手のほう。優衣もそう。原島もそう。そして加茂田もだ。新田の精神世界では、世の中は常に自分を中心に回っている。

「ただいま」

チャイムを鳴らし、ドアが開くのを待った新田は、むすっとした顔をして玄関に入った。

「おかえり」

「今日は何？」

「肉じゃが」

ちぇっ、肉じゃがか。そう思ったものの、新田は黙っていた。肉じゃがはあまり好きじゃない。新田の母の作る肉じゃがは関西風で牛肉が使ってあるが、美貴のそれは豚肉だ。以前そのことを指摘したら美貴は怒り、手の付けられない夫婦ゲンカになった。メニューについての不満は、新田家ではタブーだ。

「夕刊は？」

肉じゃがの鍋を温めている美貴に聞いた。「あ、ここにあるから取って」

振り向きざま顎で指したのは、キッチンの片隅にある古新聞入れだ。

「あのさ、オレ、読んでないんだけど。なんでそんなとこに入れるんだよ」

「さっき掃除したから」

理由にならないだろ、と思う。だけど、新田は黙っていた。これ以上やるとまた夫婦ゲンカになることがわかっているからだ。だが、ケンカを回避した分のストレスは、確実に新田のなかに降り積もっていく。原島とのやりとりで蓄積したイライラにそれは上積みされ、新田は心を閉じたまま冷蔵庫を開け、三五〇ミリリットルの缶ビールのプルトップを引いた。

黙って飲む。

「箸、自分で出してよ」

美貴にいわれ、食器棚の引き出しから箸を出した。新田の前に、肉じゃがとご飯、味《み》噌汁《そしる》、それにすっかり冷たくなったトンカツが二切れ並ぶ。それが今夜の新田のメニューだった。

「いただきます」

低い声でいい、新田はそれを黙々と食べ続ける。

そのとき、

「ねえ、お正月、ハワイへ行かない」

美貴のひと言で思わずビールを吹きそうになった。

「ハワイ?」

「紗弥加《さやか》ちゃんちもなっちゃんちも、行くらしいのよ」

娘の幼稚園友達の名前を美貴は出した。

「へえ。みんな、裕福だな」

それもそのはず、紗弥加ちゃんちはこの界隈《かいわい》で不動産を所有する資産家で、なっちゃんちのパパは外資系の金融勤めで給料が違う。歳は新田と同じだが、おそらく年収は軽く三倍以上あるはずだ。

「まあ、そうだな」

躊躇《ちゅうちょ》する新田を見て、美貴はすでに表情を曇らせている。肉じゃがの味がなくなり、新田の胸を憂鬱が塞いでいく。

「行けないの？　またお父さんのところで年越しなの？」

美貴は拗《す》ねたような聞き方になる。

「いくらぐらいかかるかな」

新田はきいた。新田の数少ない自慢のひとつは、妻に給料を握られていないことだ。同僚たちにそれをいうと、みんな羨ましがる。だが、本来あるはずの余裕は、優衣との付き合いでかなり目減りしていた。それを美貴にいうわけにはいかない。

「考えてみるよ。パンフ、もらってきて」

時間稼ぎをしようとしたが、甘かった。キッチンに戻った美貴は、その日の買い物袋からひと抱えもありそうなパンフレットを持ってきて、テーブルにどんと置く。

「今日、駅の旅行代理店でもらってきたの。後で見てくれる？」

いまにも肉じゃがが喉に詰まりそうだった。

3

説明すると加茂田の表情はみるみる険しくなっていった。眉間に深い縦皺《たてじわ》が寄ったかと思うと、眼底には冷やりとした怒気が溜《た》まっていくのがわかる。

加茂田と新田の前には、昨日営業一課が提出していった新規仕入れ先リストが置かれていた。

そこの、「ねじ六」のところに黄色いマーカーが塗られ、ご丁寧なことに以前坂戸が書いた「業者選定の件」というレポートのコピーまで添付されている。このレポートで坂戸は、何軒かの下請けをコスト高を理由にして切ることを提案し、社内の承諾を得ていた。

新規仕入れ先リストの黄色いマーカーはねじ六以外の社名にも引いてある。全部で四社。どれも、コスト高を理由に、かつて坂戸が取引を打ち切った会社ばかりだ。

「調べたら他にもこれだけの会社がありました」

残業の成果を、新田は上司に報告した。「原島課長は口出しするなとけんもほろろだったんですが、調べてみるとこれらの会社へ支払っている単価は、いずれも以前より高くなってるんです」

新田が見せたのは、ネジや鋼材など、その四社に発注している単価の一覧表だ。四社に発注する前の仕入れ値も併記され、計算すると毎月数百万円のコスト高になる。

「これだけのコストを他の経費削減で吸収できるでしょうか」

新田はいった。「仮に吸収できたとしても、わざわざコストの高い会社に発注する真意がつかめません。原島課長が個人的に親しいとか、そういう理由があるのかもしれませんが」

悪意で、新田は付け加えた。昨夜受けた罵倒は、一夜明けてなお、煮えたぎる憎悪となって、新田の中に渦巻いている。

ちっ、という鋭い舌打ちを洩らした加茂田は、その場でミーティングブースの電話を取り上げ、内線で原島にかけた。

腕時計の針は、午前八時半を過ぎたところだ。普段外回りで会社にいない営業部員たちも、まだ揃っている時間である。原島も在席だったらしい。

「昨日、新田が指摘した件で説明してもらいたいんだが。来てくれませんかね」

加茂田は有無をいわせぬ態度で、原島を呼びつけた。

電話の向こうで原島がなにかいっているのがきこえる。内容まで聞き取れなかったが、受話器を耳に当てている加茂田の頬に、さっと朱が差した。

通話を終えた加茂田が、叩き付けるようにして受話器を置く。

「用事があるんなら来いとさ」

「どうされますか、課長」

新田が聞いたとき、すでに加茂田は席を立とうとしていた。じろりともの凄《すご》い形相で睨《にら》み付け、「行ってやろうじゃないか」、という。「その代わり、納得するまで説明してもらうからな」

ふたりで席を立ち、二階にある営業一課へ乗り込む。

ずかずかと営業部のフロアに入っていった加茂田は、まっすぐに原島のデスクに向かった。

遠目でふたりに気づいたらしい原島が、ゆっくりと立ち上がって黙って傍らのミーティングブースに誘う。パーテーションで区切られただけの簡単なブースだ。気のせいだろうか、その態度は、いつもの計数会議で見せるものとは少し違っているように見えた。理由はわからない。実際、先にブースに入った原島は、怒りで顔面を紅潮させている加茂田と対峙《たいじ》しても表情ひとつ変えず、毅然《きぜん》としている。

「それで？」

最初に口を開いたのは、原島のほうだった。何か文句でもあるのか――そういいたげな顔だ。

「仕入れ先変更で毎月数百万円のコスト高になってるじゃないか。どういうつもりなんだ」

加茂田が鋭い舌鋒《ぜっぽう》で切り込んだ。「コスト削減努力がまったく見られない。計数全体が目標を割り込んでいるのは、こういう管理体制の甘さが問題なんじゃないのか」

「管理はしっかりしてるからご心配なく」

原島はこたえた。「あんたにわざわざ指摘してもらうまでもない」

「実際に問題があるからいってるんだ。そんなことで役員会が納得すると思うのか。何考えてるんだよ」

加茂田はテーブルを右手で叩いた。

「考えあってのことでね。余計なことはいわないでもらいたい」、とりつく島もない態度で、原島はこたえた。

「あのな、目標達成してないだろ。だからいってるんじゃないか」

加茂田は、呆《あき》れ顔になる。「余計なこといわせてるのは、あんただろうが」

「じゃあ、役員会にでも報告したらどうだ」

原島はいった。

「なに？」

予想外の原島の出方に、加茂田は相手を見据えた。「どういうことだよ。それでいいのか、あんた。昨日の計数会議で売上が来月にズレ込んで謝罪していたのは、どこの誰だ」

「売上がズレたのは、たしかに見込み違いだった。だから謝ったに過ぎない。ウチとしても不本意だったからな。だが、それとこれとは話が違う」

「どう違うっていうんだ。何いってるのか、さっぱりわからん」

「だから、それはあんたに話す筋合いのものじゃないっていってるだろう」

脇で聞いていた新田は、目を丸くして原島を見た。この男には珍しく、凄みすら感じさせる言い方だったからだ。「計数会議で数字についてあれこれいうのはいい。それはあんたの仕事だからな。だが、あんたは経理課長だろう。だったら調子に乗って営業のやり方にまで口だしするな。わかったか」

新田は秘《ひそ》かに息を呑《の》んだ。

計数会議では腰の低い印象しかなかった原島である。加茂田が抗議すれば慌てて謝罪するだろうとタカをくっていたのに、なんだろう、この態度は。

「そうかわかった」

加茂田も負けずと言い放った。「じゃあ、このことは上に報告させてもらうからな。覚悟しておけよ」

「どうぞ、お好きなように。もういいか。オレはあんたと違って忙しいんでな」

そういうと原島はさっさと席を立った。

「なんですかね、あの態度は」

原島の後ろ姿を啞然《あぜん》として見送った新田は、そのとき加茂田が浮かべた形相にはっとなった。昏《くら》い怒りが炎となって眼底で燃えていたからだ。

ひと言も口をきかないまま経理課のフロアまで戻った加茂田は、そのまま経理部長の飯山孝実《いいやまたかみ》と何事か言葉を交わし、次に部長室に籠もって二十分ほども出てこなかった。

経営に関する様々な計数を統《す》べる飯山はいまや、社内では営業部長の北川、製造部長の稲葉《いなば》に次ぐ、実力者である。

何が話し合われたかわからない。だが、出てきたとき、加茂田だけではなく飯山もまたむすっとした怒りの表情を浮かべており、どうやらふたりの間で対原島への意見と方針が一致したらしいとわかった。であれば、何かが起きる。このふたりが、経理部をコケにした相手に黙って引き下がるとは思えないからである。

知らないぜ、原島。あとで吠《ほ》え面《づら》かくなよ。

新田が内心ほくそ笑んだとき、自席に戻ってきた加茂田と目が合った。右手をひらひらさせて新田を呼び、「部長と話し合ったから」、と加茂田はいった。「部長から役員会に上げてもらうことになった」

「その前に北川さんへは？　もしかしたらご存知ないかもしれません」

営業部長の北川は厳しいことでつとに有名な男だ。もし、このコストの垂れ流しが北川の耳に入れば、原島は大変な叱責を受けるに違いない。

しかし、加茂田は唇に薄笑いを浮かべ、こういった。

「直接役員会に上げるからいいじゃないか」

発言の意図を図りかねた。「どういうことでしょうか」

「だからさ」

加茂田は机上に両肘をついて少し前のめりになると、デスクの前に立っている新田を上目遣いで見た。「お前も知ってる通り、宮野社長は数字に煩《うるさ》い。北川部長には役員会で叱責されて赤っ恥を掻《か》いてもらう。そのとき北川さんが原島をどうするか、見物だな」

「なるほど、そういうことですか」

新田は、上司たちの腹黒さに感心していった。飯山は、策士と評判の高い男だ。飯山の策略、そして計数会議などで見せる加茂田の数字の読み——このふたつこそが、社内で一目置かれる経理部の強みである。

加茂田の前を辞去しながら、新田は、底意地の悪い興奮に心震わせた。

4

役員会が始まる五分前、部長室のドアが開き、飯山が姿を現すのが見えた。資料を抱えた加茂田も立ち上がっており、ふたりしてフロアを抜け、会議室へと向かって行く。

役員会が終わる昼頃には、飯山も加茂田も意気揚々と引き上げてくるに違いない。そのとき、どんな土産話《みやげばなし》が聞けるか楽しみだ。悪意に満ちた期待で胸をいっぱいにした新田は、それまでの三時間ほど、浮き浮きして仕事も手に付かないほどであった。

そのふたりの上司が戻ってきたのは、午後一時前のことである。

「どうでした、課長」

そそくさと加茂田のところへ立っていくと、新田は聞いた。加茂田のことは心のどこかで軽蔑しているが、このときばかりは対営業一課で共闘する同志になった気分だ。

ところが、どういうわけか加茂田は、おもしろくもなさそうな顔で椅子の背にもたれかかっていった。

「スルーされた」

は、と思わず疑問の声を出したきり、新田は言葉が継げなくなる。期待は急速に萎《しぼ》んでいった。

「原島に任せたんだからそれでいいってさ。社長が」

どう反応していいかわからない。俄《にわか》には信じられない発言に、新田の表情は中途半端に歪《ゆが》んだ。いままでの宮野なら、いかなる理由であれ月数百万円のコスト高など認めるはずがなかったからだ。

「そんなに、原島課長は社長から信頼が厚いんですか」

新田は尋ねた。宮野は東京建電初のプロパー社員として社長に昇り詰めた男で、主に製造畑を歩んできた。あらためて経歴を思い浮かべてみるが、営業一筋の原島と親しくなるほどの接点があったとも思えない。

「わからんよ」

加茂田は不愉快にいい、ちらりと部長室を一瞥した。加茂田より早く戻るなり、飯山はドアを締めきったまま出てこない。

「営業部が管理すべき事項なのに余計なことをいうなと逆に叱られる始末だ」

それが余程悔しかったのか、加茂田は顔をしかめた。

「しかし、コスト高はコスト高です、課長」

新田は主張した。「現に数百万円も経費が増えていて、営業一課は目標の売上すらクリアしていないんですよ。それなのに、社長は目を瞑《つむ》るっていうんですか」

「君にいわれなくてもそんなことはわかってんだよ」

加茂田は怒りを滲《にじ》ませて吐き捨てた。「仕方がないだろう、社長がそういうんだから。この件については金輪際、黙ってろ。いいな」

そう言い放つと、新田のことなど無視して、加茂田は未決裁箱に放り込まれていた書類をデスクに広げて目を通し始めた。

くそったれめ。

予想外の展開に、自席に戻りながら新田は内心毒づいた。それにしても——。

役員会議での飯山経理部長の発言は、それなりの重みをもって受け止められるはずであった。それに、東京建電にとって目標の数字は絶対ではなかったのか。

顚末《てんまつ》に納得できないまま、遅めの昼食に出たのは午後一時半を過ぎた頃だ。エレベーターに乗り込んだ新田は、そこに同期入社の村下啓士《むらしたけいし》を見つけて、よお、と手をあげた。営業二課の所属で、少し前まで原島の下にいた男である。

「飯か。一緒に行こうや」

誘ってきたのは村下のほうだ。村下が最近開拓したという会社近くのうどん屋に入る。ピークを過ぎているとはいえいまだ混み合っている店内で、注文したうどんが来るのをカウンターに並んで待った。

「どうした、不機嫌な顔して」

さすが営業だけあって、村下はひとの表情に敏感だ。「口八丁手八丁」という言葉がそのまま当てはまるような男で、営業の中でもやり手のひとりだ。

「いろいろあってな。そうだ、ひとつ聞きたいんだが、原島課長って社長から全面的に信頼されてるのか」

「原島課長が？」

村下は少し考えたが、すぐに、「それはないだろう」、といった。「二課のときには、目標が未達でよく怒られてたし。とても覚えめでたいとはいえないな、ありゃ」

腑《ふ》に落ちないこたえである。

「じゃあさ、営業部では、課長が交替したときには、コスト高になってもしばらく様子を見ようとか、そういうコンセンサスでもあるのか」

「なにいってんだ、お前」

村下は、新田を珍しいものでも眺めるように見た。「そんなもん、あるわけないだろう。コストが高けりゃ、即座に削る。これ常識っしょ」

「だよな」

新田は納得していった。であれば、なんだったんだ、今朝の役員会議は。その話をして聞かせると、村下は、「ふうん。妙な話もあったもんだ」、と予想通りの反応を見せた。

「数百万円のコスト高ってのはすごいな。どういう仕入れ先だよ。リスト見せてくれたら、調べてみるぜ」

いまさらどうなるわけでもないが、「あとでメールしとく」、とこたえておいた。

村下が、実際にそれに回答を寄越したのは、翌朝のことであった。

「昨日の件だけどさ」

ふらりと経理部のフロアにやってきた村下はいった。

「なんだ、メールで返してくれたらいいのに」

そういった新田に、「ちょっといいか」、と妙に真面目《まじめ》くさった顔でエレベーターホールに呼び出す。

「あの仕入れ先の件、一課の中でも、謎らしい」

村下は口に手をもっていき、声を潜めた。意外な話に興味を抱いた新田に、続ける。

「北川部長にうまいことといって、原島さんが自分の懇意にしている会社と取引したかったんじゃないかって噂だ」

「本当かよ」

あまりのことに新田は大きな声を出した。「まさか、裏で金が動いてたりしないだろうな」

それが事実なら、不正だ。

「そこが問題だ」

村下は、一段と声を低くした。簡単にこたえられないはずである。「お前、調べてみたらどうだ」

「オレが？」

驚いた新田に、さも当然だという顔を村下は向ける。

「気になるんだろ？　だったら調べろよ。計数に関わる話なら、お前が調べてもスジ違いにはならないだろう。オレにとっては余所《よそ》の課の話だし、かといって一課の連中には荷が重すぎる。仕入れ先の変更は課長マターで、サブ担当もつけていないらしい。これはいよいよ怪しいと思った次第でさ」

少し芝居がかった言い方をした村下は、「まあ、そういうことだから」、とぽんと新田の肩を叩くと、営業用のカバンを提げたまま下りのエレベーターに乗り込んでいった。

「どう、あなた。見てくれた?」

その夜、妻の美貴に聞かれたとき、新田は露骨にめんどくさそうな顔を、読んでいた夕刊から上げた。「しまった」と思ったときにはすでに遅く、怒りを含んだ妻の眼差しとテーブル越しにぶつかる。

「行けないの、旅行?」

新田は視線を泳がせ、一昨日からテーブルの上でそのままになっている旅行のパンフレットに手を伸ばした。妻に叱られて中味を読もうというのではなく、半ば無意識の動作だ。頭の中では、どうやってこの場を切り抜けようかと、そのことで一杯だった。新田には、家族三人でハワイ旅行に行けるほどの金銭的余裕はまったくない。

「いま忙しいんだよな」

新田は渋い顔でいった。「いろいろ社内で問題があってさ」

「経理課でも?」

疑わしげに、妻は聞いた。「経理が忙しいのは決算のときだけじゃなかったの」

「それは昔の話」

新田は唇を歪めたまま、冷めかけた茶をすする。「いまは毎週決算みたいなことをしてるし、計数会議のおかげで経理セクションにかかってくるプレッシャーもすごい。なにしろ、会社中の数字をとりまとめなきゃいけないんだからさ。大変なんだよ。気の休まる間もない」

「私たちの旅行の日程を決めるのも、気が休まらないってこと」

尖《とが》った口調でいった美貴に、「まあ、そんなことはないけどさ」、とこたえつつ、新田はどっと疲れを感じて重たいため息を洩らした。

「だったら、パンフレット見てよ。早く決めてくれないと、動きようがないじゃない」

すでに口調に怒りを沸々《ふつふつ》と滾《たぎ》らせている妻に、「そうだな」、と気のない返事をして手元のパンフレットをパラパラと捲《めく》ったが、それだけで元にあった場所にぽんと放る。

「新聞読んでるから、あとで」

美貴がますます不機嫌な横顔を見せたとき、寝室から「ママ」と呼ぶ声がした。眠っていた七海《なつみ》が目をさましてしまったらしい。妻は、新田のほうを睨み付けたまま立ち上がると、子供が寝ている隣の部屋へ添い寝をしにいってしまった。

妻がいなくなった途端、急に気分が楽になって、新田は読みかけていた新聞を下ろした。ラウンドが終了し、ガードを下ろすボクサーと同じだ。新聞は、家庭内で新田を守る楯《たて》である。

それにしても――。

いま新田の脳裏に浮かんだのは、この日、村下から聞いた話だった。

原島のことが気になる。

いや、気になるというより、コケにされた腹いせに「やっつけてやりたい」、というのが本心だ。親から叱られることもなく育った新田は、プライドが高く、一旦傷つけられると根に持つタイプである。

その原島の行動は、まったく合理的な説明のつかないものといってよかった。役員会でどういわれようが、おかしいものはおかしい。

だが、村下から聞いた話を、すぐに加茂田に報告することはしなかった。この件には触れるな、といわれたこともあるが、気難しい加茂田がどう反応するか読めないからだ。そんなもの放っておけといわれれば、それまでになってしまう。熱しやすく冷めやすい男である。

検討した末に新田が得た結論は、ある程度の事実を摑《つか》んだ上で課長に報告する、という当たり前のものだった。当たり前だが、あの男を動かせるとしたらそれしかない。

そのためにすべきことが何か、新田にはわかっていた。

5

その翌週、いつもより二十分ほど早く出勤した新田は、営業二課の村下を訪ねた。

すでに出勤していた村下は、「先週の件なんだけどさ」、と切り出した新田を、慌てて近くのミーティングブースに誘う。

「同僚の目もあるし、あんまり営業部のことをぺらぺら話すわけにもいかないんでな」

そんな言い訳をした村下は、「で、なんだよ」、と新田に聞いた。

「あれからオレも考えたんだけどさ、原島課長が仕入れ先を変更したということは、逆にいえば注文を引き揚げられた会社があったんじゃないかと思ってさ」

「そりゃそうだろう。それで？」村下は聞いた。

「とりあえず、本件の全体像を把握したいと思ってさ。いったいどこに発注していた分を転注したのか。お前、それについて知らないか」

「わかんねえよ、そこまでは」

村下はこたえた。「一課の連中なら知ってると思うけどさ」

「それとなく聞いてくれないか。できれば、その会社についてわかる範囲で調べてもらいたい」

「わかった。その代わり、少し時間くれよ」

それだけ話し、経理課に戻った新田は何食わぬ顔でいつもの仕事に戻り、そのまま忙しく一日を過ごした。再び村下から連絡があったのは、翌火曜日だ。

「ゆうべ一課の梶本《かじもと》と飲んだんで例の話、聞いてみた。今日の夜にでも酒でも飲みながら話さないか」

村下は八重洲《やえす》にある店の名前を口にした。新田も行ったことがある、炭火での焼き物を売りにしたこぢんまりとした店だ。

約束の時間は午後八時。仕事を終えてその店に行くと、すでに村下は先に来て生ビールを飲んでいた。新田もビールを注文し、つまみを何品か頼む。

「それでどうだった」

軽く乾杯した後に聞くと、こたえる代わり、「トーメイテックって会社、知ってるか」、と村下はいきなり聞いてきた。

「ああ、名前は知ってる」

少し考えて、新田はこたえる。各課から回された支払伝票は最終的に経理課に集約される仕組みだ。直接相手のことは知らなくても、社名とだいたいの支払額ぐらいは頭に入っている。たしか、トーメイテックにはそこそこの支払いを続けていたのではなかったか。

「原島課長が転注したのは、そのトーメイに出してた部材だそうだ」

「転注の理由は？」

村下はいった。

「それはわからん」

村下は、首を横に振って続けた。「トーメイって会社は、設立後十数年の若い会社なんだが、前任の坂戸課長が気に入って新規採用したらしい。何でも大手メーカーにいた部長が独立して作った会社で、短期間に急成長を遂げたという話だ」

「その会社を、原島課長が切ったってことか」

「そうだ」

ジョッキを飲み干し、村下はこたえた。「ばっさりとな。ねじ六をはじめ、今回の転注先への支払総額は月額数千万円以上だ」

「どういうことだと思う」

新田が聞くと、村下はじっと考え、いくつか考えられることを口にする。

「たとえば、原島さんはいわないけど、トーメイとの間で、なにかトラブルがあったとか」

「トラブルって？」

「それはわからんよ」

村下は、枝豆の殻を投げながらいった。「相手の対応が悪かったとか、何らかの理由で原島さんがへそを曲げたってことも考えられる。どこに発注するかは課長の胸三寸だからな」

「しかし、それでコスト高になっちまったらマズイだろう。そんなことするかな」

新田が疑問を呈すると、

「であれば信用不安とか」

村下は、さらに意外なことをいった。「調達先が倒産したら生産計画に影響が出る。だから前もって部品の調達先を変えたと考えれば、それは理由になるだろう」

「なるほど」

可能性はある。だが、トーメイテックがどの程度信用に不安があったかは、村下に聞くより自分で調べたほうが早い。部品調達先の信用状況は定期的にチェックされ、提出を受けた決算書類は経理課で保管することになっているからだ。それを見れば、トーメイテックの業績がどうであったかがわかる。

「それは調べてみよう」

新田はいった。「逆に、新たな発注先と原島課長の関係はどうだ。癒着しているとか、そういう噂はないのか」

「それについては、よくわからねえな」

期待が萎むひと言を、村下は口にした。「たとえば、ねじ六の三沢社長と原島課長が懇意だったかどうか、梶本もわからないとさ。ただ、原島課長がちょっと前まで在籍していた営業二課では、ねじ六との取引はなかった。となれば、原島課長が三沢社長と会ったのは、一課長になってからということになる。つい最近だ。ひと月やそこらで癒着するかな」

「でも、一課で噂になってるっていわなかったか」

「根拠はない」

村下の返事に、憮然《ぶぜん》としてジョッキのビールを口に運ぶ。「ただ、原島課長の判断が突飛なんでみんなが勘ぐったというだけの話らしい」

「そもそもさ、課内でも理由を説明しないというのはおかしくないか」

新田は疑問を呈したが、「仕入れ先をどうするかなんて、いちいち説明しないだろ」、とこたえる村下は、すでにこの話題から興味を失いかけている。「原島さんのことだから、一時的なコスト高はあっても、後々ペイする材料を持ってるかもしれないしな」

癒着の可能性は、この段階でかなり低くなったと認めざるを得なかった。

だが――。

村下が始めた社内の噂話に上の空で相づちを打ちながら、新田はどうしても納得できなかった。

信用不安というのなら、新田が指摘したとき説明すればいいじゃないか。なのにそれすら原島はしなかった。なぜだ。

その態度はどう考えても不自然だ。その理由を考えた新田に、まもなく当然のごとくひとつの答えが浮かんできた。

原島は、何か隠している。

6

新田が、トーメイテックという会社について調べたのは仕事が一段落した午後三時過ぎのことであった。

取引先資料を集めたキャビネットを開け、営業一課のタグの中から目的のファイルを引っ張り出す。

同社から提出された決算書である。東京建電では、発注する仕入れ業者に対する信用管理を徹底しており、毎年決算を迎えるたびに内容を報告するよう取引先に申し入れていた。

ファイルされた決算書は全部で三期分あり、最新のものは昨年三月期。今年三月にも新たな決算を迎えたはずだが、その決算書はここにはない。

三期分——つまり三年分の決算書が綴《と》じられたファイルを持って自席に戻った新田は、一番古いものから開いてみた。第九期の決算書である。

売上三十億円。経常利益二億円。

「なかなか、やるじゃん」

新田はひとりごちた。創業してたった九年で、これだけの業績を上げるためには「何か」がなければならない。技術力か、営業力か、社長の強力なコネクションか――あるいはその全て。

経理屋稼業を長くやっていると、会社を存続させる難しさを、身に沁《し》みて感じることがある。

東京建電では相手が中小企業の場合、創業後一年未満の会社とは取引しない決まりになっているが、それは創業後一年での廃業率が約三割にも上るという統計を根拠にしている。その廃業率は創業五年後には六割になり、その後さらに大きくなっていく。この世の中で、長く会社を営むのは至難の業だ。

だからこそ、トーメイテックの業績は快進撃といっていい印象を新田にもたらした。

ファイルに挟まっている会社概要表を見てみる。

社長は江木恒彦《えぎつねひこ》。生年月日からすると今年四十五歳になる、若手経営者だ。簡単なプロフィールによると、大手部品メーカーを退職して同社を起業したとある。株主構成は江木が六〇パーセントを持つ大株主。おそらくは妻ではないかと思われる江木順子《じゅんこ》という女性の持ち分が二〇パーセント。それ以外には、役員らしき個人名がそれに連なっていた。

資本金は三千万円。従業員百五十名。会社規模としてはすでに零細とは言い難く、中小企業の中でも大きな部類といっていい。

その翌期の決算書を見ると、売上はさらに増えて三十五億円にまで上っており、経常利益も二億五千万円と、いわゆる〝増収増益〟の決算になっていた。さらに次の決算では、売上は三十七億円、経常利益も三億円弱にまで伸張し、順調な右肩上がりの決算になっている。この経営環境の厳しい中、こんな決算書はそうそうあるものではない。

この調子なら、最新決算もそれなりの好業績になっているのではないかと新田は考えた。であれば、信用不安を理由に原島が取引を打ち切ったとは考えにくい。

相模原《さがみはら》にある住所を書き写してファイルを元に戻した新田は、次に、東京建電が昨年一年間にトーメイテックに対していくら支払ったか、調べてみた。

経理用端末で検索をかければ、その金額は簡単に出てくる。

支払総額は、一年間で約三億円。

東京建電は、トーメイテックが上げている売上の一〇パーセント近くを占める大口取引先であった。逆にいえば、原島の転注により、同社がかなり大きなダメージを受けていることも容易に想像がつく。

いったい、原島とトーメイの間に何があったのか？

なぜ原島はコスト高になるにもかかわらず、トーメイからの転注を決意したのか？

経理用端末の画面から顔を上げた新田は、課長席の不在を確認して席を立った。その日は午後から課長連絡会があって、加茂田はしばらくは帰ってこないはずだ。

新田が向かった先は、人事部だった。

「ちょっといいかな」

顔見知りの伊形のデスクまで行って声をかけると、「坂戸さんのことなんだけどさ」、と小声で切り出した。「ちょっと話がしたいんだ。人事部付だったよな、どこにいるんだい。会わせてくれないか」

坂戸に尋ねればなにかわかるはずだ。だが、伊形が浮かべたのは困惑の表情だった。

「部長マターでさ。休暇扱いになってるんだが、オレたちは一切接触しちゃいけないことになってるんだ」

「なんで」

思いがけない返事に新田は伊形の顔を見つめた。「なんかマズイことでもあるのか」

伊形は首を傾げたが、接触不可とは穏やかではない。

「パワハラぐらいで、そこまでやるか」

きいた新田に、「パワハラぐらいとはなんだ」、とこたえたものの、伊形は「まあ、たしかにやり過ぎのような気がするな」、と本音を洩らした。

「なあ、パワハラが本当の理由か」

ふと気になって新田はきいた。

「いや、パワハラごときでそこまでやるのは過剰反応だろう。本当はもっと他に、坂戸さんを隔離する理由があるんじゃないのか」

「隔離する理由？　そんなのあるわけないだろ」

伊形は軽く否定してみせる。

伊形に問うたところで真相はわかるまい。新田の頭に、ひとりの男が浮かんだ。営業部の八角である。

そもそも、パワハラ委員会に訴えたのは八角だ。もし、パワハラ事件そのものが表向きの理由に過ぎないのなら、それに加担することになった八角は、なにかを知っているはずだ。

新田の中で、原島への怒りが急速に色あせていくのがわかった。代わりに込み上げてきたのは、この事態への抗《あらが》い難い興味である。何事にも代え難い悪魔の誘惑のように、新田を駆り立てて止《や》まない。

かすかな興奮に頬を紅潮させ、新田は次の一手を考え始めた。

7

「どういう意味だ」

八角の顔は思い浮かんだものの、実際に話を聞くのはそう簡単なことではなかった。そもそも、営業一課係長の八角と経理課の新田の間には、接点というものがほとんどない。親しいわけではないのに、「あのパワハラ提訴の真意はなんだったのか」、と聞いたところで易々《やすやす》と口を割る相手とも思えない。

八角と親しい共通の友人がいるわけでもなく、あえなく、新田は行き詰まった。

打開する糸口が目の前に現れたのは、翌週のことである。

きっかけは八角が回してきた領収書だ。新橋《しんばし》の店二軒で七万円もの額を支払った接待交際費。東京建電では、一万円を超える接待費を支出する場合には、事前申請が義務づけられているのだが、八角はその義務を怠っていた。もっとも八角のことだから、会社のルールなど最初から無視していたのかもしれない。いずれにせよ、コストに煩くなった最近の接待交際費としては破格の支出で、今時、部長クラスでもなかなかこんな金遣いはしない。

こうした問題が起きたときの常で、経理課は当該社員から支出に至った事情を聞くことになっていた。

「先日の接待費の件で、ちょっとお伺いしたいんですが」

午後四時過ぎ、八角のデスクに内線をかけると、案の定在席であった。

「ああ、あれか。急な出費になっちまったんでな」

受話器から、八角の大儀そうな声が聞こえてくる。「うまいこと落としといてくれよ。こっちは課長に話、つけとくからさ」

「八角さん、そういうわけにはいかないんですよねえ」

新田は猫なで声でこたえた。「それじゃあ、私が課長に叱られるんで。ご存知の通り、接待の内容を報告して、なぜ事前申請が洩れたのか、説明しないといけないことになってるんです。これから、そちらにお伺いしてもよろしいでしょうか」

「これから？　ああ、まあどうぞ」

怪訝《けげん》な間を挟んで、八角はこたえた。いつもなら呼びつけるばかりの経理課のほうから訪ねて来るというのが意外なのに違いない。

受話器を置いた新田は、そそくさと営業一課のフロアへと出かけていった。

この時間にすでに帰社している営業マンはほとんどいないが、八角はその数少ないひとりであった。いつも一番遅く会社を出て、一番早く帰って来るという噂はどうやら本当らしい。新田にとって都合が良かったのは、課長の原島もまた外出していて不在だったことだ。八角と会うだけのちゃんとした理由はあるとはいえ、それで余計なことを聞かれずに済む。

八角のデスクに近づいてひょいと頭を下げると、万年係長は、黙って片隅のミーティングブースを指した。

「まったく経理はよ、いつもそういう固いことといってるから嫌われるんだぞ」

憎まれ口を叩いた八角は、接待に至った〝やむを得ない〟事情を、つらつらと話し始めた。説得力があるような無いような、のらりくらりとした話である。

辛抱強く最後までそれを聞いた新田は、「困ったなあ」、と思案顔をしてみせた。

「何が困ることがあるもんか、新田。仕事で使った金は経費だろう。そんなことは〝キホンのキ〟って奴《やつ》じゃないか」

経費として認められなければ自腹になる。八角も必死だ。

「おっしゃる通りではあるんですが、なにしろ、一課の経費にウチの課長が目を付けてまして」

「先月の売上がいかなかったことがそんなに問題か。しつこい奴だな、まったく」

「いえいえ、違うんですよ」

舌打ちした八角にいうと、「だったらなんだ」、という質問が飛んで、ついに新田が話を切り出す瞬間が来た。

「転注でコストアップしたでしょう、それでですよ。聞いてらっしゃいませんか」

「ほう」

八角の目の奥で何かが動いた気がしたが、それが何であるか確かめる前に、惚《とぼ》けた表情の下にすっと見えなくなる。「聞いてないな。話してくれないか。どんなことなんだい」

「トーメイテックって会社、ご存知ですよね」

新田はそろりと口にした。「あの会社から仕入れていた部材を、原島課長が他の仕入れ先に転注したでしょう。それだけで毎月数百万円もコストアップになってるんですよ。問題だなあと」

「だけどさ、それはお宅の課長には関係のないことじゃねえか」

八角はいった。「経理課ってところは要するに、予算通りに物事が進行すればそれでいいわけだろ。どこに発注するかは、原島課長の裁量に任されてるはずだぜ」

〝居眠り八角〟と渾名《あだな》されるダメ社員だが、口にしたのはまさに正論だった。

「説明がないんですよねえ」

新田はこたえた。「なんでわざわざコストのかかる転注をしたのか説明がまるでないんで、ウチとしても当惑しておりまして」

しおらしく、困っているような顔をしてみせる。

「別に当惑することはないじゃねえか」

八角は短い笑いとともに言葉を吐き出した。「関係ないものは関係ない。余計なことにまで首を突っ込まないほうがいいんじゃないのかい」

「余計なこと、ですか？」

八角が口にした言葉に、別な意味が込められているような気がして、新田は尋ねた。

肝心なところだ。「私、逆にちょっと心配になってきまして。わざわざ転注するのは、原島さんが仕入れ先となにかあったんじゃないかと思いまして」

「何かとは？」

「たとえば、癒着とか」

八角は顔の前で骨張った右手をひらひらさせた。

「ないない、それはないな。ウチの課長にそんな度胸があるもんか」

「そうですか？」

新田はいい、そろりと本題を切り出した。「じゃあ、坂戸さんはどうでしょう」

八角の顔から表情が消えたのは、そのときだ。

いつもまとっているのんびりとした雰囲気がかき消え、唐突に新田に向けられたのは、深い猜疑《さいぎ》に満ちた眼差《まなざ》しである。

「何のことだよ」

思わずたじろぐほど強い視線を八角は向け、静かに問う。負けじと新田は続けた。

「坂戸さんであれば、取引先と癒着していたのかなと、そう思っただけですよ。たとえば、トーメイテックとそういう関係だったとか」

じっと視線を注いだまま、八角はしばらく答えなかった。と思うと視線が逸《そ》れ、殺風景なブースを舐《な》め、また戻ってくる。そして、「意味がわからんな」、というひと言がつぶやかれた。だが——新田に確信が生まれたのは、このときだった。

八角は何か知っている。

「坂戸さんはいま人事部付で、部長以外の接触は不可だそうですよ。パワハラぐらいでそこまでやりますかね」

伏せ気味にした八角の顔から、上目遣いに向けられた眼差しに強い警戒感が漂っていた。

「もし間違ってたら教えていただけませんか、八角さん。私、思うんですが、坂戸さん、トーメイテックと癒着してたんじゃないですか。だから、課長が原島さんに交替した途端、普通ならあり得ないような転注がなされた。いや、それ以前に——」

いまや、怖《おそ》ろしいほどの形相になっている八角に、新田は畳みかける。「社内に公表できない癒着があったからこそ、課長を交替させたんじゃないですか。表向き、あなたがパワハラ委員会に訴えるという形を取って。どうなんです、八角さん」

「それと、オレの伝票とどういう関係がある」

八角は聞いた。

「だから、直接の関係はありませんって」

新田は、唇に薄っぺらな笑いを挟んだ。「いってるでしょう、一課のコストにウチの課長が敏感になってるんですよ」

「これは、加茂田さんも知ってるのか」

八角は、鋭く突いてきた。新田はそれを笑って誤魔化す。

「いや、課長はこんな細かいところまでは気にしませんから。せいぜい転注でコストが上がってるって話だけです。ただ、私の立場からは調べるだけ調べておこうと。どうにも気になるもんですから」

そういって新田は、八角の目を真正面から覗《のぞ》き込んだ。「本当のところはどうなんです、八角さん。何を隠してるんです。教えてもらえませんか」

「何のことか、さっぱりわからんな」

八角は腰を上げかけたが、「トーメイテックに聞いてみようかなあ」、という新田の言葉で、ぱたりと動きを止めた。

「なんだと？」

「この転注の意味を、問い詰めてみてもいいかなと思いまして。手間かけさせないでくださいよ、八角さん。お互い、忙しいんだから」

「本気でいってるのか、お前」

八角の双眸《そうぼう》が燃えている。

「当たり前じゃないですか」

ここぞとばかり、新田は突き放すようにいった。言い放った瞬間、八角を、いや営業部全体を敵に回したかのような気がして、妙な高揚感に包まれる。コスト、接待交際費――経理屋の領分から会社の暗部に鋭く切り込んでいく自分に少し酔っていたかも知れない。

「オレは徹底的にやりますから」

そして新田は宣言した。「つまらん隠し立てをして困るのは、そっちのほうですよ」

「勝手にしろや」

吐き捨て、八角はさっさとブースを出て行く。それで面談は終わりだった。開いたままの扉から、誰か営業マンが帰ってきたらしい気配がして、新田は席を立った。

舐めた八角の態度に、腹が立ってきた。子供時分から、大事に育てられてきた男のプライドは、いま深く傷つき、戦闘モードに切り替わる。

「見てろ、八角。お前らなんか、ぶっつぶしてやる」

経理課に戻りながら、新田はひとりごちた。

8

経理課員にとって、取引銀行への訪問は数少ない外出機会のひとつだ。その日の午後、新田が横浜に向かったのも、白水《はくすい》銀行横浜支店に所用があってのことである。

大手町にある東京建電がわざわざ横浜の支店に口座を開設しているのは、創業当時、横浜市内に工場があったからだ。白水銀行横浜支店はその頃からの取引で、毎月末になると、運転資金の一部をここで調達することになっている。面倒なことこの上ないが、銀行取引とはそういうものだという経理部長の飯山の考えで、それは慣例となり途切れることがなかった。

「どうもありがとうございました」

融資担当者の丁重なお辞儀に見送られ、新田が支店を後にしたのは、午後二時過ぎのことであった。

銀行の支店は横浜駅前の好立地だ。本来ならそのまま東京駅に戻るところだが、この日新田が向かったのは、横浜線のホームだった。快速に乗って橋本《はしもと》まで出、タクシーでメモしてきたトーメイテックの住所を告げる。

「ここですかね」

運転手が告げ、スピードを落としたタクシーはトーメイテックの看板の前で停《と》まった。駅から二十分ほど走ったところにある工業団地の一角だ。かなり広い敷地を二階建ての建屋が占めている。入り口左手に三階建ての事務所があり、外から覗くと、制服を着た従業員の姿が見えた。

中に入って声をかけると、値踏みするような目をした、化粧気も愛想もない若い女性が立ってきた。飛び込みのセールスか何かと思ったのかもしれない。

「東京建電の者です」

名刺を差し出すと、それで、「ああ、お世話になってます」、という多少親しみのこもった対応に変わった。

「社長さん、いらっしゃいますか。いつもの決算書をいただこうかと思って参ったのですが」

本来ならアポが必要なところだ。社長がいるかどうかはわからない。

少々お待ちください、といって対応した社員は一旦引っ込み、奥のデスクにいた年配の男性に名刺を運んでいった。男の視線が、名刺と新田の上を往復し、立ち上がると「どうぞ」、と声をかける。

すぐに応接に案内した男は、「お世話になっています」、といって名刺をくれた。経理課長の肩書きの、五十代後半の痩せた男だった。来意を告げると、「いま社長を呼んで参りますので、少々お待ちください」、と言い残し、部屋に新田ひとりを置いて出て行く。

ドアがノックされ、背の低い、小太りの男が入室してきたのは、五分ほど待たされた後だ。

「ああ、どうも」

見かけからは想像もできない太い声でいった男は、愛想笑いを浮かべたりすることなくさっさと向かいの肘掛け椅子に座り、「ええと、決算書でしたっけ」、と聞いた。きりっとした雰囲気で、全身から忙しそうなオーラが出ている。社長の江木だ。

「私、経理担当なんですが、出がけにチェックしたところ、最新の決算書をまだいただいていないことに気づいたもんですから」

「ああ、そうでしたか」

応じた江木だが、「まだ出す必要、ありますか」、とそう聞いた。

「取引のある会社からは、信用管理の観点からいただくことにしておりまして」

「でも、もう取引ないから」

江木はいい、「ご存知なかったですかね」、と新田に尋ねる。

「ここのところ支払いがないのは承知しております」

新田は、出された茶に手を伸ばしながらいった。「でもそれは、今後も取引がないと、そういうことなんでしょうか」

答えるまでの短い間、江木は、硬い目を新田に向けていた。

「たぶん、ないでしょう」

「原島になってからですよね、取引がなくなったのは。何か理由があったんですか」

答えるまで、数秒間の沈黙があった。新田がなぜそんなことを聞くのか、訝《いぶか》っている様子だ。口を開く前、新田の名刺に再び視線を落とした。そこにある肩書きと名前を確認したに違いない。やがて、江木はこたえた。

「さあ、私にはわかりません」

「でも、結構な取引額だったじゃないですか」

新田は食い下がった。「月間で数千万円単位だ。失礼ですが、御社の売上規模でその売上高は、決して小さくないのではありませんか。なのに理由もおわかりにならないと。原島は発注取りやめの理由を説明しなかったんでしょうか」

「新田さん、決算書の件で来られたんですよね」

江木は改まって聞いた。「であれば、いま申し上げた通り、今後の取引の予定はありませんし、お渡しする理由もない。取引打ち切りの理由について、私から申し上げることは何もありません。発注するかどうかは御社が決めることです。私、これから約束がありますので、もうよろしいですか」

それで、江木との面談は終わりだった。

不完全燃焼のまま事務所を出、敷地の出口に向かって歩く。

江木と話せば、何かわかるだろうと思ったが、どうやらそれは甘かったらしい。だが、江木のあの頑なな雰囲気はなんだ。それがかえって「何かある」という新田の思いを確信に近づけていく。

入り口から一台のタクシーが入ってきた。考え事をしながら歩いていた新田は、気づかずにやり過ごし、

「おい、新田」

声をかけられてようやく背後を振り返った。いまタクシーから降り立ったばかりの男の姿を見、新田は思わず足を止めた。

「ああ、どうも」曖昧に、新田はいった。

「なにやってる、こんなところで」

詰問するような口調だった。原島の目は笑っていない。睨まれ、新田はふいに緊張し、心臓が大きく脈打ち始めるのを感じた。

「近くまで来たもんですから」

平静を装ってみる。ここに立ち寄ることは、加茂田にも話していなかった。新田の独断だ。「そういえば、トーメイテックさんから決算書預かってないなと思って」

返事はない。信用したかどうかもわからない。

まるで錐《きり》のように鋭くえぐるような視線を、原島は向けて立っている。ふたりの間を、敷地の空きスペースで向きを変えた空車のタクシーが通り過ぎていった。

「経理課がわざわざそんなことするのか」

原島は疑わしげにいった。「近くって、どこに来た」

「別にそんなこと、関係ないでしょう」

誤魔化そうとした新田に、「どこだ」、と原島が鋭く聞いた。

「銀行ですよ、銀行」

突っ慳貪に、新田は言い放つ。「だいたい、営業部がきちんと決算書をもらってれば、私がわざわざ来る必要もなかったんですよ。いい加減にしてもらえませんか」

自分を正当化するのは、得意だった。いつもそうしてきた。

返事を待たず、くるりと背を向け、新田は歩き出した。

原島が何か声をかけてくるかと思い背を耳にしたものの、トーメイテックの敷地を出るまで、ついに何もなかった。敷地を出て右に曲がるとき、振り返った視界に、事務所に消えていく原島の後ろ姿が見える。

「取引、なくなったんじゃなかったのかよ。なんで来たんだ」

不可解な出会いに、新田は首を傾げた。

原島とここで出くわしてしまったのは、計算外だった。なにか問題になるだろうか、と自問してみる。出てきた結論は、問題なし、だ。最新の決算書がなかったのは事実なのだ。経理課員である新田がそれをもらいにいったところで、問題はないだろう。

新田はタクシーを求め、大通りに向かって歩き出した。

9

夕方近くに会社に戻ると、「新田君」、と加茂田が不機嫌そうに呼んだ。加茂田がそんな表情を見せるときは、たいてい部下の誰かが手痛いミスを犯したときと決まっている。立ち上がった新田は、ここ何日かの仕事を振り返りつつ、用心深く加茂田のデスクの前に立った。

「君、今日、トーメイテックに行ったそうだな」

加茂田は、険のある表情でそういった。「何をしに行った」

まさかそのことを指摘されると思わなかったので内心驚いたものの、

「決算書をいただいていませんでしたので」

あらかじめ準備した答えを新田は口にする。「白水銀行の横浜支店で用事を済ませたついでにと思いまして」

「そんなのは君のやることか」

椅子にだらしなくかけ、加茂田は怒りの表情を新田に向ける。「営業部に頼めばいいことだろう」

「そうかもしれませんが、トーメイテックに対して現段階で発注していないようでしたので」

「だったら、決算書なんかいらないじゃないか」

「四月時点では取引が残っていました」

それは、用意周到な理屈のはずだった。「社規に照らして、最新の決算書はもらっておくべきだと思いまして」

だが、

「そんな理屈が通ると思うのか、君は」

加茂田は一段、声のボリュームを上げ、一蹴した。「トーメイテックを訪問したのは、営業部の転注がらみだそうじゃないか。あの件は忘れろっていっただろ」

隠し立てをしても無駄だった。すでに加茂田は知っている。おそらく、原島から事情が説明されたに違いない。

「しかし課長、あの取引はおかしいですよ」

仕方なく、新田はいった。「いままで毎月何千万円も出していたトーメイテックの取引を理由もなく転注するのもおかしいですし、坂戸さんがいまだに人事部付というのもヘンです。絶対、癒着があると思うんです」

癒着と聞けば加茂田の態度が変わるかと思ったが、期待外れに終わった。

「だから、そんなのは君の思い込みなんだよ。まったく面倒なことをしてくれるな。営業部から、経理課員が勝手に取引先を騒がせて困っているとクレームがあったぞ。飯山部長もご立腹だ。いったい、君は何を考えてるんだ」

何をいっても、加茂田に通用するとは思えなかった。とりつく島もない加茂田の表情をしばし眺め、新田は、「申し訳ありませんでした」、と詫《わ》びるしかない。

だが、加茂田は、そんな詫びひとつで簡単に引き下がるような男ではなかった。

経理課員全員が聞き耳をたてる中で、小一時間も新田を執拗《しつよう》に罵倒し続けたのである。その間、加茂田が新田に対して浮かべている表情は、まさに憎しみそのものだった。新田のために営業部に付け入る隙を与え、さらに上司にも叱責された怒りを、百倍にしてぶちまけている、そんな印象だ。

新田のプライドはずたずたに切り裂かれ、口には出さないまでも太い怒りの渦が何重にもなって腹の底でどす黒くとぐろを巻きはじめる。

このブタ野郎、死ね、ブタ野郎、死ね——。

表向きは謝罪の言葉を繰り返しながらも、新田は加茂田に対する悪態を何度も繰り返していた。

その怒りはやがて、あらゆるものに飛び火し、伝染していった。真っ先に浮かんだのは原島だった。トーメイテックで呼び止められたときの、原島の咎《とが》めるような態度。あのときの声、表情は、記憶の掲示板にべったりと貼られたポスターのようだ。お前がはっきり説明しないからこうなっているのに、なんだその態度は——そう原島にいってやりたかった。なのに原島は、経理部に対してクレームを入れて寄越した。悪いのはオレじゃない。あいつらなのに、それを認めようともしない。とんでもない奴だ。さらに、部長の飯山も加茂田も、明らかにおかしな点があるにも拘《かかわ》らず、それには目を瞑り、ただメンツを潰されたというだけでオレを叱責している。

こんな理不尽な話があるか。

お前らなんか、クズなんだよ。

いま顔を真っ赤にして激怒している加茂田に、思わず軽蔑の眼差しを向けてしまった。

「君、反省してるのか?」

たちまち加茂田の怒りが再燃しはじめ、一旦終わりかけた叱責はまた延々と続くことになった。

10

ちくしょう。くそったれ。死ね——。

帰りの電車の中で、新田の頭は怒りで膨らみ、いまにも爆発しそうであった。午後十時過ぎの電車は半分以上が酔客で、どいつもこいつもむかつく奴らばかりに見える。怒りが煮えたぎり、新田は、ちょっとしたことで喧嘩《けんか》でもしかねないほど苛立《いらだ》っていた。脚を投げ出して居眠りしている学生らしい男の態度に腹を立て、じっと睨み付けたが、運良く学生が新田の視線に気づくことはなかった。

八割方の乗客で新宿を出発した電車で揺られている間、新田は、どうやって加茂田に仕返ししてやろうかと、それればかり考えた。考えているうちに怒りは怒りを呼び、顔面が上気してくる。極端に攻撃的な気分になり、経堂駅で下車するとき、ドア近くを塞いでいるサラリーマンの体を手で押しのけて外に出た。

「おい、お前」

背後から声を掛けられたのはそのときだった。

振り返ると、いま自分が押しのけたサラリーマンが電車を降りて、新田の前に立ちはだかるところだった。

新田と同じぐらいの年齢の男だが、相手のほうが少し背が高く、がっしりしている。

黙ったまま、新田は相手を見据えた。

「なに押してんだよ」

男はそういうと、新田のスーツの襟を右手で摑み挙げた。ドア付近にいた客たちがこちらを見ているのがわかったが、頭に血が上った新田にはそんなことは気にならなかった。

「邪魔だからだろ。駅についたら降りる客がいる。そのぐらいのことわからないのか」

新田がいうと、スーツを摑んでいた腕が力任せに押し出され、新田はバランスを崩して背後にたたらを踏む。

「なんだよ、お前が悪いんだろうが」

激しい憎悪が突き上げてきた。この憎悪が、この男だけによるものなのか、加茂田との一件からのものなのかわからない。わかっているのは、それが経験したことのないほどの憎悪だということだ。

電車のドアが閉まり、ホームを滑り出していった。それで車内から見つめていた野次馬の半分は消え、あとはホームに残された客が遠巻きにしているだけだ。

「なんだと、てめえ」

男が一歩踏み出したかと思うと、新田の顔面にパンチが繰り出された。素早い動きだった。そのとき新田が感じたのは、痛みより、恥ずかしさだ。衆人の前で貶《おとし》められた──それは新田にとって、決して許容できない類の屈辱だ。

新田は、血の味がある唇を手の甲で拭いながら、自分を殴った男を鋭く見上げた。男の勝ち誇った目とぶつかったのはそのときだ。

手の甲を見つめる。

ホームの明かりに照らされて、皮膚が濡《ぬ》れているのがわかった。それが血なのか唾液なのか、見分けがつかない。新田がそうしている間、男は新田の前に立っていた。アルコールの臭いをぷんぷんさせて、男は、酔っぱらっていた。

新田は無言のまま、痛みに折っていた上体を上げた。

警戒し、男が身構えたのがわかる。だが、新田は男に飛びかかったりはしなかった。そんなことは、世の中の仕組みがわかっていない低能のすることだ。この日本で、喧嘩で勝つことは負けることと同義である。新田は胸ポケットから携帯電話を取り出した。男が見ている前で、新田は警察にかけた。

「どういうことなのよ、いったい」

それが、出迎えに出てきた美貴の第一声だった。眉根を寄せた蒼白《そうはく》な顔、声に滲み出ているのは、新田の怪我《けが》への心配というより、騒ぎを起こしたことに対する怒りのように見えた。

「男が言いがかりをつけて、いきなり殴ってきたんだ」

警察が来て事情を話し、美貴にはその後病院に向かう車中で電話をかけて状況を説明していた。そのときと同じ説明をもう一度、新田は繰り返した。診断は、全治二週間。警察の事情聴取を受けて被害届を出し、解放されたのは深夜零時近く。新田は疲れ切っていた。

「どうして言いがかりをつけてくるの」

納得できない顔で美貴が聞く。「何か理由があるんじゃないの」

その言い方に、新田はカチンときた。いかにも新田が喧嘩の原因を作ったような言い方だったからだ。

「電車から降りるときに出口を塞いでたんだ。それを押しのけて降りたら、殴りかかってきたんだよ」

「押しのけるからよ」

美貴は、いかにも新田が悪いといわんばかりの言い方をした。「あなたのことだから乱暴に押したんでしょう。どけって」

「バカじゃないのか」

ネクタイを緩める手を休め、新田は、いった。数時間前、警察に引き立てられていく男を見送ったことで少しは収まった怒りが再び沸き上がる。

「その人だって、たまたまドアのところにいたわけでしょう。誰かが降りることに気づかないことだってあるわよ。それをいきなり押されたら、頭に来るでしょ」

美貴は自分の正しさを主張するかのように続ける。「あなたにだって非はあるんじゃないの」

「ふざけるなよ」

新田は目が眩《くら》むほどの怒りを妻に感じた。

この女が心の底から憎いと思った。

事情も知らず、夫を非難する妻。訳知り顔で、利口ぶる。自分が夫より数段頭がいいと思っている女。

「いったい、お前はオレの味方なのか敵なのか、どっちだよ」

「そんなことといってるんじゃない。私は、事実をいってるだけだから」

テーブルの端に、これみよがしにハワイ旅行のパンフレットが積んであった。新田はそれを鷲《わし》づかみにすると、力任せに傍らのゴミ箱に放り投げた。

「なにするのよ！」

美貴が金切り声を上げた。それでも構わず、新田はパンフレットの入ったゴミ箱を力任せに蹴飛ばす。プラスチック製のゴミ箱は、テレビ台にぶつかり消えることのないだろう傷を付け、ベランダに面した窓のカーテンの下で止まった。

「あなたなんかと結婚しなきゃよかった」

美貴がいった。

「オレもだ」

そういうと、上着を掴んで玄関に向かう。

「どこ行くのよ」

「飯食いに行くんだよ」

振り向きざまに、新田は叫んだ。「お前、オレが飯食ってるかなんて、まったく考えもしなかったろ。オレはな、腹減って死にそうなんだよ。お前はいいよな、飯食って風呂入って、オレのことを小馬鹿にしてさ。いい人生だ」

11

「新田君、ちょっと」

部長の飯山に呼ばれたのは、殴打事件があった二日後のことである。呼ばれたとき、新田はてっきり事件のことを詳しく聞かれるのかと思った。だが、部長室に入った新田を待っていたのは、思いがけない言葉だ。

「まだ正式な辞令はないが、君、大阪行きになるから」

目を合わすことなく、手元の資料を眺めたまま、飯山は通告する。

「大阪、ですか」

あまりに唐突であったため、新田は最初、自分が何をいわれたかわからなかった。現実は、完全に一テンポ遅れて、新田の脳裏に染み込んできた。

「ちょっと待ってください、部長。大阪に経理はないじゃないですか」

そういった途端、新田の脳裏に新たな考えが浮かんだ。

そうか、業務拡張に伴う組織改革ではないか。いままで経理セクションがなかった大阪に経理部を作る。そういう意味ではないかと。であれば、これは抜擢《ばってき》だ。課長昇進がついてくるかもしれない。が、飯山は老眼鏡を上にずらし、不愉快極まる顔で新田を眺めた。

「大阪で、君には営業をやってもらう」

すっと新田は押し黙った。

「しかし、私はずっと経理畑で――」

「経理は」

新田の反論を遮り、飯山は続けた。「――経理というのは、金を扱う。人間的にも信頼に値する人材がやるべきだというのが私の心情だ。君、営業四課にいた浜本君と不倫してただろ。彼女、それで辞めたんじゃないのか」

部長の言葉は、唐突に突き出されたナイフの刃のように、新田の息の根を止めた。

実際、新田は数秒間呼吸を忘れ、部長の顔をまじまじと見続けた。何か言い訳をすべきだと思ったが、何をどういえばいいのかまるでわからない。

「本当なら、そんな不適切な関係を持った者など解雇したいぐらいだ」

そういうと飯山は、唾棄すべきものを眺める目で新田を睨む。「この人事はそういう意味だ。来週にも辞令を出すから、そのつもりでいてくれ」

部長は資料をトントンとテーブルで揃えながら、新田の顔の絆創膏《ばんそうこう》を冷ややかに見た。

「なんだその怪我。何もしないのに言いがかりをつけてきたって？　君のことだから、また余計なことをしたんじゃないのか」

また――？

新田ははっとして部長を見たが、すでに飯山は立ち上がり、背を向けた後であった。

オレが飛ばされるのは、本当に不倫が原因なのか。

部長室からデスクに戻った新田は自問した。それが原因なら、もっと前にこうなってもいいはずだ。しかし、そうはならなかった。

もし――もし他に本当の理由があるとすれば、果たしてそれは――。

なかなか回転しようとしない頭で考えようとしたとき、デスクの電話が鳴った。

「大阪営業部に行くんだってな」

聞こえてきたのは八角ののんびりした声だ。「自分のバカさ加減がやっとわかったろ」

それだけで、電話は切れた。

敗北感が腹の底から這《は》い上がってきて、新田の頭を一杯にする。

なんなんだよ、一体。

こんな会社、必ず辞めてやる。

だが、同時にこのご時世、転職が容易でないことぐらい、新田は十分にわかっていた。

美貴には、会社からメールで大阪への辞令が出たことを知らせた。

「あのさ、私、大阪、行かないから」

いつもより早く帰宅した新田を待っていたのは、そんな言葉である。

ネクタイを緩めていた新田は一瞬手を止めて妻を見、

「そうか」

とだけこたえた。

妻はもう何もいわず、夕食の続きを作り始める。

また、肉じゃがか。

そんなことを思った。そして、これでハワイもなくなったな、とも。

大阪行きの辞令が出たのは、翌週水曜日のことだった。

送別会は、駅前の居酒屋でささやかに行われ、ひとりで大阪へと旅立った新田は、三ヶ月後、妻と別れた。

第五話　社内政治家

1

サノケンのことを知っている者たちは、彼をどう表現するだろうか。機を見るに敏。風見鶏。ゴマスリ屋。本音と建て前を使い分けるお調子者。そして――社内政治家。

だが、そうした評判も、いまとなっては昔の話だ。

サノケンこと、佐野健一郎《さのけんいちろう》が営業部次長として肩で風切っていたのは二年ほど前の話だ。いま佐野は、カスタマー室という東京建電の〝場末〟に追いやられ、かろうじて「室長」という肩書きに甘んじている一介の窓際に過ぎない。

カスタマー室の主要業務は、クレーム処理である。

日々、顧客から寄せられる様々な種類のクレームに対応し、しかるべき処置を取る。

部下は、ふたり。二十七歳の使えない男と、三十二歳の気の利かない女だ。どちらも、驚くほど仕事ができない。このポストに異動が決まったとき、辞令を手渡した北川の言葉はいまも覚えている。

「クレームは潰せ。それが君の仕事だ。お似合いだな」

営業マンとしての戦力外通告だ。東京建電にとって顧客のクレームなど一顧の価値もない――それが北川の考え方であり、同時に会社の考え方でもあった。

この辞令ひとつで、それまで順調なサラリーマン生活を送っていた佐野は、ハシゴを外され、組織の片隅へと追いやられたのである。

佐野は、江東区《こうとう》のマンションに住むサラリーマン世帯の次男坊として育った。両親は共働きで、父親は日本橋《にほんばし》の繊維商社で働く営業マン。母は、神田《かんだ》に本社のある部品メーカーの経理補助をしており、幼い頃から、佐野は自宅の鍵をいつも首からぶら下げている子供だった。学校から帰ると母親が用意してくれているおやつを食べ、友達の家へ遊びに行く。たまに友達が遊びに来ることもあったが、親のいない自宅で子供たちだけで遊ぶことに母親があまりいい顔をしなかったため、たいていは佐野のほうが友達の家へ出かけていった。そうして毎日、遅くまで遊び、午後六時過ぎになって母親が帰ってくる頃を見計らって自宅に戻ってくる。

江東区の海の見えるマンションの五階、そこの3ＬＤＫに佐野一家は住んでいた。両親の給料を合算して三十年ローンで買った中級マンションに、自慢できるほどのものは何もない。だが、あえて挙げるとすれば、それはベランダから見える港の景色だった。

東京湾に遠く立ち並ぶクレーン。倉庫。そして行き交う様々な種類や大きさの船。晴れ渡る日も、雨の日も、それらがゆったりと動いていく様は、一日眺めていても飽きなかった。実際、遊びに行く当てのないときの佐野は、ベランダに立ち、ただその光景を眺めて過ごした。

船乗りになりたい――それが、幼い頃の佐野の夢だった。船に乗ってこの港から出、世界の国々を回るのだ。外国にはきっと、自分が見たこともないような美しい港があるはずだ。そこにはきっと、胸をわくわくさせるような冒険があるに違いない。着古した半袖シャツにお下がりの半ズボン。裸足《はだし》にサンダルをつっかけて眺めている佐野少年の髪を海風が揺らし、潮の香りは首筋をやさしく撫《な》でた。

地元の公立中学を出た佐野は、近隣の都立高校へと進学した。

そこそこの進学実績のある高校だったが、その学校での佐野の成績は中くらい。ただなんとなく都内の私立大学の経済学部に進み、そのまま大手の家電販売会社に就職した。船乗りになりたいという子供の頃の夢はとっくに忘れ、気づいてみればごくごく一般的な人生を歩んでいる自分がいた。

その家電販売会社で、佐野は、上々の成績を上げた。

口が上手《うま》かったからだ。

顧客を丸め込み、上司には取り入る。世渡りのノウハウは、この会社で身につけた。そして、さらに大きな舞台を求めて東京建電の中途採用試験を受け、合格したのは、三十歳になる直前のことである。それから二年前に出世の階段を踏み外すまで、佐野は好成績を上げる優秀な営業マンとして社内では一目置かれる存在だった。

社内きっての情報通で口八丁手八丁。当時営業部次長職にあった佐野は、直属の上司である北川のイエスマンに徹し、上司にへつらい部下には厳しい、絵に描《か》いたような中間管理職ぶりを発揮し、乗りに乗っていた。

だが、そんな日々に転機が訪れたのは、突然だった。

あるとき、営業成績が振るわないのを佐野の無能のせいだと北川が役員会で報告したことを伝え聞かされたのだ。

佐野は激しい憤りを覚えた。こんなに尽くしているのに、北川は佐野のことなど捨て駒程度にしか考えていない。

ちなみに、この役員会での一件を佐野に話したのは、製造部長の稲葉要《かなめ》であった。稲葉と北川は犬猿の仲だ。北川は、売上が増えないのは製品が悪いからだといい、稲葉は営業力が弱いからだと常に主張する。

問題の発言は、その年社長が重点販売項目として挙げた住宅関連部門の売上が極度に低迷したことに起因していた。

折しも世の中は米国発の金融不安に端を発した不況のどん底にあり、大きな買い物を手控える風潮ができあがっていたときである。

まさに逆境の中で、住宅関連部門の売上は激減。その統括をまかされていたのが佐野であったが、業績不振は佐野個人の能力の問題ではなく、環境要因であるといって間違いないと思う。

誰がやっても、あのときの環境であれば、同様の結果になったはずだと佐野はいまでも思っている。

ところが北川は、その責任を佐野ひとりになすりつけ、自らは保身に走ったのである。

許し難い発言だった。

「たまには飲みに行かないか」

稲葉に誘われて了承したのも、北川に対する不満があったからこそだ。居酒屋で、北川の暴君ぶりや無理な営業手法について洗いざらいぶちまけた。それに対して稲葉も言いたい放題をいう。ふたりは急速に意気投合し、北川を共通の敵とする同盟関係が生まれたのであった。

北川は、社内的にも厳しい営業部長ということで通っている。

だが実際には、細かい数字は佐野まかせだし、部下とコミュニケーションも取ったことがない。営業部内でいまどんな問題が起き、部員たちがどんな状態で働いているのか、北川はまったく関心を示さなかった。ただ、目標の数字をノルマとして貼り付け、達成できなければ罵詈雑言《ばりぞうごん》を浴びせかける。自利のためには、右腕だったはずの佐野のような男まで、簡単に切り捨てる。そんな人心掌握もできないやり方でうまくいくはずがない——初めて稲葉と飲んだとき、義憤に駆られた佐野は、感情的になってそんなことをまくしたてた記憶がある。

それ以後、稲葉とは、たまに飲み食いする間柄になり、社内の様々な問題について意見を交換し、佐野は北川への不満を口にし続けた。

「君が技術系なら、ウチに来てもらうんだがなあ」

そんなふうに稲葉は同情しつつ、佐野から得た情報を、役員会での営業部攻撃に利用することも忘れなかった。世の趨勢《すうせい》と連動して東京建電でも業績が逼迫《ひっぱく》し、役員レベルでもことあるごとに責任論が噴出していたからだ。稲葉にしてみれば、営業部の実態を把握し指摘することで、我田引水の論理を展開することが可能になるのであった。

あるとき、北川に補佐を頼まれ、佐野はその議論を目《ま》の当たりにしたことがある。

北川が、

「デザインが消費者に受け入れられないから売れないんじゃないか」

とある製品について製造部を腐《くさ》すと、「北川さんは、消費者対象のアンケート調査を実施しようという部内の声を揉《も》み消しているそうじゃないか。そんなあなたに何がわかる。矛盾していないか」、と稲葉がすかさずやり返した。

その場しのぎの屁理屈《へりくつ》で切り返した北川だが、着席した後、浮かない表情で会議室の空間に目を泳がせていたのは印象的だった。

アンケート調査の一件を指摘されたことに、軽い動揺が滲《にじ》んでいる。

いい気味だ。

風を読み、勝ち馬に乗る——。佐野は内心得意になった。社内の情報通として知られる一方、稲葉と水面下で結びついて北川を脅かす。これこそ、社内政治家の面目躍如だ。稲葉が営業部内の情報に通じていることは、役員会で議論になるたび、北川の胸に刻まれ、警戒感を強めていたはずだ。その情報源が、佐野であると知れるまで。

それまで、稲葉とは誘われるままにひと月に一度ぐらいの割合で、飲みに行っていた。当時の佐野は、何かと理由をつけてはほぼ毎日同僚や取引先の親しい担当者と飲みに行っていたから、いつのまにか、そんな付き合いの一環のような感覚になっていた。たまに佐野のほうから稲葉を誘って飲みに行くこともあったが、どんなときでも稲葉はひとりで来た。佐野もだ。そうしようと示し合わせたわけではないが、お互いに、後ろめたい気持ちがあったからだろう。

そして二年前の七月、オコゼを食わせる店があるから行かないか、と誘ったのは稲葉のほうだった。

ふたりで飲みに行くときにはいつも、会社から離れた場所で飲むことが多かった。同僚とばったり出くわすのを避けるためだ。

その店は、新宿の靖国《やすくに》通り沿いにあるビルの七階に入っていた。

「私は福岡の出でね。冬はふぐだが、ふぐのない夏場はオコゼと決まっているんだ」

稲葉は少し誇らしげにいい、店員が手桶《ておけ》に入れて見せに来たオコゼにうなずくと、ひとしきり仕事の話をする。新製品の企画が悪いとか、製造ラインの見直しが社長の理解不足で遅れ気味になっているとか、そんな話だ。毒舌の稲葉からは、あまり肯定的な話は出てこない。いつも誰かを批判するような話が主である。一方で佐野は、例によってノルマの達成が厳しい状況をあれこれと語り、「部長は、ノルマは絶対達成しろの一点張りですからね。それで達成できるんなら苦労しませんよ」、と北川の無策ぶりを皮肉り、嘆息してみせた。

オコゼを食ったのは、それが初めてだった。

白身の魚で、たしかにふぐの代わりだといわれれば、そうかも知れない。ただ、食い物に興味のない佐野にとって、それがふぐだろうとオコゼだろうと、大した差はなかった。所詮、自分の収入では背伸びしないと食えない魚など、佐野は興味がない。ちなみに、稲葉と食うときには、たいてい稲葉のおごりだった。つまり製造部の経費であり、とどのつまりそれは製造部の情報収集活動の一環だったのだが、佐野にその認識はなかった。

店には三時間近くいただろうか。金曜日で客が多く、仕事も丁寧だったから時間がかかったのだろう。

稲葉が代金を払い、ビルの七階からエレベーターに乗って地上に降りた。エレベーターは混雑しており、稲葉が先に降り、佐野がそれに続く。

おいっ、と唐突に腕を摑《つか》まれたのは、そのときだった。

驚いて相手を見た佐野は、思わず言葉を失った。

北川がそこに立っていたからである。

すでにアルコールが入っているらしい顔には、怒りと皮肉が滲んでいた。佐野を冷ややかに見据え、「偶然だな」、といいざま数メートル先を歩いている稲葉の背中を一瞥《いちべつ》する。

あまりに突然のことで、言い訳の言葉が思い浮かばない佐野に、

「仲、いいんだな、お前ら」

ただそれだけを言い残し、北川はエレベーターホールに消えた。

佐野に、カスタマー室へ異動が命じられたのは、それから半月後のことであった。

いま、佐野は、会社のいわば〝窓際〟の席にいる。

実際に佐野のデスクは、窓に一番近い場所にあって、そこから大手町の通りが見えた。毎日、外を飛び歩いていた営業部時代、日がな一日会社の窓を眺めて過ごす日が来ようとは思いもしなかった。

「子供の頃は船乗りになりたいって思ってたのに」

毎日窓の外を眺め過ごしているうちに、佐野はようやく思い出した。自宅ベランダから眺める海とは似ても似つかぬコンクリートの海を見下ろしながら、佐野はしみじみと考える。

バカだな。なんでオレは船乗りを目指さなかったんだろう。

いったいいつのまに、あの夢を忘れたのだろう。

いま、佐野は東京建電という中堅メーカーの社員であり、将来のないポジションで日々、腐っている。なすすべもなく、使えない部下に苛々《いらいら》しつつ、ここにいる。

2

さっきから、部下の小西《こにし》が、ぼそぼそと電話で話し込んでいる。内容は不明だ。時折、うんざりしたような、「ですから、それは」から始まるセリフで、クレーム対応だということがかろうじて知れる。

佐野は壁の時計を見上げた。オフィスの窓から日射しが斜めに壁を切り取っている午後三時過ぎだ。

いったい、いつまで話し込んでるんだ。

苛立った佐野が、青いパーテーションで仕切られた小西のデスクを睨み付けたとき、「では失礼します」、という声が聞こえ、小一時間も続いていた通話が終わった。

「小西君」

呼びつけると、パーテーション越しに小西が半分だけ顔を出した。「ちょっと」、というと、のっそりした態度で佐野のデスクまで歩いてくる。

小西太郎《たろう》は、青白い顔をした冴《さ》えない男だった。痩せ細った長身で、佐野を見下ろす表情には知性も生気も感じられない。

「いまのクレーム、なに」佐野は聞いた。

「冷蔵庫の扉がガタついたといってきまして」

小西はこたえる。「子供がドアに飛びついたら、うまく閉まらなくなったっていうんで」

「君さ、そんなクレームにどんだけかかってんだよ」

椅子の背にもたれた佐野は、怖い目を小西に向けた。「だいたい、子供がドアに飛びついてどうする。ウチの冷蔵庫はジャングルジムか」

「しつこい主婦でして。大阪市の三十七歳の専業主婦で、名前は――」

「いいよ、そんなのは。聞きたくもない」

小西の言い訳にもならない話を、佐野は遮る。「だいたい君さ、時間かけ過ぎなんだよ。そんな電話はさ、本来の目的でお使いいただければそんなことにはならないとか、うまく丸めろよ。君、元は営業だったんだろう?」

元営業とはいえ、小西が「使えない」ことはわかっている。大学卒業後、新入社員として営業部に二年間在籍した後、総務部に異動になり、さらにこのカスタマー室に来た。総務部でも使い物にならなかったのだ。

「すみません」

ぴょこりと、小西は頭を下げて押し黙った。社交性とか、営業センスとか、そんなものの欠片《かけら》もない部下は、ひたすら生真面目《きまじめ》で、大人《おとな》しい。

「もういいよ」

佐野がいうと、「あの、これカスタマーレポートに載せますか」、と小西は遠慮がちに尋ね、ますます佐野を呆《あき》れさせた。

「載せられるわけないだろう。こんなの載せたら、カスタマー室は何やってんだって、製造部や営業部から十字砲火を浴びるのが関の山だろうが」

カスタマーレポートとは、カスタマー室が毎月一度作成する報告書だ。どんなクレームがあったかをレポートし、各部に改善を要求するのが目的である。

毎月、佐野はこのレポートの作成に苦慮していた。迂闊《うかつ》に挙げれば、「そんなものはカスタマー室で説得すべきものだろう」、と逆に無能呼ばわりされかねないからである。

営業部長の北川の言葉ではないが、「クレームは封じ込めるものだ」という認識で東京建電社内は一致している。しかも、そんな金にならない仕事は、使えない連中にちまちまとやらせておけばいいというのも、異論のないところである。

かといって、クレームをまったく報告しないというわけにもいかない。それでは逆にカスタマー室の必要性を問われることになるからだ。そのあたりのさじ加減は微妙で難しい。

かくしてカスタマー室が作成するレポートは、毎回、波風の立たない穏便な内容に着地させるのが常であった。

東京建電には直視すべきクレームは今月もなかった——。そう思わせつつも、ある程度のクレームはカスタマー室が防波堤となって堰《せ》き止めたのだと、それとなくわからせる。そのさじ加減こそが、いま佐野が必要としているスキルといっていい。それはまさに社内政治家と称されたバランス感覚のなせる業であった。

一喝された小西が、おずおずと自席に戻っていくのを見届け、佐野が手にしたのは、この週に届いたクレームハガキや手紙の束だ。

輪ゴムで留められたそれには、もうひとりの部下である仁科理美《にしなさとみ》が作成した簡単なリストがついていた。

それぞれのカードについてクレームかそうでないかを分け、さらにクレームの場合には、緊急性に応じてAからCまでの三段階で分類することになっている。Aが無視してもいいレベル、Bがなんらかの対応を検討するレベル、Cが至急対応すべきレベルの三段階だ。

いま仁科が挙げてきたリストに掲載されたクレーム数は五十を超える。なにしろ東京建電のラインナップは、住宅関連から工業製品にいたるまで多岐に亘《わた》るから、これでも少ないほうである。

郵便でクレームをつけてくるのは、たいていが個人客であった。錆《さび》が浮いて手が汚れたとか、蓋を開けるとき異音がするとか、その類のレベルのものが多く、仁科はそれをAに分類している。それはいい。

だが、リストを一瞥した佐野は、いつものことながら、BとCの数が多いのに閉口した。Cにすると、当該部署に連絡し、対応策を報告しなければならなくなる。

「仁科君、ちょっといいか」

のろのろと仁科が自席を立ち、佐野の前にやってきた。

「なんでこれがCなんだよ」

封書で来たクレームだ。

〝棚にあるものを取ってバランスを崩した際に御社製造の折りたたみ椅子の座面に体重をかけたところ、座面が外れ、あやうく怪我《けが》をするところでした。様々な使われ方をする椅子ですから、堅牢《けんろう》性を向上させるか、何キロ以上の負荷まで耐えられるのか注意書きをすべきだと思います。〟

几帳面《きちようめん》に製品名なども記してある。年齢を感じさせる達筆だった。

「怪我をするところだったと書いてあるので」

仁科の理由付けに、佐野は叱り飛ばしたいのをかろうじてこらえた。

「でも、怪我はしてないだろ。ウチの折りたたみ椅子、いったいどれだけ世の中に出回っていると思うんだよ。第一こんなクレーム、他にないだろ。このユーザーだけの特殊な使用方法によるものだと思わないのか」

「はあ……」

「はあじゃないよ」

佐野はこれみよがしのため息を洩《も》らし、仁科を萎縮させた。「こんなクレームを回されても製造部だって困るだろ。だいたい、棚から物を取るときにバランスを崩して云々《うんぬん》なんて話、知ったことかよ。この人がどれだけの体重かわからないけれども、そういう瞬間には通常想定される以上の負荷がかかるはずだ。それに、この椅子がどのように使用されていたかも書かれていない。雨ざらしになって錆び付いていたかもしれない。そう簡単にCに分類しないでくれよ。話がでかくなっちまうだろう。それでも何の欠陥もなかったら、ウチの対応が問題になるんだぞ」

「状況を調べたほうがいいですか」

見当外れな仁科のこたえに、佐野はつくづくカスタマー室などという閑職にいる自分が情けなくなった。

「調べてどうするんだ。こんなのは、無視しておけばいいんだよ。無視無視。分類はせいぜいBだろ」

佐野は顔の前で手をひらひらさせていい、「それにしても、こんな調子で今月のレポートどうするかな」、と誰にともなくいった。ここに来てからというもの、佐野の頭は、カスタマーレポートのことで一杯であった。

「何かいいクレームあったか」

妙な聞き方だが、レポートに載せるにふさわしいクレームということだ。カスタマー室の苦労が偲《しの》ばれ、傾聴に値し、大した改善の必要もないようなもの——。

考え込んだ仁科に、「編集会議までに頼むよ」、とそういって佐野は勝手に話を終わりにした。カスタマーレポートに何を載せるかは、三人で開く「編集会議」で決める。会議といっても、発言して決めるのは、いつも佐野ひとりだが。

やれやれだな。仁科が一礼して背中を向けた途端、佐野は思わず天井を仰ぎ見た。くだらない。日々、こんなことの繰り返しじゃないか。

そして、「ここにいると馬鹿になるな」、と心の中でつぶやいたのも、いつも通りだった。

3

カスタマーレポートは、毎月五日に発行することになっていた。

その前に、まず骨子を報告書として作成し、部長以上で定期開催される連絡会議の承認を経て社内回覧用の定期刊行物として配布される。カスタマー室で月末近くに開く取りまとめ会議を「編集会議」と呼ぶのはそのためである。そこで、報告すべきクレームを選別し、レポートの方針を決定する。

佐野はさっきから不機嫌な顔のまま、腕組みをして押し黙っていた。

編集会議の席上である。

佐野の前には、今月一ヶ月に寄せられたクレーム関係の書類が山積みになっていた。

ミーティングテーブルには、佐野のほか、小西と仁科のふたりが幾分緊張した面持ちでかけ、書類をひっくり返しては、さっきから考えているふりをしているが、耳を傾けるに足る発言はなにひとつ出てはこない。

「それにしても、なんでこう、ろくでもないクレームばかりなんだ」

鋭い舌打ちとともに佐野が言葉を吐き捨てる。東京建電で製造している品目は多岐に亘るが、その技術力には定評があった。本来の使用方法でまともに使っていれば、重大な故障や損傷など起きようがない。

ところが、いま目の前に積まれたクレームのほとんどは、通常では想定できない使用法による損傷を申し立てたものとか、些細《ささい》なことに難癖をつける病的なもの、自分が誰よりも賢く分別があると勘違いしている馬鹿の、取るに足らぬ説教のようなものばかりだ。

ちなみに、なぜこういうクレームが「ろくでもない」のか、理由ははっきりしている。前向きではないからだ。ついでにいうと、建設的でもない。

佐野が欲しているのは、「この商品のこの部分が錆びやすいので、素材を鉄からステンレスのような特殊鋼に変更してはどうでしょうか」といった、提案型のクレームだ。製造物を貶《けな》すだけのクレームは報告する意味がない。製品をさらに良くする内容のクレームこそ傾聴に値するものであり、それを掬《すく》い上げることにカスタマー室の存在意義がある。ひいては、そういうクレーム処理こそ、佐野の社内地位向上に貢献するといっても過言ではなかった。

ところが、今月に関していうと、使えるクレームは皆無であった。かといって、製品そのものに問題があるとおぼしき重大なものもない。

佐野は、毎月一度、社長以下、役員も出席する連絡会議においてカスタマーレポートを発表する機会を与えられているが、このままでは、カスタマー室長としての存在意義を主張する場を役員の居眠りタイムにしてしまう。

北川に睨《にら》まれてカスタマー室などという片隅へ追いやられてしまったものの、佐野には捨て切れぬ野心が残っていた。心のどこかで、いつか会社の〝本流〟へ復帰してやるという炎がちろちろと燃え続けている。

まだ四十二歳。そこそこの実績を上げてきた自負もある。他の人間からすればたかがカスタマーレポートかも知れないが、佐野はこのレポートに己の将来を賭けている。

「そういえば、営業のやり方に対するクレームが何件かありましたよ、室長」

そんな佐野の意気込みなどまったく理解していないだろう小西がいったのはそのときだった。

佐野はふと思考から覚め、「ほう」、といった。この段階では、それが使えるかどうか閃《ひらめ》いたわけではない。ただ、いままで「製品」のクレームについてばかり考えていたので、「サービス」のクレームというものもあったなと、目先が切り替わった新鮮さを感じただけだ。

そこで、「どんなクレームだ」と、佐野は聞いた。

「ウチの営業の人間のマナーが悪いというクレームです」

顧客から届いた封書の文面に目を通しながら小西がいった。「これによると、〝何度断ってもやってきて、しかも夜の七時とか八時に訪ねてきます。遅いときには九時過ぎということもありました。文句をいうと、ウチにも目標があるからとか自分の都合ばかり。お宅の会社では、営業マンにどのような教育をしているんでしょうか。これ以上執拗《しつよう》なセールスをするのなら、警察に相談します〟。同じようなのが、他に二通あります」

椅子の背にもたれ、親指の爪を噛《か》みながら、佐野は考えを巡らせた。

いままで、カスタマーレポートで営業部の活動を俎上《そじょう》に載せたことはなかった。そもそも、そんなクレームも存在しなかった。

しかし、ここ数ヶ月、ちらほらと、同様のクレームが散見されるようになったのは事実だ。

背景には、ノルマに対する北川の締め付けがあるからだが、佐野の後任である中下《なかした》という男のハッパのかけ方が尋常ではないことも大きく影響していると思われる。目標を達成するために、佐野が指揮していた頃には考えられなかった、違法商法まがいの勧誘を営業部は黙認しているらしい。

「おもしろいな」

佐野は心中にんまりして、つぶやいた。これをレポートにして発表すれば、営業部次長としての自分がやってきたことがいかに優れていたかの証明にもなる。

「小西、営業部がらみのクレームを過去に遡ってピックアップしてくれ。今月のレポートはそれを中心にしていく。それと——」

急に目の前が開けてきた気分で、佐野は仁科を振り向いた。「椅子の座面の話があったよな。もうひとつの柱はその類のクレームで行こう。そんなのをいくつか挙げて、こう書く——」

佐野の口からすらすらとセリフがこぼれてくる。「当社製品の瑕疵《かし》には当たらないものの、想定外使用による破損等のクレームが増えており、当カスタマー室では顧客の啓《けい》蒙《もう》に努めております、だ。これなら、ウチがいかに顧客のクレーム封じ込めに尽力しているかよくわかるだろう」

この日の佐野は冴えていた。

まるで悩んでいた算数の答えを教えてもらった子供のように仁科の表情がぱっと明るくなる。何か感想らしきものを口にしようとしたらしいが、出てきたのは、「すごいです、室長」、という単純なひと言だ。

当たり前だ、と佐野は心の中でいった。

お前らとは、頭の構造が違うんだ、と。

「他に、何かあるかな」

座礁しかかった船のようだった編集会議は、突如追い風を受けて走り出した。あとはレポートの作成に取りかかればいい。

ふたりの部下からは特に何の発言もなかった。

「じゃあ、それでまとめてくれ」

そういうと、佐野は編集会議をお開きにした。二時間ほどの会議だったが、肝心なことは五分で決まる。物事とは、往々にしてそういうものかも知れない。

これで、北川に一矢報いることができる。

自席に戻った佐野は、窓から外の光景を見下ろしながら低く嗤《わら》った。

4

「それでは、カスタマー室から発表願えますか」

連絡会議の司会進行役、執行役員の熊谷《くまがい》は、気取った男だ。

営業部時代にシンガポール支店を立ち上げた実績を買われて役員になったが、そのとき身についた〝舶来かぶれ〟がいまだ抜けない。鼻持ちならないキザ男である。

が、そんな個人的感情は一切おくびに出すことなく、佐野は会議室の片隅で立ち上がった。ようやく回ってきた出番に軽い興奮を覚えつつ「お手元の資料をご覧ください」、というつものひと言を発する。

いわれなくても、ほとんどの役員や参加者はすでにクレーム情報に見入っていたが、そんなことはどうでもよかった。

「カスタマー室より、先月のクレーム状況についてご報告させていただきます」

淀《よど》みなくいいながら、佐野は役員の中に混じっている北川の姿をそれとなく観察することを忘れなかった。

立ち上がって発表している佐野のところからは、北川の横顔を少しだけ見ることができる。

内心にやりとしたのは、その表情が憮然《ぶぜん》として強張《こわば》っていたからだ。

「ここのところ、当室に寄せられたクレームで、特に営業態度に関するものが増加している傾向にございまして、改善点としてご報告申し上げる次第です」

まるで、国会の演説のような口調になりながら、佐野は言葉を選んだ。「夜遅い訪問、強引な勧誘、それだけでなく、営業部員のセールストークも含め、モラルを逸脱した行為へのクレームが多数寄せられています。当室も鋭意対応致しておりますが、営業部内でも反省すべき点は反省していただき、顧客対応の基本を確認していただきたいと存じます」

怒りに赤くなった北川の表情を見て気を良くした佐野は、さらに営業部に対するクレームを具体的に並べたて、暗に緩んだ規律が誰のせいなのか、管理責任を問うところにまでそれとなく言及してみせた。

我ながら、なかなかの言い回しである。

発言時間は十分程度だが、大半を営業部に対するクレーム処理について割いた佐野は、最後に製品に関する苦情についても付け加えた。カスタマー室が顧客に対して説明の上納得させたこと、今後も想定外の使用法による不慮の事故が起き得ることを製造企画段階で考慮してもらいたい旨付け加えて発言をまとめる。完璧である。

余韻に浸るような間を挟み、「どうですか、北川営業部長」、と熊谷が話を振る。

「こんなのはくだらない」

たちまち、吐き捨てるように発言した北川は、怒りの眼差《まなざ》しを佐野に向けてきた。自分に刃向かう者は、ことごとく潰して来た男だ。激情に駆られた目をしている。

「この程度のクレームはどんな会社にもある。営業は綺麗事《きれいごと》じゃないんだ。競合他社と食うか食われるかなんだよ。カスタマー室は、競合他社の営業がどんなものか知らないだろう。それとも、調べたのか」

北川の問いに、熊谷は佐野を振り返った。キザっぽく、無言で右手を差し出す。

「いえ、調べておりません」

佐野はこたえた。「あくまで顧客からのクレームがこの報告書の骨子でありまして、我々の目的はクレームゼロの会社です。他社がやってるからウチもやっていいという理屈はどうにも理解に苦しみます」

「だから、そんなんじゃ売れないっていってんだよ！」

北川が怒りを爆発させた。「そんなことだから、営業部失格の烙印《らくいん》を押されるんだ、お前は」

全員の前で、北川は佐野をこきおろした。

突如、込み上げてきた屈辱と怒りに、佐野は心臓の鼓動を聞いた。それだけでは収まらない北川は、さらに続ける。

「営業マンの担当先には夜遅くにならないと不在という人も少なくない。むしろ、そういう人のほうが多いくらいだ。担当エリアを効率よく回るのに、ついでに近くの営業先に顔を出すのは営業の基本だ。このレポートは、一方的に顧客の言い分ばかり載せているが、具体的に、誰がどんな製品を売り込んだのか、聞いてない。そうだよな」

その問いは佐野に発せられていた。

「まあ……そうですが……」

歯切れも悪く、佐野はそれを認めるしかない。実際に、そこまでのリサーチはしていない。なにしろ、電話やハガキでのクレームには、相手の名前すらわからないものが少なくないのだ。

「だったら、なんでこれが問題だとわかるんだ」

北川は怒り狂っていた。「クレームが数件寄せられたからといって、営業態度を改めろだなんて話があるか？　そもそも態度の問題かよ。いったい、営業部全体で何千件の担当があり、交渉先を擁していると思ってるんだ。ふざけるのもいい加減にしてもらいたい」

憤懣《ふんまん》やるかたない北川は頬を震わせ、持っていたボールペンをパチンとデスクに叩《たた》き付けた。

「クレームがあったのは残念だが、北川君のいう通りだな」

そういったのは、よりによって社長の宮野だった。予想もしなかった展開だ。さっと全身の血が引いていき、見ると指先が震えていた。

「このご時世、お行儀のいい営業でノルマを達成できるほど甘くはない。カスタマー室ももう少し、営業部の事情を勘案してやってほしい」

「申し訳ありません」

詫《わ》びたのは、総務部長の長瀬《ながせ》だ。カスタマー室は、組織上、総務部にぶら下がる形になっている。頭を下げた長瀬は、その顔を上げながら、もの凄《すご》い形相で佐野を睨んできた。お前のために才レが謝ることになったじゃないかと、いわんばかりだ。

「ついでに、もうひとついいですかね」

新たに発言を求めたのは、製造部長の稲葉だ。「さっき、カスタマー室長から想定外使用についての指摘がありました。それについてひと言お断りをしておきます」

稲葉は、佐野のほうなどまったく振り向きもしない。かつて食事を共にした男は、佐野が窓際に追いやられた途端、一切の接触を絶ってきた。佐野のほうから食事に誘ったこともあるが、稲葉がそれに応じたことはない。二、三度そんなことがあるうち、稲葉の考えがわかってきた。要するに、佐野はもう利用価値がなくなったのだ。

「製造企画の段階で、そのようなことまで勘案するのには無理があります。顧客にいろんな人がいることは承知しておりますが、製品とはあくまでなんらかの目的のために作られるものです。目的外の使用法でも故障や損傷しないように作れなどといわれたら、モノ作りはほとんど立ちゆかなくなるでしょう。そもそも、そのために取扱説明書というものがあるんです。したがって、ここに報告された事案も、レポートという形で社内に頒布《はんぷ》するには相応《ふさわ》しくない。削除を求めると共に、カスタマー室には、もっと常識的な判断をしていただくようにお願いしたい」

「そういうことですが、佐野室長。何か反論があればどうぞ」いまいましい口調で、熊谷が聞いた。

「ここに挙げたクレームは、実際に顧客から寄せられたものです」

いまや張りの失《う》せた声で、佐野は弱々しい反論を試みる。「事実の重みを――」

「事実の重みってなんだよ」

北川が、言葉を荒らげて遮った。蔑むような眼差しだ。「この事実をどう解釈するべきかという話をしてるんだ。短絡的すぎるだろ、お前の結論は」

「ですから、我々は実際に顧客の声に接しているわけでして――」

「話はわかった」

冷静な口調で宮野が割って入った。「各部共に事情はあるだろうが、まあ、クレームはクレームだ。本件については、各部に持ち帰って指摘事項を見直してもらいたい」

宮野は、東京建電入社のプロパー社員から、初めての社長に昇り詰めた男である。理知的でフェアという社内の評判そのまま、北川と稲葉の攻撃に晒《さら》された佐野の指摘を、軽重はどうあれ、受け止めようとしてくれたのは唯一の救いだった。

だが、北川と稲葉のふたりは許せない。自らの出世や保身のために佐野を利用し、そして貶《おとし》めた。それなのに、のうのうと会社の中枢で幅をきかせ、一方、自分はカスタマー室という窓際に寄せられている。あまりに、理不尽ではないか。

北川にも、そして稲葉にも、いつか必ず復讐《ふくしゅう》してやる。どんな形であっても――。

だが、いまの佐野は、クレーム対策などという、閑《ひま》な仕事を押しつけられている窓際の人間に過ぎないのであった。その佐野がどんなことをいったところで、誰も耳を貸そうとはしないだろう。

オレは蟻《あり》地獄にはまったんだ、と佐野は思った。一旦はまると、どうあがいても這《は》い上がれない蟻地獄だ。もがけばもがくほど、ずるずると砂の傾斜を滑り落ちていく。今日の会議のように。

会議が終了するや否や、佐野は真っ先に会議室を出、逃げ帰るようにカスタマー室に戻った。

「カスタマーレポート、作り直すことになった」

開口一番、そう報告すると、小西と仁科のふたりから一斉に、えーっという声が上がった。

「どうしてですか、室長」

仁科が聞いた。「もう、ほとんど印刷に回すだけになってるんですけど」

「だからなんだ」

めらめらと内面で燃えさかる怒りもそのまま、佐野は部下を睨み付けた。その怒りの激しさに、仁科が反論の言葉を呑《の》み込む。

「おい、小西。クレームの一覧、持ってきてくれ」

編集会議からやり直しだ。

慌てて小西が持ってきたクレームには、この数日で追加された新たなものも加わっていた。

〝椅子の座面を留めたネジが破損〟。

そんなクレームが目に飛び込んできたのはそのときだった。折りたたみ式の簡易椅子だ。

またかよ。

今度はどんな使い方をした？　何人椅子に乗れるか、ギネス記録にでも挑戦したか。

だが、そんなことはなかった。問題の椅子は、通常の使用中に壊れたのであった。ただひとつ問題があったとすれば、その椅子にかけようとしたのは百キロを超える巨漢で、座り方も丁寧とは言いかねたということだけだ。

都内の団体職員から届いたその手紙には、使用状況が詳しく記されており、「これくらいの使用でネジが破損するのはどうも納得できません」、と控えめな怒りが表明されていた。

佐野は、手紙から顔を上げ、じっと考え込んだ。

「小西――」

部下を呼んだ佐野は、その手紙に書いてある椅子の型番をメモ書きして渡す。「この椅子に関するクレーム、他にないか調べてくれ。他にもきっとあるはずだ。もしかしたら、本物のカスタマーレポートが書けるかも知れない」

5

「室長、連絡取れました。渋谷《しぶや》にある団体で、これが、ウチに手紙をくれた担当者の名前です」

小西が差し出したメモには、「社団法人アジア交流開発協会、森島《もりしま》」とあった。

「なんの団体だ、これは」

佐野は、メモを一瞥して顔を上げた。

「電子部品の業界団体みたいですね。アジアに製造拠点を持っている会社が資金を拠出して研修や情報収集をしているそうです」

森島は、そこの総務担当理事という肩書きだ。「今日明日であれば時間が取れるというお話でしたので、本日の午後二時にアポを入れてあります」

佐野はそこに書いてある渋谷区内の住所を眺めた。カスタマー室に来てかれこれ二年になるが、クレームをまともに取り上げたのはこれが初めてといっていい。

午後一時過ぎに会社を出た佐野は、電車を乗り継いで代々木《よよぎ》駅までいった。クレームを寄越した団体は、駅から徒歩十五分ほどのところにある雑居ビルの五階に入居していた。エレベーターホールに入っても表通りの騒音が響き、老朽化したビルの様子と相まっていかにも心寂《うらさび》れた印象を運んでくる。

五階のフロアまで上り、上半分が磨《すり》ガラスになっているドアを開けて中に入った。机はいくつか並んでいるが、事務員は十名もいない小さな所帯だ。声をかけると、奥のデスクから初老の男が立ってきて、「森島です」、と名乗った。少しぶかっとしたズボンをはき、まくり上げた白いワイシャツから妙に骨張った手が出ている。

「このたびは、たいへんご迷惑をお掛け致しました」

佐野は気を付けをして深々と頭を下げてみせ、つまらないものですが、と会社近くの和菓子屋で買ってきた箱を差し出した。中味は千五百円のきんつば十個だ。

文句のひとつでもいわれるかと思ったが、森島は淡々とした表情で佐野の謝罪を受け入れ、「どうぞ、こっちです」、といって歩き出す。

案内された先は、同じフロアの会議室だった。

学校の教室ぐらいの部屋に、演壇とホワイトボードがある。おそらく、ここで会員企業の社員相手に研修会などを催すのだろうと、容易に推測できた。

この日は研修が無いのか、部屋はがらんとしていた。

折りたたまれた長テーブルが壁際に積み重ねられ、背後の壁際には何十もの折りたたみ椅子が集められている。

森島は、その椅子のところまで歩いていくと、離して置いてあった一脚を持ってきた。

「これなんですよ」

そういって、床の上で広げてみせる。

座面が斜めに傾いていた。それを森島が上下に揺する。

「ああ、これは申し訳ありません」

佐野は椅子の傍らにしゃがみ込むと、本来止めネジのある場所をしげしげと眺めた。

「ボルトが折れてるでしょ」

森島はいい、椅子をひっくり返すと座面の裏に貼り付けられたガムテープを剝がして佐野に見せた。

折れたネジだ。

「無くなるといけないと思って、こうして貼り付けておいたんです」

「ご丁寧にどうも」

佐野は神妙な顔でいい、ガムテープからネジを剝がしてしげしげと見た。手帳を出し、椅子の背もたれの裏に貼り付けられたプレートから型番を確認した上で、製造番号を書き写した。

「私、ちょうどこの座面が壊れるところを見てたんですがね」

森島は語り出した。「研修中に発言を終えた人が掛けた途端、ガタッという音と共にひっくり返ったんですよ。幸い怪我はなかったんですが、危ないなあと思いまして」

話によると、そのとき椅子に掛けていたのは体重百キロオーバーの男性だったというが、そもそも、それぐらいの負荷で壊れるはずのものではない。

「本当に申し訳ございません」

詫びた佐野は、もう一度、折れたネジをじっくりと眺めた。長さ五センチほどのネジが、無惨に破断している。座面の構造がネジに想定以上の負荷を掛けているのかも知れない。ネジ穴には、折れた先のネジがまだはまったままだ。

「いったん、この椅子を持ち帰らせていただき、すぐに新しい製品をお送りさせていただきたいのですが、よろしいでしょうか」

「できればお願いします」

森島はいった。「もう二年くらいは使ってるし、保証の対象になるのかどうかわからなかったもので」

「いえいえ、そんなことは気になさらないでください」

恐縮した表情で佐野はいった。「それより、わざわざお知らせいただきまして、ありがとうございました。今後このようなことのないよう、十分留意して参りますので、引き続きよろしくお願いします」

深々と頭を下げ、佐野は森島の前を辞去した。

破損した椅子を持ち返った佐野は、小西を呼ぶと、型番と製造番号をメモに書きつけて渡した。

「これ、いつ製造されたものか調べてくれ」

オンライン端末に向かった小西は、すぐに佐野が知りたい情報を持ってきた。

「製造は二年前の二月ですね」

「広州《こうしゅう》建電公司か」

佐野がいうと、「いいえ。高崎工場ですよ」、という意外な返事がある。

いままで単純な量産品のほとんどは十五年前に進出した中国工場で賄ってきたが、一部製品については人手のかからない完全自動化が可能になり、折りたたみ椅子は国内工場で生産されているという。これだと中国の人件費に頼るよりも安くあがる。高崎工場は、かつて国内に三ヶ所あった生産拠点を集約した最新鋭工場だ。

商品企画部で折りたたみ椅子を担当しているのは、奈倉《なぐら》という三十半ばの男だった。同部を訪ねると、奈倉は、しがみついていたパソコンから自らの体を引きはがすようにして立ち上がり、佐野が目の前に置いた椅子をしばし眺めた。

「座面が外れたってクレームがあった。これがその現物だ。どう思う」

　奈倉は、フロアの端にあるミーティングブースまで椅子を運んで行き、日の射し込む明るい場所でしげしげと観察しはじめた。

　神経質そうな男である。銀縁メガネ、東京建電のロゴの入った上っ張りを着ている奈倉は、口数の少ない男でもあった。ひと言も発しないまま座面のネジ穴を覗《のぞ》き込み、納得がいったのか、いかなかったのか、今度は他のネジを外し始める。

　その寡黙な作業の間、佐野はどういう状況でこの座面が破損したか、滔々《とうとう》と話し続けた。

「怪我がなかったから良かったようなものの、これ、マズイんじゃないか」

　ただでさえ青白い奈倉の表情がさらに青ざめていくのを、佐野は見ていた。

　もし、これが椅子の設計ミスであれば、奈倉の責任になるからだ。

　座面を外した奈倉は、ルーペを持ち出して、ネジ穴周辺の摩擦の具合がどうだったか調べはじめた。丹念に破損箇所を覗き込み、さらに他のネジ穴も同様に観察する。

「設計上、ネジが何かに干渉されて傷ついたってことは有り得ないですね」

　やがて奈倉はほっとしたようにいい、「本当に、それだけで壊れたんですか」、と佐野が話した使用状況に疑問を呈した。

「だと思うが」

　あの、地味を絵に描いたような森島という男が嘘《うそ》を吐《つ》いているとは思えなかった。もし、嘘を吐くのなら、わざわざ百キロを超える巨漢が座っていたなどというわけがない。

「百キロ超の男が、どうやって座ったんですかね」

「そんなもの、どう座ったって、座ったことには違いないだろ。壊れたらマズイんだよ」

　正論である。

「そうですよね」

　奈倉も認め、認めたが故に押し黙る。そして、「設計の問題がないのなら、素材かな」、とぽつりとつぶやいた。

「素材？」

　佐野は聞いた。「どういうことだよ」

「たとえば、この座面に使われているスチールの剛性に問題があるとか、ネジの硬度に問題があるとかですよ」

「調べられるか」

「時間は少しかかりますけど。いいですか」

「かまわん。ただし、製造部には内緒でやってくれないか」

　佐野の依頼に、奈倉はぽかんとした。「ただでさえ、睨まれてるんでさ」。それでようやく納得顔になる。

「うるさいですからね、稲葉部長は」

「そうなんだ。設計じゃないとすれば、製造の問題になるからさ。あの人が、事前に知ったら、こういう調査に口出ししてくるかもしれない。それではカスタマー室としての公平性が保てなくなる」

佐野は、もっともらしい意見を口にした。

「あと、営業部にも内緒ですね」

奈倉はおもしろいことをいった。たしかにその通りだ。コスト計算して仕入れ先を選定するのは、営業部の役割だからである。

いまに見てろ。

先日の役員会で赤っ恥を掻《か》かされたことを思い出した佐野は、心の中でつぶやいた。

そのためにも、慎重に事を運ぶにこしたことはない。

まずはクレームの原因を徹底的に追及し、責任の所在を明らかにすることが重要だ。その上で、いままでとはひと味違う「カスタマーレポート」を発行してやる。頭ごなしの怒声や屁理屈では言い逃れできない内容をつきつけてやるのだ。

もう怖いものはない。

佐野はいま、本気だった。

6

「室長はどう思われますか」

奈倉との話をすると、小西は小動物のような目を佐野に向けてきた。ご破算になった最新号のカスタマーレポートを再作成するための編集会議である。会議といっても、午後三時過ぎに開いた茶話会とさして雰囲気は変わらない。佐野は、茶請けのあられを口に放り込むと、仁科が淹《い》れた茶を飲んで、「まあそうだな」、と椅子の背にもたれたまま視線を天井に向けた。

「たぶん、製造上の問題が見つかるんじゃないか」

そうなれば、カスタマーレポートで稲葉に一矢を報いることができるというものだ。

「室長、過去三年のクレームを当たってみたんですが、折りたたみ椅子に関するクレームは全部で四十件近くありました」

小西にしては、なかなか気が利く仕事ぶりだと思いつつ、佐野は差し出されたクレームリストを読んだ。

座面が外れたクレームがうち七件ある。その他のものは、折りたたんだ際に指を挟んだとか、シートが色落ちしたとか、そんな類のものだ。

「七件もあるのか」

佐野は驚いて顔を上げた。椅子の座面である。そんなものが外れては、安心して座ることもできない。過去に何万脚、何十万脚の折りたたみ椅子を製造販売してきたかわからないが、こんなクレームは一件だって有ってはならないものだ。それをいままで、顧客の使い方が悪いと片付けてきたことに、佐野が感じたのは怒りと罪悪感だ。それと、もっと早く問題にすればよかったという一抹の後悔も。

「でも、また役員会でいちゃもんつけられて、もみ消されたりはしないでしょうか」

仁科が口にした不安に、「そこが問題だ」、と佐野は重々しくいった。

「商品企画部の奈倉には、製造部と営業部に内緒で調べてくれといってある。君らも口外しないでくれ。万が一洩れたら、事と次第によってはウチの存続に関わるからな」

自慢じゃないが、吹けば飛ぶようなカスタマー室である。北川や稲葉がよってたかって潰そうと思えば、あっという間に消え失せる運命だ。そして、名前を変えて生まれ変わる。もっと従順な人員をあてがって。そのとき、ここにいる三人は、組織の最果《さいは》てへと飛ばされ、定年まで禁固刑を喰《く》らったようなサラリーマン人生を送ることになるのだろう。

そうはさせるか。

またひとつ、あられをつまみながら、佐野は思った。

「先日の件なんですけど」

奈倉から調査結果の説明があったのは、それから三日後のことであった。時間をくれといわれたが、早めに調べてくれたらしい。

礼を言うと、「いつもあちこちから文句ばかりいわれてる身ですから」、と奈倉はそろりと本音を覗かせた。

商品企画部の片隅にあるブースである。

「稲葉部長は、何か問題があっても余程のことじゃない限り、製造部のミスを認めませんからね。大抵は、設計を複雑にしているとかいってウチのせいですよ」

「お互い、利害が一致したようだな」

ニヤリとした佐野は、「で、どうだった」、と聞いた。

奈倉は、ポケットからネジが二本入った小さなビニール袋を取り出して、テーブルに置いた。破断したネジ、それともう一本、同じ品番のネジが入っている。

「いろいろ調べてみました。設計から製造、そして素材。徹底的にです。結論を先にいいます」

奈倉は、ネジをビニール袋から出して、指先でつまみ上げた。「破断したのは、このネジの強度不足が原因です」

「ネジの強度不足……か」

製造に問題があることを秘《ひそ》かに期待していた佐野は、少々落胆した。

「このネジ、こちらが定めた規格を満たしていないんです。硬度に問題がある。だから、破損したんですよ」

「要するに、ネジが不良品だったってことか」

「そういうことになります」

奈倉はいい、佐野の前に設計図を広げた。奈倉による当該折りたたみ椅子の図面である。

図面の下に、素材に関する情報が記載されている。奈倉は、胸ポケットに差していたボールペンを抜くと、部品番号のひとつに印を付けた。

「これがこの椅子に使用されたネジです」

「製造元はわかるか」

「それは、ウチではわかりません。営業部でないと」

奈倉はこたえ、「ただ、ここには一筋縄ではいかない事情があるような気がします」、そう付け加え、二本あるうちのもう一本のネジをつまみ上げた。

「これ、このクレームを調べるために採取した何本かのネジのひとつなんですが、こっちは規格通りの強度でした」

佐野は黙って、そのネジを受け取り、指先で光る銀色の小物体を凝視した。

「規格通り……？」

奈倉の言葉を無意識のうちに復唱した佐野は、きいた。「つまり、規格に合致したものと外れたものが混在しているということか」

「そうなんです」奈倉は釈然としない表情で、眉のあたりを指で掻いている。

「同じ製造元で、ネジの強度にバラつきが出たという解釈でいいんだろうか」

「何らかの理由でそうなったことは否定できませんね。製造元が変わったということも考えられます」

「製造元が、変わった……？」

佐野はきいた。「なんでそうわかる」

「これを調べるの、すごく苦労したんですよ」

ひと言添えて奈倉は新たなリストを出した。「サンプル数としてこれで十分かどうかはわからないんですが、社内にある同型の折りたたみ椅子を、片っ端から当たってみたんです。製造番号から製造年度などを検索して一覧表にまとめたものがこれなんですが——」

製造年度別に並んだ一覧表には、明らかな傾向があった。

「これを見ていただけばわかるように、古い椅子のネジは、全て規格に合致しています。

一方、強度不足が認められるネジは、三年ほど前から直近に集中している」

「なるほど」

佐野は、興味に目を輝かせて奈倉を見た。「教えてくれ、このことから何がいえるんだ」

ところが、奈倉はボールペンをテーブルに置いて、佐野をまともに見た。

「この因果関係を探るのが、佐野室長、あなたの仕事じゃないんですか」

7

問題の折りたたみ椅子「ラクーン」の製造開始は、いまから十年前。仁科に命じ、東京建電の内部規定で書類が残っている七年前まで遡り、同製品のクレーム記録を調べてみた。

「『ラクーン』のクレームは、この七年間に全部で三十八件ありました。座面の脱落、ネジの破損に関するクレームが出始めたのは三年前からで、それ以前には見あたりません」

カスタマー室で開いた編集会議だ。

本来レポートの掲載クレームを話し合う場だが、この日は、この折りたたみ椅子問題の緊急対策会議と化していた。組織の片隅に追いやられた「窓際」の意地を見せるときである。

いつになく真剣な表情で報告した仁科は、白いミーティングテーブル越しにピックアップした一覧表を滑らせて寄越す。

たしかに、クレームの変化は、奈倉の簡易的な調査と一致していた。

「やっぱり、何かあるな」

佐野はつぶやき、果たしてそれが何なのかを考えた。目的は、北川と稲葉のふたりに一矢報いることだから、営業部と製造部のなんらかの過失に直結する問題であることが望ましい。役員会で、あのふたりが焦る姿を見たい。

「これでいえることは」

佐野は頭を整理しながら、いった。「『ラクーン』のネジは、おそらく製造開始当初は規格通りだったが、何らかの理由で三年前から強度不足と思われる規格外へと落ちたってことだよな。この部品を製造している業者が知りたい」

奈倉がいったように、管理しているのは営業部だった。東京建電では、商品企画部が製品を企画し、設計までを行う。奈倉のいる商品企画部は少人数のいわば弱小セクションで、製造の大部分は、製造部が担当していた。商品企画部で設計するといっても、社内の力関係からいって製造部が首を縦にふらなければ製品はできない。モノの品質を維持し、社内で圧倒的な力を持っているのはあくまで製造部であり、その製造部が指示する必要な部材を仕入れてくるのは、営業部の仕事であった。

営業部は、営業各課の他に調達課も抱え、販売価格を決めて採算管理を行い、収益を稼ぎ出す。あえて独立した調達部としないのは、仕入れと販売という金銭の「出」と「入」を一括管理することで収益管理が徹底できるからだ。製品ごとに営業部の主担当がいて、その下に調達課の担当がつく。営業部の主担当が製品の採算管理を一手に担っているのは東京建電の特徴といっていい。主担当である営業部員の発言力が大きいのは当然で、かくして構造的に製造部との確執が生じるのであった。

「営業部の担当は調べました」

珍しく小西が気の利くことをしたらしい。

「誰だった」

「原島課長です」

「原島、か」

以前、営業部にいたから原島のことは知っている。前一課長の坂戸がパワハラを理由にまさかの更迭《こうてつ》になったのは半年も前のことだ。着任してまもない原島に三年も前の事情を聞いたところで果たしてわかるだろうか。それに、原島に問い合わせるのはちょっと心配だ。北川に話が伝われば、こちらの動きを気取《けど》られてしまう。

「もう少し下の奴《やつ》がいいな」

佐野はいった。「こっそり話を聞ける奴はいないか」

そういいながら、営業一課のメンツを頭の中に思い浮かべてみる。北川や原島に内緒で話を聞かせてくれる相手でなくてはならない。

そういえば、ひとりいた。

〝居眠り八角《はっかく》〟こと、八角《やすみ》だ。

八角は、営業部内で独特のポジションにいる。ぐうたら万年係長だが、八角にだけは営業部長の北川も文句をいわない不思議な関係だ。同期入社のよしみだろうが、ろくな仕事もしない八角のような男を、異動させることもなく、ずっと係長のまま据え置いて営業一課で飼い殺しにしているのであった。

八角とは営業部時代、比較的親しくしていたという思いがある。北川に睨まれ、カスタマー室に異動になったときには、慰めの言葉をかけてくれたりもした。八角なら、北川や原島に遠慮することなく、話を聞かせてくれるのではないか。

ただ、いきなりネジ製造業者について問い合わせるのも不自然なので、何か「仕掛け」はいるだろう。もちろん、そういうのを思いつくのは、佐野の得意技であった。

その日、午後四時を回るのを見計らい、佐野はそっと営業部のフロアを覗いてみた。

事務方の女子社員を残してほとんどが出払ったフロアに、いつものように真っ先に帰社したらしい八角がいて缶コーヒーを飲んでいる。

「八角さん」

近づいて声をかけると、デスクで雑誌を広げていた八角の顔が上がった。「ちょっと時間、いいですか」

「どっかのバカがオレにクレームつけてきた？」

八角の返事に苦笑して、佐野はいった。「そうじゃないから安心してください」。それから、プリントアウトした一枚の書類を八角に差し出す。

「ウチにこんなクレームがあったんで」

それを読む八角の表情を、佐野は見ていた。

〝御社の「ラクーン」という折りたたみ椅子を二年前に買いましたが、先月、施設のイベントで使用していたところ、着席した瞬間座面が外れてしまいました。見るとネジが破損していたのですが、例外的な使い方をしたわけでもないのに壊れるのはどうも納得がいきません。どういうことなのか調査の上、回答していただけないでしょうか。〟

ウェブサイトに投稿されたクレームであることは、プリントアウトした書類を見ればわかる。投稿者欄には、「社団法人アジア交流開発協会、森島」という当事者の名前が入っていた。

アジア交流開発協会の森島からクレームがあったのは事実だ。ただし、手紙で。つまり、いま八角に見せているクレームは、佐野が書いたものだった。佐野が用意した「仕掛け」である。

「へえ」

関心なさそうな顔で、八角はそれを返して寄越す。「大変だな、カスタマー室は。こんなのにも対処しなきゃならないなんて」

我関せず。まったく無関心な態度である。

「そうなんですよ」

佐野は平然とこたえた。「困ったものでして。ただ、こういう団体職員ってのは、質《たち》が悪くていけません。形だけは対応したことにしておかないと、何をいってくるかわからない。とりあえず、こちらで書類を作るんで、この『ラクーン』っていう椅子に使われているネジの製造元、教えてもらえませんか」

「知らねえな、それは。課長がやってるんでさ」

八角はこたえた。「課長に聞いてくれや」

「聞きにくいんだよなあ」

佐野は困った顔をしていった。「この前役員会で北川さんにこてんぱんにやられたばっかりだし、原島なんかに聞いたら、また何か文句あるのかって話になっちまう。頼みますよ、八角さん」

「だったらあきらめるんだな」

八角はとりつく島もなくいうと、佐野のことなど無視して雑誌を読み始める。

その横顔をいま、佐野は秘かに観察した。

平静を装ってはいるが、そこに染みだしているのは、妙に硬く、険しい気配だ。何かある。

「しょうがないか。大したクレームじゃないしねえ」

佐野もまた、無関心を装ってこたえた。「八角さんがそうおっしゃるんなら、ネジの業者なんか当たってみたところで大したことはないと、そう考えるのが正しそうだな」

「その通りだよ」

そのこたえを聞き流すと、佐野は「忙しいところ、悪かったですね」、というひと言と共に八角に背を向ける。

おい、と声をかけられたのはそして二、三歩、歩いたときだった。

佐野が振り返ると、「余計なことに首をつっ込まないほうがいいぜ」、とそう八角はいった。

咄嗟《とっさ》に言葉が出ないでいる佐野に、八角はなおも続ける。

「物にはやり方ってものがあるんだ、やり方ってものがさ」

「なんのことといってんですか、八角さん」

佐野は、作り笑いを浮かべる。「じゃあ、八角さんはそのやり方ってのを知ってるんですか」

無言の八角から、深い視線が送られてくる。言葉にはできないが、何事かを雄弁に物語ろうとしている目であった。だが、何もいわず、八角は横顔を向けてしまった。

軽く一礼し、佐野はその場を離れた。そして営業部のフロアを出た頃には、八角の不可解な発言の意味から、佐野の頭は完全にネジの問題へと切り替わっていた。

八角が当てにならないとなると、ネジの製造元を調べるどんな手があるだろう。あまり気が進まないが、経理部の誰かに頼み込んで原島が回す支払伝票でも見せてもらうか。

その考えは、あの融通の利かない経理課長の加茂田の顔を思い浮かべた途端、消え失せた。

他になにか手っ取り早い方法はないだろうか。

そのとき、まさにうってつけの「解決策」が向こうから歩いてくるのを見て、立ち止まった。

書類の入ったケースを小脇に抱えてやってくるのは、営業部の女子社員、谷口《たにぐち》友紀《ゆき》だった。ベテランの谷口は、明るくさばけた女性で、面倒見がいい。仕事を頼んでも嫌な顔ひとつせず、しかも完璧にこなすから、営業部次長時代には、随分頼りにしたものだ。

「よお、谷口くん」

声をかけると、谷口は、少し目を大きくして「ああ、室長、お久しぶりです」、と笑顔を見せる。同じ社内でもカスタマー室に行ってからというもの、顔を合わすのも久しぶりだ。

「申し訳ないんだけど、暇なときでいいんで、ちょっと頼まれてくれないかな」

谷口を廊下の端に誘った佐野は声を潜めた。

8

「ねじ六、か」

その社名は、かすかに記憶に残っていた。

ご丁寧に会社概要表まで添付してくれている谷口の仕事ぶりは、いつもながら完璧だ。かつては営業部次長だった佐野の依頼に、なんの疑いを挟むことなく、期待した以上の仕事で応えてくれる。

午後七時過ぎのカスタマー室だった。谷口は、営業部での仕事を終えた後、佐野が頼んだ調べ物をして、わざわざ届けてくれたのだ。小西と仁科のふたりが、仕事をしながら谷口の話に聞き耳を立てている。

「大阪にある会社です。調べてみると、原島課長になってから、この会社にネジの製造を依頼していますね」

「原島になってから？」

佐野は思わず聞き返した。原島が一課長になったのは、半年前だ。「その前は、どこに頼んでたんだろう」

「トーメイテックっていう会社でした」

それなら聞いたことがある。訪問したことはないが、何度か書類で見た記憶があったからだ。佐野が次長をしていた二年前には、かなりの部品を発注していた仕入れ先だったはずだ。

谷口には、「ラクーン」に使用された部品番号を知らせ、過去に遡って、わかる範囲で製造元を調べて欲しいと頼んであった。

同じく、トーメイテックの会社概要表を出して、谷口は説明を続けた。

「この部品は、坂戸課長の時代はずっとトーメイテックに発注していたんですけど、原島課長に交替してまもなく、ねじ六に発注するようにしたみたいです」

「転注したわけか」

佐野は、聞いた。「なんでだろう」

谷口は首を傾《かし》げた。「わかりません。でも、元々はこのネジ、ねじ六で製造していたんですよね」

谷口は意外なことをいった。「『ラクーン』が製造開始されたときの記録もそうなっていますし、五年ほど前の記録を見ても、やっぱりそうでした」

「ちょっと待ってくれよ、つまりこういうことか」

右手を挙げて谷口を制した佐野は、話を整理する。「企画当初から約七年間はねじ六が製造し、その後坂戸がトーメイテックに鞍替《くらが》えした。それを原島が元に戻したと」

「そういうことになります」

谷口の肩越しに、顔を上げた小西がこちらを見ているのがわかる。

ネジに問題が発生したのが奈倉の指摘通り三年前だとすると、そのネジはこのトーメイテックが製造していた可能性が高い。

佐野は、同社の概要表をしげしげと眺めた。本社は相模原市。会社の規模はそこそこあるが、社歴は浅い。ネジの強度不足を、同社は認識していたのか。

「この転注、結構話題になってたんですよね」

そのとき谷口がいい、佐野は考えていた顔を上げた。

「どういうこと？」

「原島課長が、トーメイテックに発注していた部品を全て引き揚げたんです」

「引き揚げた……全て？」

佐野は聞いた。「理由は、わかる？」

「噂《うわさ》ですけど――」

谷口は少し小声になって、こたえた。「トーメイテックって、ベンチャー企業で坂戸課長のお気に入りだったんです。だから、自分の力を誇示したんじゃないかって。オレは坂戸とは違うぞ、と」

佐野は、谷口の顔をまじまじと眺めた。

「トーメイテックには、どれぐらいの量を発注してたかわかるか」

「調べれば正確にわかりますけど、年間三億円はあったと思います」

会社概要表に記載された、年商三十七億という数字を、佐野は見た。つまり、この会社は、売上の約一割を東京建電で上げていたことになる。それがなくなったとなれば、それだけでトーメイテックは赤字になる可能性は大きい。原島の一存でそうなったとすれば、専制君主も真っ青の、とんでもない横暴といえるだろうが、果たしてあの原島がそんなことをするだろうか？

いや、違う。

実直な原島が、年間三億円も発注している仕入れ先を切るには、それだけの理由があったはずだ。

そのとき、ネジに関する手元の資料を見つめた佐野に、恐るべき仮説がありありと浮かび上がってきた。

トーメイテックが製造していたネジは、不良品だった。だから、仕入れ先から外したのではないか。だとすると——。

ここが肝心なところだが、原島は、不良品のネジを使った折りたたみ椅子が大量に出回っていることを知っている可能性がある。

いや、原島だけではない。北川も、そして製造部の稲葉もそれを知っているに違いない。原島が己の一存だけで、そんなことをするはずはないからだ。必ず、原島は上司である北川に報告している。

奴らは、知っていながら隠している。

「なあ、谷口くん」

佐野は聞いた。「最近、『ラクーン』でリコールするとか、そういう話はないか」

「リコールですか？」

谷口は、きょとんとした目で、佐野を見た。そして、「いえ、私は聞いてませんけど」、と怪訝《けげん》な表情を浮かべた。

「そうか。どうもありがとうな。今度飯でもおごるから」

佐野がいうと、谷口は笑顔を浮かべて立ち上がり、カスタマー室を出ていった。

「室長、いまの話——」

デスクから立ち上がってきた小西が真剣そのものの目で、佐野にいった。「まさか、リコール隠しってこと、ないですよね」

「待て、小西」

額に指を強くこすりつけた格好のまま、佐野はいった。「結論を急ぐな。その前に、トーメイテックのことを調べよう。話はその後だ」

9

「これ、何に使われるんですか」

二度目の調査を頼んだとき、さすがに谷口は戸惑った顔できいた。トーメイテックが製造していた全部品明細を知りたいから調べてくれといったときだ。

「まだ内緒の話なんだが、ここの会社が製造した部品に絡んだクレームがあってさ」

その場しのぎの嘘が通用する相手ではないので、佐野は慎重にこたえた。「といっても、大した話じゃないので、原島課長に頼むのも気が引けてね。カスタマーレポートに載せるかどうかもわからないんで」

半分は嘘だ。営業部のリコール隠しを暴くための調査だと正直にいったら、谷口は、佐野の仕事を手伝うことをさすがに躊躇《ちゅうちょ》するだろう。

問うような目を谷口は向けたが、それ以上突っ込んで尋ねることはせず、「後でいいですか」、と聞いて佐野をほっとさせた。

「ああ、もちろん。暇なときでいいから」

警戒させないよう、気楽な調子で付け加える。「つまらん話なんでね」

状況を把握することで頭が一杯の佐野に、谷口を騙《だま》しているという罪悪感はなかった。

谷口が明細表を佐野のもとに届けてくれたのは、午後五時過ぎのことである。

黄色いマーカーで印が付けられているのは、昨日聞いた折りたたみ椅子「ラクーン」のネジに付けられている部品番号だ。それ以外にも三十種類ほどのネジをトーメイテックは製造していた。

「どうもありがとう」

礼を言った佐野に、「室長、ほんとに、ご飯おごってくださいよ」、と谷口は笑っていい、帰っていく。

「結構な数、あるんですね。どうしますか」

小西が聞いた。一応、考えるふりをしているが、小西から使えるアイデアが出てくることは滅多にない。「トーメイテックに行って話を聞いてみるとか」

「訪ねて行って、お宅のネジは不良品ですかって聞くのか」

佐野はあきれた口調で聞いた。「営業部の担当窓口でもないのに、そんな話、できるもんか。それよか、現物を押さえられないかな」

「現物をですか」

小西はぽかんとした。「どうやって」。それを考えてもらいたいのに、小西の頭のネジも不良品だ。

「在庫だな」

佐野はこたえた。「工場でトーメイテックから仕入れたネジをまだ保管しているんじゃないか」

「でも、室長。製造部のお膝元に飛び込むことになりますけど、大丈夫ですか」

驚いた顔で聞いたのは仁科だった。

「それはこっちのやり方次第だな」

そういった佐野は少し考え、「小西、企画書を一本書いてくれ」、といった。

「企画書、ですか」

小西は問い返した。「どのような」

「顧客サービスの一環として、工場見学ツアーを企画するんだ。それを持って、高崎工場へ行く」

副工場長の前川《まえかわ》という男を、佐野は知っていた。企画書を持って前川を訪ねて行けば、まさかトーメイテック製部品を調べに来たと疑われることはないだろう。

「大至急、作成してくれ」

その後のことは、高崎工場で前川と会ってから考える。出たとこ勝負だ。

「ほう、工場見学ツアーか。いいんじゃないの？」

予想外に、前川の評価は上々だった。「やっぱりさ、現場のモノ作りを見てもらうのが一番いいよ。ああ、こんなふうに真面目に作ってるんだって、わかってもらえるじゃない」

「大学生のツアーとかやればウチに来たいって学生も増えるかもな」

出任せの企画書を前に、そんなふうにいった佐野は、「ところで、オレ、最近は工場をまともに見たことがないんだけど、案内してくれないかな」、といって立ち上がった。

「どうぞどうぞ。各ライン長にも話してあるから、じっくり見てってくれ」

やや緊張した面持ちの小西と共に事務所を出た佐野は、前川に案内されるまま工場内に足を踏み入れた。

入り口のところで渡されたヘルメットをかぶり、グリーンの床の上に黄色いラインで描かれた誘導路を歩いて行く。

工場は全部で四棟あり、それぞれ一万平方メートル規模の広さがあった。見て回るだけで一日仕事だ。

「最初に見てもらうのは工業用アーム。ここからしばらくは、工業用機械の生産ラインだ」

前川はその後の説明を現場のライン長にバトンタッチして一緒についてくる。製造現場というのは見ればおもしろいもので、佐野が腹に抱えている目的はまったく別のところにあるものの、この企画そのものは案外悪くないのでは、と思われた。

工業用機械の生産ラインを皮切りに、昼食を挟んで車載関連電装品、通信機器関連など、大量生産の現場を次々に回った佐野が、ようやく折りたたみ椅子の全自動ラインに辿《たど》り着いたのは小一時間も経《た》った頃だ。途中で所用ができたといって前川が事務所に戻ってしまったのも、佐野には好都合だった。

「かつては量産が決まると付加価値の高い一部製品を除いて中国工場に移管するケースが大半でしたが、全自動なら国内のほうが安いですから」

案内してくれたライン長の内藤《ないとう》はそういって、さっさと通り過ぎようとしたが、佐野と小西のふたりがそこで立ち止まっているのを見て怪訝な顔をした。

「何か、ありますか」

「いえいえ」

佐野は笑みを浮かべ、顔の前で手をひらひらさせる。「ウチにいろんなクレームが来るんですが、結構折りたたみ椅子に関するものの数が多いもんですから」

そういうと、内藤も少し興味を持った顔になった。

「後で折りたたみ椅子のネジも見せていただけませんか。ネジが外れたってクレーム多いんですよ」

そういうと、「ああそれなら、この後案内する倉庫にありますよ。ネジが問題なんですか」と内藤は聞いた。

「そうなんですよ」

佐野は、眉根を寄せて困った顔を作ってみせる。「サンプルをいただけるとうれしいですが。ウチとしても、実物を見ながらいうのと、見ないで話すのとではまるで違うもんですから」

「それはそうでしょうねえ。お察しします」

内藤は、素直に佐野の言葉を信じていい、また歩き出す。

ふたりが材料を集めた倉庫に到着したのは、それからまもなくのことであった。

棟の配置は生産効率を優先して考えられており、倉庫はどこからも等距離といってい い中央に位置していた。各製造棟は、それをコの字に取り囲むように建っている。生産計画にもとづいて調達された部材は倉庫に蓄積し、必要な数だけが製造現場に運ばれて製品化される。倉庫は製造セクションごとに分類されていて、入出庫はコンピュータ管理だ。東京建電自慢の在庫管理システムが機能している。

倉庫管理の人間に、軽く手をあげ、内藤は倉庫内部へと入っていった。

先ほどの話があったからだろう、碁盤の目のように配置された通路を歩いていった内藤が最初に案内してくれたのは、天井まで積まれたネジの山だった。

「ネジは他の部材と違って細かいですし、採算を考えてある程度共通した規格にしていることもあって、一ヶ所に集めてあるんです」

佐野は思わず、小西と目配せをした。それなら探す手間が省ける。

「そうなんですか。『ラクーン』のネジはどれかな。ああ、これか」

部品番号ごとに、ネジは並べられていた。目で追っていった佐野は、問題のネジを保管した箱を見つけて覗き込んだ。薄暗い倉庫の中で、ネジは鈍色《にびいろ》の輝きを放っている。

「内藤さん、ちょっとお聞きしたいんですが、最近、このネジは製造元を変更したそうなんです。古いネジはどうされてるんですか」

「ラベルが付いてるでしょう。製造元が変われば、部品番号も変わるはずですよ。正式な廃棄処分にするまではここに置いてあります。勝手に廃棄すると経理の帳簿と合わなくなるんで」

それぞれのプラスチック製の箱をよく見ると、部品番号だけではなく、製造元の名前が入っていた。

「この棚、今回の企画の件とは関係ないんですが、ウチの業務の参考になるんでちょっと見せてもらっていいでしょうか。それと、数本でいいんで、それぞれサンプルをいただきたいんです」

「どうぞどうぞ」

内藤はそういうと、「じゃあ、私、戻ってますんで、終わったら連絡いただけますか」、とその場を離れていく。

「小西、明細表」

短く言い放った佐野は、それまでの温和な表情を一変させた。小西が内ポケットに折りたたんでいた明細表を広げる。

「読み上げてくれ」

部品番号の箱を見つけると、ラベルに印刷された「トーメイテック」という社名を確認し、あらかじめポケットに忍ばせていた透明なビニール袋に数本ずつネジを入れていった。油性ペンで部品番号を記した袋だ。準備は、完璧だった。

およそ十分ほどして、佐野は、明細表に記されたネジの大半を入手することができた。残りはすでに欠品扱いらしい。だが、「ラクーン」のネジをはじめ、トーメイテックのネジを大方採取できたのは、上々の成果といってよかった。

ソニックの群馬工場で開かれた会議を終えた稲葉が、社用車で高崎工場の敷地内に入ったとき、ちょうど事務棟の玄関から出てきたふたり組が見えた。

カスタマー室の佐野と、その部下だろう若い男である。

稲葉を乗せた社用車とは入れ違いに、工場の車に乗り込んだふたりが工場から出て行く。

「珍しい客だな」

ちょうどふたりを見送っていた副工場長の前川にいって事務所に入った。

「工場見学ツアーを企画しているそうです。顧客の理解を促すことがクレーム撲滅の良薬だというんで」

「くだらん」

稲葉は吐き捨てた。「工場見学なんかしたところでクレームなんか減るもんか。聞こえはいいが、経費ばかりかかって何の効果もありはしない」

「かもしれませんが、彼らも一所懸命やっているようですよ」

知り合いということもあって、前川は佐野を庇《かば》う発言をした。「研究熱心というか、さっきもクレームが多いというので、ネジのサンプルを持ち帰ってました」

出されたお茶を飲もうとした稲葉は、口に運ぶ手を止めた。

「ネジ？　どこのネジだ」

「折りたたみ椅子とか、いろいろなやつです」

事務所の自席においてあったボードを取って、前川は応えた。サンプルとして供出したネジと本数がそこに書き留められているのは、後で出庫管理に回す必要があるからだ。覗き込んだ稲葉は、しばらくそれを見つめてから、窓越しにさっきふたりを乗せた車が出て行った方へ視線を向けた。

「ソニックの会議はいかがでしたか」

前川に聞かれ、話はこの日の本題へと移っていく。

「予想した通り、来月あたりから五パーセントの生産調整が入るそうだ」

「痛いですね」

そういいながら資料を広げ始めた前川に、「どんなクレームだって」、と稲葉は聞いた。いきなり話を戻され、一瞬きょとんとした前川だったが、「いえ、そこまでは」、と怪訝な顔になる。

「聞いたほうがよかったですか」

「いや、いい」

稲葉はいった。「私が後で聞いておく」

本社に戻った佐野が、サンプリングしたネジを奈倉に届けたのは、その日の夕方だ。

「このネジは『ラクーン』に使われていたネジを製造していたトーメイテックって会社

が製造したものばかりだ」

佐野はいい、その後、トーメイテックから他社へ転注されたことを奈倉に告げた。

「転注、ですか……?」

腕組みをしながら話を聞いた奈倉は、手近なビニール袋をつまみ上げ、まるでそこに転注の理由が書いてあるかのようにしげしげと眺めている。

「これらのネジが規格通りか、調べてほしいんだ」

「わかりました。お預かりします」

奈倉はいい、テーブルにおかれたネジを袋に入ったまま手近な段ボール箱に入れた。

「一日かそこら、時間いただけますか。精査して、ご報告します」

「頼む」

ひと言いって、佐野は席を立った。

10

「おい、佐野」

稲葉に声をかけられたのは、昼休みに近所のコーヒーショップから戻ろうとしたときだった。気づいてはいたが目を合わせないで脇を通り過ぎようとしていた佐野は、呼び止められ、半歩ほど通り過ぎたところで立ち止まった。

「高崎工場に行ったんだってな。何のためだ」

佐野は稲葉の目をうかがった。

「工場見学ツアーを企画しようと思いまして」

返事はなく、斟酌《しんしやく》するような間が挟まる。不愉快が顔に出ていた。以前、しょっちゅう食事に誘われていた頃には見せたことのない表情だ。

「そういう企画を立てるんなら、事前にオレのところに回してこいよ。そうすれば、わざわざ高崎工場までいく新幹線代を節約できたろうに。オレはそんな企画、認めないからな」

「有意義な企画だと思いますが」

佐野は無表情にこたえた。連絡会議でのやりとりがまざまざと浮かび上がってくる。佐野のことを散々利用した稲葉は、利用価値がないと見るや、冷徹に切り捨てた。この男にとって、佐野はただの踏み台に過ぎない。

「ネジ、持ってったそうじゃないか。どうするつもりだ」

「お聞きになりませんでしたか。クレームが多いもので」

佐野は、稲葉に向かっていった。バレたのなら仕方がないが、サンプルは採取済みだ。

「どんなネジか確認しておこうと思いまして」

「余計なことしなくてもいいんだよ」

稲葉は低い声でいった。怒りをたっぷりと含んだ声だ。「苦情係は苦情の処理をしていればいいんだ。つまらないことをしていると、カスタマー室長なんて肩書きすらなくなるぞ。それでもいいのか」

「誤解されては困りますが、私は苦情と向き合っているだけですよ、稲葉部長」

佐野は無理に笑いを浮かべていった。穏やかな口調だが、目には隠しようのない敵愾《てきがい》心《しん》が浮かんでいたはずだ。『ラクーン』には座面が脱落するクレームが跡を絶ちません。部長は例外的な使い方が原因だとおっしゃりたいのかも知れませんが、この三年ほどの間に製造された椅子には明らかな不良がある。ネジですよ。ご存知だったんじゃないですか」

視線を佐野に釘付《くぎづ》けにしたまま、稲葉はこたえない。

「次回のカスタマーレポートをお読みください。どういうことか、しっかり書くつもりですから」

「お前、自分がどうなるかわかってるのか」恫喝《どうかつ》ともとれる言葉だ。

「さあ、どうなるんでしょうか」

佐野はもはや引き返せない橋を渡っている自分を意識した。実力者の稲葉と真っ向対《たい》峙《じ》したこの瞬間、佐野が賭しているのは自らのサラリーマン人生そのものだ。「不良はきちんと報告する。カスタマーレポートは本来、そうあるべきでしょう。では——失礼します」

そういうと、佐野は、さっさと稲葉に背を向けた。

「いま稲葉さんに、いわれたよ。余計なことすんなってさ」

カスタマー室に戻って佐野がいうと、小西と仁科がそろって不安そうな表情を浮かべた。

「バレたんですか、ネジの件」

「らしいな」

あえて気楽な調子でいった佐野に、小西は顔色を変えた。

「大丈夫ですか、室長。マズイのでは」

「今更仕方ないだろ。たぶん正義は我に在りだ」

頼りないセリフとともに椅子の背にもたれた佐野は、難しい顔をして両手を頭の後ろで組んだ。

いまやるべきことは待つことだけだ。だが、それもまもなく解決する。おそらくは、あとほんの数分で——。

カスタマー室の入り口から奈倉が姿を現したのは、壁の時計を見上げたときであった。

立ち上がった佐野は、黙って傍らのミーティングテーブルを指す。慌てて立ち上がった仁科が緊張した面持ちでお茶を淹れ始めた。小西も席を立ってきて、佐野の隣の椅子を引いて座った。

「検査結果です」

奈倉が出した資料を、佐野は小西とともに覗き込んだ。奈倉は疲れ切った表情で説明を続ける。

「ネジの種類は全部で三十二種類。問題の『ラクーン』のネジは、サンプル五本全てが強度不足でした」

「けっ」

佐野は吐き捨てた。案の定だ。これをカスタマーレポートで発表したら、さぞかし問題になるだろう。北川と稲葉の顔が見物である。「トーメイテックが製造したネジを使った折りたたみ椅子がどのくらい製造されているか、そこが問題だな。回収修理となれば、相当のコストがかかる。どう思う、奈倉」

顔を上げた佐野がぶつかったのは、暗澹《あんたん》とした奈倉の目だった。こちらを見ているようでいて、焦点は佐野の背後に合っている。入室してきたときから、奈倉の様子はどこかヘンだ。

「奈倉？　どうした？」

尋ねると、ようやく遠くに合っていた焦点が戻ってくる。浮かべているのは、悲しげな笑いだった。

「折りたたみ椅子のことなんて、心配している場合じゃないかもしれません」

奈倉はおかしなことを言い出した。

「どういうことだ、それ」

「三十二種類のネジのうち、今回のテストで規格をパスしたのは三分の一の十種類しかありませんでした。あとの二十二種類は、サンプル全てが不良品か、一部不良品という結果です。しかし、特に問題なのは、この三つのネジです」

ポケットから抜いたボールペンで、明細表に並んだいくつかの部品番号に、奈倉はチェックを入れていく。

「なんのネジだ」

部品番号だけでは、何に使われたネジなのかわからない。

「これは全て、合金でできた特殊ネジです」

奈倉の声は、いまにも途切れそうなほど細く、震えていた。「調べてみると、使用されている製品はこれでした」

奈倉が出した資料に、製造番号が三つ記されていた。

東京建電の社内規定で「R」で始まる製造番号から「椅子」であることはわかるが、

それが何の椅子かはわからない。

佐野は目で問うた。その答えは、奈倉の口からこぼれ出てくる。

「列車の椅子です」

隣で小西が体を堅くするのがわかった。さっと佐野に振られた視線には、驚愕《きようがく》が貼り付いている。

「いや列車だけじゃない。航空機用の椅子にも使われている。世界中の高速鉄道や飛行機に搭載された東京建電製の椅子が強度不足になっている可能性があります。これをリコールしたら、ウチの会社なんて、ひとたまりもありません」

奈倉が帰った後、編集会議を開いた。いつものように、カスタマー室の三人だけが出席する小さな会議だ。

「どうします、室長」

小西が遠慮がちに聞いた。「書きますか、このことを」

仁科もじっと佐野を見つめている。

どう返事をしたものか、佐野はわからなかった。この事態をどう考えるべきか。自分が何をすべきか。

状況はすでに、カスタマー室が関与するレベルを超えてしまっている。

思案に暮れた佐野は椅子を回し、部屋の窓から大手町界隈《かいわい》に視線を投げた。

晩秋の日射しを目にした途端、佐野の脳裏に広がったのは港の光景だ。子供の頃、ベランダから見ていたあの景色である。

あれから三十年が経ち、いま自分が眺めているのはコンクリートとアスファルトの海だ。

無邪気なまま、ずっと海を眺めていられたらどんなに幸せだったろう。船に乗って世界を旅する人生なら、どんなに素晴らしかったろう。なのに――。

オレはいったい、どこで道を間違ったのだろうか。

第六話　偽ライオン

1

その日、事前連絡もなく北川誠《まこと》の執務室に入室してきた製造部長の稲葉は、十一月だというのに顔を真っ赤にして額に汗を浮かべていた。人払いをして始めたのは、ふたりだけの秘密の打ち合わせだ。

「私宛にこんなものが届いた。こっちにも来てるだろう」

差し出された書類を怪訝《けげん》な顔で受け取った北川だったが、「ネジ強度不足による製品リコールの件」、というタイトルを見た途端、息を呑《の》んだ。

差出人は、カスタマー室の佐野。複数の宛名には稲葉や北川だけではなく、社長の宮野の名前もあった。

言葉にならない低い声を上げた北川が、未決裁箱に入っていたカスタマー室からの封書を見つけたのはそのときだ。親展の朱印が捺《お》してあったが、どうせくだらない書類だろうと思って後回しにしていた。開封してみると案の定、稲葉のもとに届いたものと同じ告発文である。

稲葉は応接セットのソファにかけると、「このままではマズイ。どうするつもりだ」、と問うた。まるでこうなったのは北川に責任があるとでも言いたげな口調である。

こたえる前にもう一度、文面に目を通した。

〝顧客からの情報に基づきカスタマー室で調査したところ、トーメイテック株式会社（以下、トーメイ社）が製造している複数種のネジで強度不足が判明した。不良品のネジ使用分野は多岐に亘《わた》っており、一部は、国内外の高速鉄道、航空機のシートに使用され、同製品の品質管理上、重大な問題を来《きた》すに至っている。〟

思わず舌打ちが出る内容だ。

〝――トーメイ社は、営業一課の坂戸元課長が仕入れ業者として取引を開始し、その後本年六月になって原島一課長により打ち切られるまで、三年余に及び、仕入れ値にして十億円弱の部品を当社に納入、当社ではその部品を多数使用して約二十種もの製品を製造しており、その販売先は国内外数十社に上るが、多くの製品について、法律の定め、ないしは取引先からの指定強度を下回っている可能性が高い。〟

告発は、さらにこう続く。〝原島一課長によってトーメイ社との取引は突然の打ち切りとなったが、営業部では従前から不正が把握されていたものと推測され、隠蔽《いんぺい》は、製造部にも及んでいると推測される。こうした対応は、営業部北川、製造部稲葉両部長の指示によると考えざるを得ず、全社的な第三者委員会の設置と本格調査、しかるべき対策を講ずるよう、ここに報告すると共に提言するものである。以上〟

「お前の部下だったろう、佐野は」

稲葉はけんもほろろにいった。「口止めしてくれよ」

「オレより、お前のほうが親しいじゃないか」

嫌味で北川は返した。稲葉は、自分の利益のためなら利用できるものは何でも利用する。そういう男である。北川の部下だった佐野に近づき、営業部内の粗探しをしていたのは二年ほど前のことだ。

その一件が佐野に対する信用を決定的に失わせることになり、人事部に掛け合って営業部次長からカスタマー室へと異動させた経緯がある。

「向こうから近づいてきたんだよ。代わりに愚痴を聞いてやったんだ。誤解してもらっては困る」

稲葉の言い訳を、北川は冷笑と共に聞き流した。

「どうせなら、製造部に引っ張ってくれてもよかったんだぞ」

北川による佐野の評価は決して高いものではない。それどころか、むしろ低い。なにしろ、ひたすら調子のいい男であった。営業部の連中が汗水たらして取ってきた成果を、冷房の効いた部屋にいて待っているようなところがある。自らは動かないくせに、部下が失敗すると厳しく叱責する姿は、質《たち》の悪い中間管理職そのものだ。同時に、学生時代から嫌悪してきた軽佻浮薄《けいちょうふはく》な仲間たちの姿を彷彿《ほうふつ》とさせる。

そんな男が、こともあろうに北川に楯突《たてつ》こうとしているのだ。

「佐野の目的はなんだ」

稲葉が問うた。「第三者委員会とか、こんなことが狙いじゃないだろう。ポストなんじゃないのか」

穿《うが》った見方だが、実は北川もそんな気がしないでもなかった。

佐野は、正義漢でもなんでもない。社内政治家と揶揄《やゆ》される、打算的な男である。この会社をどうこうしようという大義もあろうはずがなく、すべては自己満足のためだろう。

「かもな。あるいは、単にオレたちに逆恨みしているだけか」

「ポストを投げてやったらどうだ」

稲葉がいった。「奴《やつ》は結局、いまのポストが不満なんだよ。であれば、しかるべきポストに就けてやれば黙るだろう。営業部に戻したほうがいいんじゃないのか」

「冗談じゃない」

北川は一蹴した。「ウチには佐野の居場所なんかない。オレの前任者が口車に乗せられて次長に昇格させちまったが、そもそも、あんな働かない奴は見たことがない。まるで、ふんぞり返っていれば何事も回っていた一昔前の管理職だ。ついでに、実力も無いくせに口ばっかり達者で、自分が誰よりも頭がいいと思ってる。自己評価と客観評価に差のある男でね。カスタマー室の室長でももったいないぐらいだ。こんなのは説得すればいいんだよ。それしかない」

北川に込み上げてきたのは、危機感よりも怒りである。だが、稲葉では説得できない。明確な理由があるわけでもなく、半ば直感でそう悟った北川は、「オレから話してみる」、そういうと広げていた告発文を封筒に戻し、再び未決裁箱に放り込んだ。

2

北川が告発文を持ってカスタマー室がある三階に向かったのはその日の午後のことである。

「ちょっといいか」

佐野に声をかけると、北川から何らかの接触があることを予期していたのだろう、黙ってついてきた。

近くの小会議室に入った北川は、「どういうことだ」、と怒気を含んだ声で聞いた。

そもそも、甘言を弄して相手を懐柔するという選択肢は、北川にはない。威圧と罵声こそ、北川が唯一持ち合わせた部下掌握術だ。

「あの文書に書いた通りの意味ですが。なにか反論があるのでしたら伺います」

佐野の頰が強張《こわば》っている。臆病な男が精一杯虚勢を張っている表情だった。

「反論？」

北川は、疑問形で吐き捨てた。「妄想だろ、お前の。引っ込めろ！」

持ってきた告発文を、力任せに机に叩《たた》き付ける。佐野は微動だにせず、視線を北川に向けたままだ。

「この文書は、社長にもお出ししています。いまさら、後に引くことはできません」

怒りの余り言葉を失い、北川は相手を睨《にら》み付けた。佐野は続ける。「脅迫まがいのやり方で、文書を握りつぶそうとしても無駄ですから。もう私はあなたの部下じゃない。あなたにとっては取るに足らない部署かも知れませんが、カスタマー室の室長として、私はいまやるべきことをするつもりです」

いままで、北川に面と向かって逆らった部下はいなかった。いや、仮にいたとしても、そんな奴は完膚無きまでに叩き潰してきた。

「いい気になるなよ、佐野。覚悟はできてるんだろうな」

相手を睨み付け、低いドスの効いた声を出す。「こんなことはカスタマー室の仕事じゃない。お前はただ、客から来たクレームをひたすら処理してればいいんだよ」

「これは会社の根幹に関わる問題じゃないですか」

佐野は反論してきた。「これ以上、隠蔽するつもりですか。あなたがやってることは、保身でしょう」

「違う！」

突如、感情がほとばしり、北川は吠《ほ》えた。断じて保身ではない。北川には、全て会社のためにやっているのだという自負があった。「お前は自分が賢いと思っているだろう。泥臭い仕事ぶりをいつも高みから眺めて、ああしろこうしろと偉そうに部下に口出ししてたよな。だけどその間、お前が自分でまとめた商談がどれだけある。利口ぶって椅子に座って手を汚そうともしない。そんな奴の考えることといったら、自分のことばかりだろうな。自分のことしか考えない奴に、会社のために汗水流して働く奴らのことはわかりはしない。だから、何かあればそれは保身だと安直な結論に結びつける。それがお前の限界なんだよ」

青ざめていた佐野の頬に朱がさしていくのを見て、北川は意趣返しの悦《よろこ》びを感じた。佐野が告発という手段に出たことの是非はどうであれ、鬼の首でもとったかのように、得意になっているこの男を、とことん傷つけてやりたいという衝動に駆られた。

「まあ、いいでしょう。本当のところがどうなのか、いずれ第三者の調査委員会が明らかにしてくれますから」

その小賢《こざか》しい口調に、北川の嫌悪感はますます募った。

「こんな妄想が本気で取り上げられると思ってるのか、お前は」

「もちろんですよ」

佐野は、敵意の籠もった声で応えた。「これを知った宮野社長がどう判断されるか、楽しみですね、北川さん。そのとき、あなたがどんな言い訳をするのか見物ですよ——では忙しいので」

佐野は一方的に立ち上がり、面談を打ち切った。

3

「なにかまた、面倒な事でもあったか」

目を細めてタバコをくゆらせていた北川は、視線を飲み屋のなんでもない空間から、隣にいる八角へ向けた。

北川行き付けの、八重洲の裏通りにある小さな居酒屋である。お世辞にも綺麗《きれい》な店とは言い難いが、食い物と酒はうまい。そして値段は、この界隈《かいわい》の相場からすると少しばかり安かった。

この日、帰り支度をしていた八角に、「行くか」、と声をかけたのは北川であった。いまや北川は営業部長、八角はといえば万年係長と、社内での地位は大いに異なるものの、同期入社の気安さで、言葉遣いはタメ口だ。

「まあ、ちょっとな」

八角が黙って続きを促すので、「佐野が告発文を寄越しやがった」、と続けた。

「ほう」

驚いた顔ひとつせず平然としている八角は、「そういえばこの前、ネジの製造元を教えろっていってきたな」、と思わぬことを口にする。

「それでどうした」慌てて北川は聞いた。

「そういうことはオレにじゃなく、原島に聞けといっといた」

先日の連絡会議で、佐野は、折りたたみ椅子の事故について報告していた。それが秘密に辿《たど》り着いたきっかけになったのだろう。稲葉の話では、高崎工場にまで出向いてネジを回収したという話だった。佐野は、告発の根拠をすでに入手している。

「で、原島に聞いたんだろうか」北川は聞いた。

「いや、聞かなかっただろうな。原島に聞けば、また面倒なことになると思っていたみたいだから」

八角の答えに北川はしばらく押し黙った後、「ところで八角、佐野とは親しくしてたよな」、と切り出した。

「だから？」八角は、すっと目を細める。

「面倒なことにならないように、あの野郎に警告してやってくれ。考えを変えないと、ロクな事にならないぜって」

こたえるまでの間に、八角は通りがかった店員に冷酒のおかわりを頼み、タバコに火を点《つ》けた。

「断るぜ、そんなことは」

八角はつぶやくようにいうと、煙に目を細めて北川を見る。「どうしろってんだよ、今更。そもそも、佐野のほうが正しいじゃねえか」

「あいつは、自分が可愛《かわい》いだけだ」

北川は決めつけた。「会社のことなんて、何も考えちゃいない」

「自分が可愛いとかそんなことは関係ねえだろ」

八角は、嗄《しやが》れた声でいう。「正しいものは正しい。間違っているものは間違っている。それだけの話だ。不正をしたのは坂戸で、お前らはそれを隠蔽しようとしている。オレを騙《だま》くらかしてな。お前は自分がしてることが正しいと、本気で思ってるのか」

余計な混乱を招かずまず坂戸を課長職から外すために、パワハラ委員会に訴えてくれないかと頼んだのは北川であった。渋々八角はそれに応じたが、その後隠蔽に走ったことをこころよくは思っていないらしい。

「会社はどうなる」

北川はいった。「こんなことが表沙汰になってみろ、ウチはひとたまりもない」

「いい加減にしろ」

八角の声は低く抑えられていたが、そこには隠しようのない怒気が含まれていた。

「ネジは乗り物シートにも使われてるんだ。いまこうしている間にも世界中で乗客を運んでるんだぞ。お前、それをどう考えてるんだ。オレは、隠蔽させるためにあの話を報告したわけじゃない」

「じゃあ、その列車と飛行機を止めるのかよ」

意味のない反論と思いつつ、北川もやり返した。「これからシートを交換に行きますからって、それまで待ってもらうのか。休業補償をして、全世界に何万脚と販売しているシートを外し、新品に交換する。ウチにはそんな体力はない。そんなことはお前にだってわかるだろうが」

「魂を売った男の末路がこれか」

八角は、軽蔑の眼差《まなざ》しを北川に向けた。「なあ、偽《にせ》ライオンよ。教えてくれ、お前に佐野や坂戸を責める資格があるのか?」

4

母ひとり、子ひとりの家庭で育った北川は、父を知らない。武蔵小杉《むさしこすぎ》で小料理屋をやっていたという父が亡くなったのは、北川が三歳のときだ。魚河岸《うおがし》から帰宅途中だった父の軽トラに、信号無視のダンプが衝突したのであった。

喪服を着た大勢の人たちが集まった物々しい葬儀の様子は、まるで遥《はる》か彼方《かなた》に見る幻のように朧《おぼろ》げな断片となって北川の脳裏に残っている。だが、父がどんな人物で、どんな声で話したのか、幼かった北川をどんなふうにかわいがってくれていたのか、覚えてはいない。あまり酒が呑めなくて、大人《おとな》しくて仕事熱心な父だったと母は話してくれていたが、だとすれば北川は父にではなく、母に似ているのかも知れない。

父が亡くなった後、母は一緒にやっていた小料理屋をひとりで切り盛りし始めた。勝ち気で、いつも明るい母である。三十代の小綺麗な未亡人というところも、男性客の気を引く理由になっていたかもしれない。父の時代は知らないが、母の小料理屋はとても繁盛していて、カウンターはいつも常連客でいっぱい。夕方五時に店を開け、深夜零時に看板になるまで働き詰めの母は、そのお金で北川を大学まで出してくれた。

繁盛しているといっても小さな店だ。良心的な価格で常連客を引きつけた反面、忙しい割に儲《もう》けは少ない。北川を大学へやるのに母がいかに苦労しているかはわかっていた。ちゃらちゃらしたテニスサークルやコンパで盛り上がる同級生の中で、北川だけはサークル活動はそこそこに、暇なときにはバイトをしている付き合いの悪い学生であった。できるだけ学費を稼いで母を楽にさせてやる必要があったからだ。それほど遊びたいとは思わなかったが、親のカネで遊び回っている仲間を見ると、その精神的ギャップの大きさに腹が立った。

危機感も問題意識もなく、安穏と現状にあぐらをかき、何も考えていない連中。軽薄で、唾棄すべき愚か者ども。北川の中でそういう連中に対する嫌悪感が芽生えたのは、この学生時代であった。

そうした考えは、その後北川が、創立まもない東京建電に就職してからも変わらなかった。二十八年前のことである。

同期入社の中で、北川の仕事に対するスタンスは誰よりも厳しく、周囲を驚かせるような実績を積み上げる一方、同僚の、部下を持つようになってからは部下の、甘い仕事ぶりに対しては容赦なかった。自分が多少サボっていても食いはぐれることはないという、甘えたサラリーマン根性が許せない北川は、組織にただぶら下がっているだけの連中を徹底的に嫌悪し、排除してきた。

北川の仕事ぶりは、かつて高度成長を支えたモーレツ社員そのもので、気性の荒さと体重九十キロの頑丈な体は、誰もが諦めるような状況での粘りもきいた。入社と同時に、住宅関連資材を扱う産業課に配属になった北川は、親会社であるソニックから課せられた目標をその頑張りで次々とクリアしていき、東京建電が主要子会社に成長していくのを根底から支えた。

ライオンというのは当時の北川に付けられた渾名《あだな》だ。まさに獅子奮迅《ししふんじん》の働きだったからである。

産業課——現在の営業一課が親会社のキモ入りで重点強化されることになり、後にソニックの重役になる梨田が課長として送り込まれてきたのは、入社五年目のことであった。当時、北川の肩書きは係長で、同じく社内で実績を上げ、北川と同じくトップで係長昇進を果たした八角が産業課に異動してきたのもその頃である。梨田を課長にして、北川と八角という、ふたりの係長が両輪となって支える体制ができあがったのだ。

両輪として支えるといっても、その実態は、およそ不可能なほど高いノルマを貼り付けられ、それをクリアしていく地獄の日々だった。

八角のチームは、ユニットバスなど住宅内部、一方の北川が担当したのは、給湯設備やソーラーシステムなど、主に室外に置かれる設備で、それぞれ社内から選《よ》りすぐりの部下が数人いた。

激務だった。課長の梨田が午前七時半には会社に出てくるものだから、それに合わせて全員が七時台に出社し、前日の成果報告や書類作成は朝のうちに済ませ、午前九時になる前には一斉に、営業に飛び出していく。ソニックからやってきた梨田は、数字に煩《うるさ》い管理タイプの男で、ノルマの未達を決して許さなかった。売上のためにはモラルもへったくれもなく、そのために北川は、数字が取れることならなんでもやった。高齢者や取引先に向けた押し込み販売、業者への接待、住宅販売会社の担当者への内緒のキックバック——。肝心なことは、どうやって売ったかではなく、売れたかどうかなのだ。

梨田体制が一年も過ぎると、業績が上がった代わりに、何人かの課員が、体を壊したり、精神に異常を来して、辞めたり休職したりするようになった。北川の部下にもひとり、会社に出てこなくなった男がいたが、それを梨田は無断欠勤を理由に容赦なく課外へ放り出し、周囲を戦慄させた。ソニックの威光を背負う梨田に刃向かう者は、社長を含め、社内にはいなかった。梨田がこうといえば、それがルールであり、営業部長ですら反論のひとつもできない有り様なのだ。

しかし、北川には、梨田のような上司の下で働くことはむしろ心地よかった。相変わらず、嫌悪すべき甘えの構造に支配された同僚や部下を北川は徹底的にやり込め、否定していたが、梨田はそれについて何も口出しをしなかった。北川が実績を上げていたからだ。元来持ち合わせている厳しさと粘り強さを発揮し、着実に積み上げた実績は、誰彼が口にするノルマ未達のどんな理由も通用させない絶対的事実だ。

だが、そんな北川にとっても、親会社から設定される目標をクリアすることはそう簡単なことではなかった。ある年のノルマがクリアされると、次の年には、さらに高いノルマがソニックから降ってくる。頑張れば頑張るほど、自らの首を絞めていく構造だ。部下を叱咤《しった》し、自らも夜遅くまで営業に飛び回ってきた北川も、さすがにノルマ達成が厳しくなってきた。

当時、北川が受注工作していた会社は、大手のヤマト製作所だった。同社が製造し、関東電鉄に納入する予定の新型車両に搭載するシートを受注すること——それが当時の北川に下された社命である。

この受注が決まれば新たな事業分野が開け、しかも巨額の収益が転がり込むことは間違いない。そしてノルマも達成できる。

そのためにできることは全てやってきた北川だが、最後まで解決できない課題があった。

コストだ。

受注は、コンペで決まる。

情報収集した北川は、おおよその落札価格を摑《つか》んでいたが、当時の東京建電の製造原価をどう切り詰めてもそれには少し及ばなかった。なんとかして、もう一段のコストダウンを実現しないと他社に取られる。

頭を抱えていたある日、外回りから戻った北川に、「これでやってみないか」、と原価を書き付けたメモを持って製造部長が相談にきた。それを見た北川は、驚いて顔を上げ、

「本当にこれで、できるんですか」

そう聞いた。北川が求めていたコストをさらに下回る数字がそこに記されていたからだ。

目を丸くしている北川に、製造部長が口にしたのは、「それはお前次第だ」、という意味ありげなひと言である。

「モノを売るには知恵がいる」

製造部長はそういった。

「知恵？」

それが何のことかわからない北川に、製造部長が語ったのは耐火性ほかのデータを捏《ねつ》造《ぞう》するという、恐るべきプランだ。

捏造。その言葉にたじろいだ北川に、製造部長はいった。

「商売なんてのはな、売ったもん勝ちだ。一旦、シートが列車に取り付けられちまったら、そいつにどれだけの耐火性があるか、どれほどの衝撃まで耐性があるかなんてわかりはしない。強度が落ちるといったところで、とんでもない大事故でも起きない限り、それが試される場面なんてないんだよ。しかも、そういう大事故は、ウチの製品以外の

過失で起きる。つまり、そのときウチの過失をあれこれ責める奴なんかいるわけがない」

「これ以外にコストダウンの方法はないんですか」

北川は聞いた。

「ない」

きっぱりと製造部長はこたえた。「お前は土台、無理なものを求めてるんだ。お前の言い値で取引したら、ウチはどうやっても赤字になる。それをトントンにして黒字にすることなんて、不可能だ」

この案件はなんとしても獲得せよという厳命を、北川は背負っている。

「このことを知っているのは？」

しばらく考えてから、北川は聞いた。頭の芯がじんじん熱くなっているのがわかる。喉が渇いて、北川は何度も唾を飲み込んだ。

「オレとお前——それだけだ」

製造部長は、低い声でこたえた。「製造の連中は、指示通りに作るだけで強度のことまではわからない」

「考えさせてください」

そうこたえた北川の背を押したのは、翌朝開かれた営業会議だった。その会議で、課長の梨田は実績の積み上げが遅いことに怒り、荒れ狂った。梨田曰《いわ》く、ノルマは絶対であり、未達は万死に値する。あまりにも多くの時間をヤマト製作所向けの交渉に傾け過ぎ、他社への営業が手薄になっていた北川は、それを獲得する以外、ノルマ達成の方法が無くなっていた。

胃が締め付けられるような会議を終え、梨田の剣幕に青ざめた部下と共に自席に戻った北川が真っ先にしたことは、デスクの電話をとって製造部長にかけることだった。

それまでも、えげつない商売の数々はやってきたという自覚はある。だが、正真正銘の不正に手を染めたのは、それが初めてだった。

誰にもバレるはずはないと思っていた。

実際、誰もそのコストの秘密に気づいたものはいない——ように見えた。

北川が目覚ましい業績を上げる一方、八角は次第に梨田とぶつかるようになっていた。それまで北川と並ぶエースだった八角が、会議で公然と梨田に反対意見を述べ、そのやり方を批判する。これに対して、梨田の反応はまさに激烈のひと言で、八角の目標未達を理由に、会議で延々と叱りつけるいじめまがいのことが繰り返されるようになった。

八角とは同期入社で、個人的に親しい。仕事に対して厳しい男であることも知っている。その八角がなぜ、公然と梨田批判に打って出たのか、その理由を、北川は後で知った。梨田に命ぜられるまま、高齢者目当てに手当たり次第に営業していた八角だったが、あるとき高額の契約を苦にした客が自殺したのである。

八角もガンコな男で、梨田にいじめられても、やり方が間違っているという自らの主張を変えなかった。

「お前が、そんなふうに反論したところで、梨田さんの考えなんて変わらないよ」

ある時、酒の席でそんなふうにいった北川に、八角は、「オレは魂まで売る商売はしたくない」、とそうこたえた。

それは同時に、北川に対して、お前は魂を売っているといっているに等しい。

ノルマ必達のためにオレが魂を売ったというのなら、そのノルマを貼り付ける親会社や公然と認める会社も、すべて同じことになる。会社に在籍している以上、非難する資格などない。

「だったら会社なんか、辞めちまえ」

そういった北川に、そのとき八角は侮蔑の眼差しを向けてきた。そしていったのだ。

「お前に、そんなことをいう資格があるのか」、と。

その目を見た途端、北川は背筋がぞくっとするような嫌な予感がした。

「なんのことだ」

「随分立派な業績を上げてるようだが、本当にそれでいいのか。お前は偽ライオンだな」

鋭い男だ。それ以上、八角は何もいわなかったが北川にはピンときた――こいつ、知ってやがると。

結局、この不正は五年ほど続き、製造部長の定年退職の半年前、関東電鉄の規格変更と共に終了したのであった。誰にも知られず――。ひとり八角を除いて。

5

大手町から東急目黒線に乗り入れている地下鉄に乗って、新丸子《しんまるこ》駅で降りた。自宅まででは徒歩十分の距離だ。十五年前に建て替えた二世帯住宅は、一階に母親、二階が北川と妻、そして今年高校三年生になる一人息子の三人家族の住まいになっている。

自宅に戻ると、息子の宏英《ひろひで》が、ソファに寝っ転がってテレビドラマを見ていた。自分の息子だから、それほど勉強ができるとは思っていないが、大学受験を控えた高校三年生が、さしたる危機感もなくダラダラしているのを見ると、つい説教のひとつもしたくなる。

「おい、勉強したのか」

北川と違って、宏英はひょろりとした線の細い子であった。妻は、北川と同じく気性の荒いところのある女なので、もしかするとこれは亡くなった親父《おやじ》の血を引いているのかと思えなくもない。

「はいはい」

面倒くさそうにいった息子は、さっさと立ち上がってリビングを出て行く。そういえば「お帰り」もいわなかったなと思ったとき、部屋のドアがパタンと閉まる音が聞こえた。

「大丈夫なのか、あいつ」

妻に文句をいうと、「勉強しろなんて、いつまでいうつもり?」、という尖《とが》った言葉が返ってきた。「もう高校生なのに」

都内の建設会社で事務員をしている妻は、北川の発言を非難するような口調になる。

「お前も何かいえよな。どうせ学校から帰ってずっとテレビ見てたんだろう、あいつ」

「知らないわよ。私だって忙しいんだから」

突《つ》っ慳貪《けんどん》な口調で妻はいい、自分のためにお茶を淹《い》れると読みかけの新聞に視線を落とした。

会社でなら気にくわないことは徹底的に文句をいう北川だが、家では別だった。妻に嫌味のひとつでもいってやりたい気分を抑え、冷蔵庫からビールをとってきてプルトップを開ける。

「呑んできたんじゃないの」

また妻がいった。「呑み過ぎなんじゃない」

うるさいよ、という言葉を嚥下《えんげ》し、黙って北川はビールを喉に流し込んだ。

家庭の温かさや、くつろぎ、団らん——北川の場合はそのどれも感じたことはなかった。

北川が家庭で感じるのは、よそよそしさと小賢しい妻への反感、思うようにならない息子に対する苛立《いらだ》ちだ。

あくせく働いてきた挙げ句がこれか。幸せですか、と問われたら、どうこたえていいのか、北川にはわからなかった。

こんなはずじゃなかった。

この夜の北川は、マイナス思考のスパイラルに塡《はま》っていた。佐野をどう説得したものか決めかねているし、八角から偽ライオンと呼ばれたことも引きずっていた。

第三者の調査委員会が開かれないと知ったとき、佐野はどんな行動に出るだろう。

絶対に避けなければならないのは、この話が外部に洩《も》れることだ。

そのとき、この東京建電に北川の居場所はない。いや、この社会に、東京建電の居場所はない。

「ちょっと。酔っぱらってるんじゃない?」

不機嫌そうな妻の声で、北川は我に返った。見ればグラスは空で、ずっとそれを握りしめたまま考え込んでいたらしい。

缶から残りのビールを注いだ北川は、一気にそれを呑み干した。もはやうまくもない苦みに顔をしかめ、「風呂入ってくる」、と立ち上がった。

6

翌朝、午前六時に起きた北川は自分でパンをトースターに入れ、それが焼けるのを待つ間、新聞を広げた。

このところ、真っ先に開くのは社会面だ。ざっと見出しを斜め読みし、自社製品と関連のある記事が載っていないことを確認して胸を撫《な》で下ろす。

最近、朝のニュースと新聞を見るのが怖《おそ》ろしくなった。

北川の試算では、国内のヤミ改修作業は全て完了するまで二年。海外の鉄道、航空会社まで含めると、五年近い時間を要する。航空機の機齢は約五十年。先進国で飛ぶのは最初の十年ほどで、その後は発展途上国などに払い下げられてしまうから、長引けばそれだけ改修は困難になる。

強度不足が内部告発からのみ暴かれるとは限らない。現に、カスタマー室には、製品の不具合がいくつか寄せられており、同じことが、鉄道や航空といった旅客事故で起きないとは限らないのだ。いつどんなところから秘密が洩れるかわからない不安で、気の休まる時がない。

その日は忙しく、まず自宅から直接、横浜にある取引先に出向いて打ち合わせを行い、昼を挟んで数社を回り、会社に戻ったのは午後四時過ぎのことであった。

自席でたまっていた書類を決裁した北川は、考えた末にカスタマー室へ足を向けた。結局、佐野と話し合わないことには何事も解決しないと思ったからだった。無駄と思う前にやってみる。それは優秀な営業マンだった頃からの北川の行動指針でもある。

佐野はちょうど在室していて、カスタマー室奥のデスクでパソコンと向き合っていた。

その佐野に向かって、北川は黙って手招きした。部下を呼ぶときのように。それに対して、佐野はほんの僅か躊躇《ちゅうちょ》したそぶりを見せたが、結局、黙ってついてくる。

佐野をどう説得すべきか、ひと晩考えてもまとまらなかった。だがいま、営業部のフロアからここに来るほんの数分の間に、何かに導かれるかのように方向性が見えたのは不思議としかいいようがなかった。

「告発文の件だ」

会議室のドアを閉め切ると、北川は切り出した。「こんなことはぐだぐだと長引かせるべきものじゃないから、はっきりいう。お前が指摘した告発内容は、大部分、その通りだ」

　そのとき佐野は、じっと探るような眼差しを、北川に向けてきた。

　その目に驚愕《きょうがく》は浮かんではいない。あるとすれば警戒心だろうが、その感情さえも、佐野は内面に包み込んで表には出さなかった。北川は続ける。

「ウチの八角が坂戸の不正に気づいた。半年前のことだ。コストダウンを優先する余り、強度に問題があるネジをそれと知りながら受け入れ、鉄道や航空機用シートを製造し、納品していた。いまこのシートは、国内外の多数の取引先に納品され利用され続けている。坂戸は不正を認めたものの、話し合った結果、この問題を表沙汰にするわけにはいかないという結論になった。坂戸は人事部付にし、いま原島が秘《ひそ》かにこの対策に回っている。ちなみに、私も稲葉も、この不正を指示した事実はない。ただ、この事態の影響を考慮した結果、仕方なく、隠蔽に回っているだけだ。本件が表沙汰になれば、ウチの会社はおそらく生き残れない。そのときはお前も、オレも──路頭に迷う」

　佐野の目がすっと細められたが、言葉は出てこなかった。「告発したところで、得るものは何もない」

「だから、何もするなと、そうおっしゃるんですか」

　佐野は低い声で問うた。

「何もしないわけじゃない。このことを隠蔽する、ということをしている。この会社を守り、オレたちの生活を守るためにだ。お前、その歳《とし》になって就職活動したいか。いま以上に条件のいい職場があると思うか。世の中そんなに甘くないことぐらい百も承知だろう」

「だったら、責任をとってくださいよ」

佐野は言い放った。「あなたは坂戸に全ての責任があるような口調ですが、営業部長としての管理責任だって問われてしかるべきでしょう。これだけ大きな話なんだ。坂戸ひとりが更迭《こうてつ》されて終わりにしていいはずはない。あなただって辞任すべきなんじゃないですか」

それが、こいつの狙いか。

思わず言葉に詰まった北川に、佐野はさらに迫った。「告発文を引っ込めるとすれば、辞任が条件です。これだけの不祥事を引き起こした部長がのうのうと職に留《とど》まるような会社はおかしいですよ。辞任してください、北川さん」

「オレには、この件を見届ける責任がある。いま秘かに改修を進めているところだ。それが終わってから考えさせてもらう」

その場しのぎの言い訳を北川は口にした。もちろん、辞める気などはなから無い。まして、佐野にいわれて辞めるなど、有り得ない話だ。

「結局、保身じゃないですか」

「違う」

北川は鋭く首を横に振った。「いま仕事を放り出して、誰がこの後を継ぐ？　迷惑なだけだ」

「そんな言い訳が宮野さんに通用しますかね」

皮肉めかしていった佐野は、しばし口を噤《つぐ》んだ北川に、勝ち誇った眼差しを向けてきた。「あるいは、いまの話、社長の前でできますか。随分と身勝手な話だと思われるでしょう。不祥事を隠蔽してヤミ改修で切り抜けるですって？　坂戸ひとりに責任を負わせて自分は部長職に留まる？　馬鹿げてますよ。ご存知だと思いますがね、告発文はあなた方だけに出したわけじゃない。社長にも出してるんですよ」

「だから？」

北川は聞いた。「オレが独断で隠蔽したとでも思ってるのか」

「じゃあ、取締役会の決議だとでも？」

「いや――」

北川は視線を殺風景な会議室の床に落とし、再び対峙《たいじ》している相手に向けた。「違う。だが、お前はこの事態の構造をいまひとつ、理解していない」

そういうと佐野は、探るように北川の目を覗《のぞ》き込んできた。

「どういうことですか」

「隠蔽は、私の指示じゃない」

北川はこたえた。

「じゃあ誰の指示なんです」

佐野は下顎を突き出し、鋭い眼差しになる。「教えてくださいよ。稲葉さんと相談して決めたとかじゃないでしょうね」

「そうじゃない」

首をひとつ横に振った北川は、社内政治家を気取っている男を睨み付け、徐《おもむろ》に語り始めた。

7

「北川、ちょっと話があるんだが」

八角がそういってきたのは、半年ほど前のことだ。部長室の応接セットに勝手に座った八角が広げたのは、営業一課で扱っている製品の一覧表である。その頭のところに、赤いボールペンで印が付けられている。

「なんだこれは」

忙しいときにわけのわからないものをさし出され、北川は苛立った。

「ウチの課長が扱っている製品の一覧表だ」

八角はこたえた。「先日、別の資料を作っていて気づいたんだが、この製品の収益率が少しばかりよくなっている。なんでかわかるか」

「坂戸がコストダウンしたからだろ」

八角のいつにない険しい表情を見ながら、北川は苛立ってこたえた。その北川に向かって、

「違う」

そう八角は否定した。

「あのな、八角。オレはいま忙しいんだ。つまらん話ならあとで――」

「規格から外れた部品が使われてる」

北川を遮り、八角がいった。「――だから安いんだ」

八角の顔を凝視したまま、しばし北川は言葉がなかった。いまの言葉を反芻《はんすう》し、改めて意味を咀嚼《そしやく》する。衝撃は一呼吸おいてからやってきた。

「なんの部品が」

問い返す声は、喉につっかかったようにして、擦《かす》れた。

「ネジだ」八角が返した。

「ネジ？」

「強度不足のネジが使われている」

資料のページを捲《めく》ると、そこに手書きでいくつかの品番が記されていた。クセのある八角の字だ。

「一ヶ月ぐらい前のことなんだが、オレの知り合いのところで折りたたみ椅子が壊れたって話があった。相手は、去年、三百脚販売した私立高校の教師だ。すぐに新しいのと交換してきたんだが、どうも気になったんで工場にいったついでに折れたネジの強度を調べてみた。それでわかった。念のために稲葉に話してこっそり検査してもらったんだが、間違いない」

「ウチが作った部品か」全身から血の気が引いていくのを感じながら、北川は聞いた。

「いや。トーメイテックという会社のものだ」

社名は知っている。坂戸が数年前に採用した新しい業者だったはずだ。胃が痛み出し、考えるべきことが定まらない。

いまはぐうたらだが、もともと八角はデキる男だ。椅子のネジの強度不足をとっかかりにして、製造元を調べ、同じ製造元のネジが使用されている製品のネジをピックアップし、強度を検証していた。

最初に見せた営業一課が取り扱う製品リストに付けられた印は、そのネジが規格に合致しているかどうかの識別を示すものだったのだ。

「規格外品が、こんなにあるのか」

北川は絶句し、頭を抱えたくなった。本来、どう対処すべきなのかは考えるまでもない。強度不足のネジを、規格通りのものに交換するのだ。だが、折りたたみ椅子はまだいい。鉄道や航空機に取り付けられた椅子を交換するのは不可能に近い。

もし、東京建電がネジの強度不足を発表すれば、世界中の鉄道や飛行機は、その運行を止めることになる。どれだけの乗客に影響を与え、どれだけの損害が出るのか、社会的影響は計り知れない。

「坂戸は——坂戸は知ってるのか、このこと」

ようやく尋ねた北川に、「問題はそこだ」と、八角は怖ろしいほど真剣な眼差しを向けていった。


坂戸宣彦は、お気に入りの部下だった。

新卒の新人として坂戸が東京建電に入社してきたとき、北川の肩書きは営業一課長。人事部が組んだローテーション研修で、半年間の工場や販売店勤務を経た後、営業一課にやってきた坂戸の最初の印象は、「頼りなさそうな奴だな」、だ。

ひょろりとした長身で、人当たりがよく嫌味がない。どんな指示にも素直に従い、嫌な顔ひとつしない。

だが、北川の好みは、自分がそうであったように、どちらかというと灰汁《あく》の強い部下だ。

気が強く、負けず嫌い。どんな局面でも我を通す頑固さと強靭《きようじん》な意志を感じさせる風貌。それこそ、厳しい営業畑で業績を上げるのに求められている資質だと、北川は信じていた。

坂戸と一緒に北川の下に配属になった新人に江口《えぐち》という男がいて、北川は最初、この江口のほうに期待を寄せていた。

大学の名門ラグビー部出身だという江口は、百九十センチ九十キロの巨体で、そこにいるだけで威圧感がある。しかも修羅場を何度もくぐった、歴戦の面構えだ。

営業一課には、収益の柱がふたつある。ユニットバスなどの住宅関連、そして乗り物全般にシートなどを供給する産業関連だ。稼ぎ頭は産業関連のほうで、北川は最初江口をこの産業関連の営業部隊に配属させ、一方の坂戸を住宅関連営業に割り当てた。課員たちの印象も北川と同様で、産業関連に配属された大型新人、江口に期待する声が圧倒的。坂戸はその陰に隠れてさしたる期待を背負うこともなく、ひっそりと社会人生活をスタートさせた。

だが、その六ヶ月後、坂戸は、江口を遥かに上回る実績を上げていた。

実際にはより大きな金額が動く産業関連製品のほうが有利なはずなのに、坂戸は住宅関連設備の販売で、著しい成績を上げていたのである。

驚いたのは北川だけではなく、他の課員たちも同様だったはずだ。大したことないと思われていたダークホースが、新人の江口どころか、自分たちをもしのぐ実績を上げてくる。

もっとも際立っていたのは、新規開拓だった。その六ヶ月の間に、坂戸はすでに大口の新規取引先をひとつ獲得していた。新規で住宅建設に参入しようとしていた不動産会社に食い込み、新築マンションに設置されるユニットバス関連製品の供給契約を締結してきたのである。

江口の存在が一気に霞《かす》む、大金星であった。

だが、それはほんの序の口に過ぎなかった。

江口と担当を入れ替えた途端、坂戸は、次々とクリーンヒットを飛ばし、三年もすると誰もが認める営業一課のエースへと成長していった。

坂戸は、その後も着々と、期待に違《たが》わぬ活躍を遂げた。その間、北川は課長から部長代理へと肩書きを上げ、そして部長に昇格したとき、自ら人事部に掛け合って坂戸を営業一課の課長に据えたのであった。

だが、坂戸はいくら社内評価が高くなっても、謙虚な態度を変えなかった。もともとそういう性分なのだろう。いつも明るく、人当たりがいい。自分の仕事には厳しかったが、その厳しさを他人に向けることもなかった。その点で、坂戸は北川よりも人間的に上だった。

北川自身、若い頃から高すぎるほどのノルマを達成し続けてきたからわかるが、見えないところでの坂戸の努力は大変なものだったに違いない。東京建電の商売は、待っていれば注文が舞い込むような甘いものではないからだ。競合としのぎを削り、いかに低価格で利益を確保するか、まさに知恵と体力が要求される。そのために、自社製品をとことん分析し、市場が求めている製品が何なのかをいつも考え、実際に商品企画部や製造部と綿密な打ち合わせが欠かせない。坂戸が優れていたのは、その分析力と実行力に違いなかった。

課長になった後の坂戸の活躍は、いつも北川の要求水準以上のものであった。貼り付けたノルマをクリアして収益の底を固めてくれる頼もしい課長。北川は、坂戸の仕事ぶりを称賛こそすれ、まさかその裏にカラクリがあろうことなど疑ってもいなかった。

だが、坂戸だけが別世界を生きているわけではなかったのだ。誰もが同じ厳しい状況に立たされ、ノルマに追われ、どうすれば目標をクリアできるのかと必死になって考え、そのために苦しみ抜いている。坂戸も例外ではなかった。

八角から話をきいた日の夜、坂戸に事実関係を確認した北川がしたことは、社長の宮野に全てを報告することであった。

宮野が見せた、驚愕と狼狽《ろうばい》ぶりは激しかった。

長く社長の座をソニックの天下りで占められてきた東京建電にとって、宮野は初めて誕生したプロパー社長である。ソニックから独立するためにも、宮野体制をなんとしても成功させる必要があった。これは、宮野にとっても東京建電にとっても、痛恨の極みともいえる不祥事だ。

その場に坂戸を呼び付けた宮野は怒り狂い、やがて叱責の言葉が尽きてしまうと、ぐったりとして動かなくなった。

行動を起こす必要がある。この事態に、社長としてどんな経営判断を下すのか——。

その答えは容易に出せるものではなく、実際、宮野が腹を決めるまで、丸二日かかった。

そのとき、社長室に呼ばれたのは北川、製造部長の稲葉のふたりだけだ。

北川らを前に、宮野は、押し黙ったまましばらく口を開かなかった。自らの決断がいかに重いか、わかっているからである。宮野自身、その重みに押し潰されそうになっているのが伝わってくる。

「まず結論をいう」

やおら口を開いた宮野から出てきたのは、予想外の言葉だった。「本件、隠蔽せよ」

8

目の前にいる男の目からいま、みるみる輝きが失われていった。顔から表情が抜け落ちていく。

宮野は厳しい男だった。厳格で、部下の不正を許さぬリーダーの存在は、佐野にとって最後の拠《よ》り所《どころ》だったはずだ。

「まさか——」

佐野の口から、擦れた声がこぼれ出てきた。

「腹が立つか。呆《あき》れるか——だけどな、これがいま東京建電ができる最善の策だ。お前が好むと好まざるとに拘《かかわ》らず、これしかオレたちに残された手段はない」

佐野からの返事はない。その相手に向かって、北川は開き直ってみせた。「オレたちは、社運を賭して、この件を隠蔽してるんだ。もう一度きく。お前、路頭に迷いたいか。迷いたくなけりゃ、黙ってろ。そして誰にも口外するな」

ゆっくりと立ち上がった北川は、会議室を出ようとしてふと振り返る。そして、いまや肩を落とし、魂が抜け落ちた男を一瞥《いちべつ》してから、足早に部屋を出た。もはやこの男に、本件を持ち出す気力が無いことは明らかだ。

「納得させました」

その夜、社長室に宮野を訪ねて報告をすると、「ご苦労」、と短い返事があった。デスクに広げた書類に目を落としたままの宮野に一礼し、社長室を辞去する。

営業部に戻りながら、この何日か悩まされ続けた懸案から解放されたことに、ほっと安堵《あんど》の吐息を洩らした。

「佐野を丸め込んだのか」

執務室に戻ると、その日に限って遅くまで残業していた八角がふらりとやってきていった。

「なんでわかる」

「顔に書いてある」

八角はいった。「というのは嘘《うそ》で、さっきあんたが佐野と会議室に入るのを見かけたんでね」

そういって八角は、手にしたドーナツをひょいと上げてみせた。会議室のある三階にはこの夏頃から無人のドーナツ売り場ができた。

「どうやって丸めた」

「どうもこうも、本当のことを話したまでさ」

北川はこたえる。「事実を知れば、誰だって納得せざるを得ない。違うか」

八角から出てきたのは、「お前はバカだな」、という言葉だった。会社で、北川に面と向かってバカ呼ばわりするのは八角ぐらいのものだ。だが、八角に言われても、大して腹も立たないから不思議だった。

「なんでだ」

間抜けに聞こえないように、北川は聞いた。「バカの理由をいえ」

「納得せざるを得ないって発想しかないところがだ」

八角はいった。「お前、そう決めつけてるだろう。だが、本当にそうか。本当にそれしか方法がないのか」

「ない」、と北川は断言した。「だから、そうしてるんじゃないか。佐野だって、そう思ったはずだ」

打ちひしがれた男の姿を、いまや何の感慨もなく北川は思い出した。

佐野はあの告発文で、北川らの更迭を狙った。おそらくは、それで自らの営業部復活を期したのではないか。

その、いわばクーデターは失敗に終わったが、北川らもまた、その告発について不問に付すことで、この事態を終結させようとしている。そして秘密を共有することで。

「結局のところ、佐野もバカか」

八角はそうつぶやくと、うまそうにドーナツを食いながら悠々と自席に戻っていった。一件落着。

その後ろ姿に向かって心の中でつぶやいた北川が、副社長の村西から内線で呼び出されたのは、二日後のことであった。

副社長室に入った北川を、なぜか村西は厳しい表情で迎え入れ、手振りでソファを勧める。

用向きのわからないまま腰を下ろした北川の前に、村西が置いたのは一通の封書だった。

中味は出され、封筒にクリップで止めてある。

「匿名の告発があった」

村西の言葉に、北川は思わずその手紙に手を伸ばした。

たちまち、目の前が真っ白になり、手紙を持つ手が震えだした。そこに書かれていたのは佐野が出した告発文とほぼ同内容の事実だったからだ。

あの野郎――。

一昨日見た、佐野の打ちひしがれた表情を思い出しながら、北川は内心毒づいた。

「こういう事実は、あったのか」

村西が問うた。寸分の嘘も言い訳も許さない厳しい視線が北川に向けられている。

「もし本当なら、ソニックに報告しなければならない。君の口から真実を聞きたい」

予想だにしなかった事態に、北川は狼狽し、必死になって言い逃れの言葉を探した。

村西は、ソニックから出向してきた、いわばお目付役である。社内では、この隠蔽を絶対に知られてはならない相手だった。

かくしていま、北川は、断崖絶壁に追い詰められたライオンになった。天空につきだした突端に立ち、吹き上げる風にたてがみを逆立てながら、虚空への一歩を踏み出そうとしているライオンだ。その高みから転落しようとしているのは北川だけではない。この東京建電もまた同じである。

「はっきり言いなさいよ、君」

村西が詰問した。「今さら隠し立てしても無駄だから。どうなんだ」

瞑目《めいもく》した北川は、深呼吸を繰り返した。

後はない。

もはやライオンに残されたのは、地面の感触のない空間にそっと足を踏み出すことだけだ。

第七話　御前会議

1

村西京助の前で、営業部長の北川は絶望の表情を浮かべていた。

「話は、それだけか」

北川に、豪快に部下を叱り飛ばすいつもの面影は欠片《かけら》もなく、顔面は蒼白《そうはく》で目が泳いでいた。ライオンは、疲れ切った猫になった。

「はい。以上です」

やがてそのひと言がこぼれ出ると、村西は、黙って椅子の背にもたれながら壁の時計を見上げ、驚いたように眉を動かした。午後四時。すると北川の告白を一時間以上も聞いていたことになる。あまりの内容に、時間の感覚すらなくなっていた。

「もういい。下がってくれ」

怒り、驚愕《きょうがく》、困惑、焦燥、動揺、そしてまた——怒り。この間、村西を翻弄し続けたのは、無秩序な感情の奔流である。どれもが未消化のまま、腹の底にないまぜになって今も渦巻いている。

村西はそれを持て余した。

解決の方法が、見出《みいだ》せない。

もとより、これは村西が孤軍奮闘したところで、どうにかなる問題でもなかった。

北川が去った自室でひとり思案した村西は、ふいに立ち上がるとデスクマットに挟んであるソニックの部門別電話番号簿を指先でなぞり、かけるべき相手を探した。ある番号を指で押さえたままデスクの受話器を取り上げ、ふと動きを止める。

これはおそらく、社会的な大問題になるだろう。それが、ソニックから送り込まれた自分の会社で起きたという点について、責任は逃れられない。

その覚悟を決めるための間でもある。

かけた先は、古巣であるソニックの総務部だ。用向きを告げないまま総務部長の木内《きうち》信昭《のぶあき》に回してもらった。

「時間を取れませんか。緊急で相談したいことがあるんですが」

東京建電に出向する二年前まで、村西はソニックの取締役だった。木内は、ソニック社員としての年次は、村西の二つ下になる。村西自身は営業畑を中心に歩んできて、総務畑の木内と一緒に仕事をしたことはないが、顔馴染《なじ》みだ。

「七時から会食が入ってるんで、その前なら構いませんよ」

「これからでもよろしいか」仕事の早い村西らしく、間髪を入れぬ聞き方だ。

「もちろん」

ではお願いしますといって受話器を置いた村西は、東京建電の入っているオフィスビルを出、同じ大手町にあるソニック本社まで足早に向かった。

2

木内の執務室は、ソニック本社十五階の役員フロアにある。

「ご無沙汰してます。まあどうぞ」

秘書に案内されて入るのと同時に席を立ってきた木内は、村西にソファを勧めて自分も向かいの肘掛け椅子にかけた。

細い銀縁フレームのメガネをかけ、銀髪を七三分けにした木内は、本心の読めない男である。歯は見せているが笑っているわけでなく、メガネの奥からこちらに向けられた目は感情を読み取れない。すだれの掛かったような目だ。

しかし、総務部長として様々な事態に対応し、時にアブナイ連中とも対峙《たいじ》するとなると、木内ほどの適任者は社内にいない。

木内は、「今期はまずまずの業績のようですね。さすが村西副社長だ」、と当たり障りのない話を切り出した。秘書がお茶を淹《い》れてくれ、また下がっていくまでの軽い話題だが、それすらいまの村西には、胸に棘《とげ》が刺さるような痛みを覚える。

「表向きの業績は報告している通りなんだが、実はたいへんに困ったことが起きた。これを見てくれないか」

本題を切り出した村西は、スーツの内ポケットに入れてきた文書をセンターテーブルに滑らせる。村西のところに届いた、告発文である。

木内の表情は、みるみる厳しくなっていった。

「で、どうなんです」

一読した木内が向けてきた目は、うって変わって鋭いものになっている。

「残念ながら事実らしい」

北川から聞いた話をして聞かせると、木内は、「この告発文、そもそも誰が出したんですか」、ときいてきた。

「まだわからない」

村西は正直にこたえる。「確認する余裕もなかったので」

手紙に、差出人の名前はなかった。この日の午後、社内連絡便の封筒に入っていたのを秘書が届けてきたが、差出人に関する情報はまったくない。

「まあ、往々にしてこの手の話っていうのは、内部告発で判明するものですが……」

組んだ脚の上で両手の指を組み、椅子にもたれかかった木内の判断は早かった。「明日朝、別件で御前会議が開かれることになっています。その場で話し合うというのはどうですか。早いほうがいいでしょうから。いま社長、副社長とも社外ですので、私から後で概略を知らせておきます」

「私からでなくても大丈夫か」

「帰社が遅くなると思いますので、私から。どのみち、明日の朝一番には話し合われるわけですから、村西さんは、ご自分のところの状況をできるだけ詰めておいてください。曖昧な話を上げるわけにはいきませんし、そのほうが効率的だ」

社長の徳山郁夫《とくやまいくお》を交えて行う打ち合わせのことを、役員の間では御前会議と呼んでいた。取締役が大勢集まることもあるし、必要最小限の役員で行うこともある。経営効率を上げるための機動的な会議だが、取締役会と決定的に異なるのは、議事録が作成されないことであった。ここで話し合われたことは、外部には洩《も》れない。出席者の記憶にのみ止《とど》められる。

「誰が出る」

社長と副社長、それと木内の三人は御前会議の固定メンバーだ。それ以外に、という意味である。

「梨田さんと門脇《かどわき》さんということになっています。国内営業に関する強化策を話し合うということでしたので」

梨田の名前が出たところで、村西は顔をしかめた。梨田は国内営業担当統括常務。門脇は、国際担当常務だ。梨田が、かつて村西とライバル関係にあったことはソニック社内では知られたことである。

しかし二年前、片や本社の常務に昇格し、同時期に村西には東京建電副社長の辞令が出て勝敗は決したのであった。

「よろしく頼む」

村西のひと言で、木内との簡単な打ち合わせは終わった。

3

村西は、広島県の片田舎《かたいなか》で金属加工を生業《なりわい》とする家に生まれた。

三人姉弟の末っ子。父が経営しているのは従業員三十人ほどの小さな会社だったが、経営ぶりは堅実で、家はそこそこに裕福であった。

子供の頃から本好きで、いつも図書館から借りてきた本を持ち歩いているような文学少年であった村西は、学校の成績も良かった。

両親が教育熱心だったこともあり、村西は地元の国立大学の付属高校から九州の国立大学へ進学。そろそろ進路を決めなければならなくなったとき、父は村西に家業を継げとはいわなかった。

「お前はこんなちっぽけな会社を継がなくてええ」

大学三年の夏休みだった。帰省していた村西は唐突にいわれて、一瞬、我が耳を疑った。晩飯前に父親とふたり、焼酎を呑《の》んでいるときだ。酒好きの父は、息子とふたりで酒を酌み交わすのを楽しみにしていた。

「え、継がんでええの？」

酔っているのかと思った。だが、父はアルコールで焼けた頰をてからせ、やけに真面《まじ》目《め》な目をして、「ああ、継がんでええ」、とまたいった。

意外な言葉に、村西は戸惑うというより拍子抜けした。

実はそれまで、父と家業を継ぐかどうか話し合ったことは一度もない。お互いがどう考えていたかはわかっていたからである。父は継いで欲しいと思っていて、村西のほうは一般の学生同様、どこか好きな会社に就職したいと思っていた。

話をすればぶつかると思っていたから、いままで巧妙にその話を避けてきたのだ。

「本当に、ええんか」

かえって疑問に思った村西は、父の顔を遠慮がちに窺《うかが》った。

「これからは、こまい所帯じゃだめじゃろう。いまはええけど、これから二十年栄えるんは難しいけえのう。こまいってことは、弱いっちゅうことじゃ。お前にはもっと相応《ふさわ》しい舞台があると思うんじゃ。会社が続くかどうかを心配することほど、身を細らせるものはないぞ。そんなのはオレの代だけで十分じゃ。お前は、好きなところへ行けばええ。そこで、力を試せ。人間には皆、相応の器っちゅうもんがある。お前にとっての器はウチじゃないじゃろう」

そうして父は、少し淋《さび》しげな横顔を見せた。

「父さん、オレに期待しすぎてないか」

村西はいった。「オレは、そんな大きなことはようせん。大きい会社に入って、やっていけるかどうかもわからん。ただ、そっちのほうが自分の好きな仕事が見つかるかなと思っとるだけじゃ。正直、仕事をするってことがどういうことなんか、ようわからんし」

「仕事がどんなもんかはすぐにわかる。ひとつだけいうとくけど」

そのとき父はいった。「仕事っちゅうのは、金儲《かねもう》けじゃない。人の助けになることじゃ。人が喜ぶ顔見るのは楽しいもんじゃけ。そうすりゃあ、金は後からついてくる。客を大事にせん商売は滅びる」

父が仕事について語ることはほとんどなかっただけに、その言葉は村西の胸の深いところに沈み込んだ。

その翌年、厳しい就職戦線を勝ち抜いて村西が入社したのは、総合電機メーカーの雄、ソニックであった。


最初に配属されたのは、大阪本社だ。宝塚《たからづか》市内の独身寮に入居し、それから毎日、大阪市内の京橋にある会社まで通う。配属されたのは家電事業部のエリア担当セクション。平たくいえば、市内の電器店を回ってソニック商品を売り歩く仕事であった。

事務職で入社した村西の同期は四百人。そのほとんどが、こうした組織の末端でのスタートであった。

村西が新人の頃、そうしたセールスで上げた実績は、同期中上位ではあったはずだが、さして目立つほどのものではなかった。

三年目で東京本社に異動になり、秋葉原界隈《あきはばらかいわい》の量販店営業を任されたときも、成績は上位に違いないが決して派手な活躍をしたわけではない。

村西の特長は、必要なものを必要なだけ売るという姿勢が一貫していることだ。販売目標があるからといって押し込める相手に片寄せするような実績のつくり方は一切しなかった。同期トップのセールスマンが、実態に合わない押し込み販売でがむしゃらに成績を上げる中、村西は、手間暇を惜しまず、誰よりも多くの販売店に足を向けて適量を捌《さば》いていく。仕事にはムラがなく着実で、顧客の信頼も厚い。

一見目立たないが優秀な営業マンである村西の資質を見抜いたのは、当時営業部長だった清島《きよしま》という男だった。清島は、顧客である電器店をこまめに回るうちに村西の仕事ぶりに気づき、以後ことあるごとに村西を引き立ててくれるようになる。

その清島の引きで村西は出世し、関西地域の統括リーダーになったのが四十歳のとき。そこでも、堅実な営業姿勢を発揮して売上の底上げに成功した村西は、その後も次々と実績を積み上げ、五十二歳になったとき営業第二部長になり、ついに取締役会にその名を連ねた。

同期トップ。だが、村西の同期で、その年取締役になったのはもうひとりいた。梨田元就《もとなり》である。

同じ営業畑を歩んできた梨田は、性格も仕事ぶりも村西とは正反対の男だった。正攻法でいく村西に対して、梨田は道無き道を切り拓《ひら》きがむしゃらに目標をつかみ取るタイプ。

同期四百人で始まったレースは、このとき村西と梨田のふたりを残すのみになっていた。どちらかが上に行き、どちらかがソニックの役員人事の慣例に従って子会社に出る。ふたりのどちらを選ぶかは、社長である徳山郁夫の判断である。

その徳山が選んだのは、村西ではなく、梨田だった。

人事が発表される前、徳山の執務室に呼ばれた村西は、なぜ梨田なのか、というその理由を告げられた。

ソニックが置かれている逆境。それが理由だ。そこで競争に打ち勝っていくためには、梨田の強引さこそ組織に必要なのだと、徳山はいった。

「了承してくれるだろうか」

丁寧な男である徳山は、一応そう聞いたものの、すでに固まった人事に対して了承も何もない。

「わかりました」

悔しがるでもなく、淡々と内示を受け止めた村西は、ふと三十二年間の社員人生を回想し、むしろ清々《すがすが》しい気分になった。

この間、一番苦しかったのは村西が四十歳になった頃、父が倒れたときだ。

ソニックを辞め、なおもそこそこの業績を上げていた父の会社を継ぐべきではないか。そう思った村西は、かけつけた病室で父にそう口にした。「オレがやろうか」、と。そのときの村西は、すでに営業統括という立場で、ビジネスの裏表を知り尽くしマネジメントにも通じているという自負があった。自分がやれば、どんな会社であってもうまく経営できる、と。

「やらんでええよ」

じっと天井を見つめたままの父の口から、そのひと言がこぼれ出た。「お前はいまの仕事が似合っとる。いまのままでええ」

結局、父はそのまま亡くなり、地元企業に勤めていた義兄が定年間近ということもあって、会社を辞めて父の代わりに社長になった。その会社は、それから十年近くじわじわとジリ貧の経営を続けた挙げ句、村西が五十歳になったとき、ついに廃業を余儀なくされた。義兄は、経営者の器ではなかったのである。

幸いだったのは、会社を清算しても、ひとり残された母に十分な資産が残ったことだ。自分が跡を継いだらもっと会社を大きくさせることができたはずだという思いは封印し、義理の兄には感謝の言葉を述べ、会社の土地建物が人手に渡るときには引っ越しを手伝うために帰省した。そんな村西に、跡取り息子が会社を継がなかったからだと口にする者は誰ひとりとしていなかった。村西がソニックで成功していたこともあるだろうが、生前、周囲に後継問題をきちんと説明しておいてくれた父のおかげだ。

家族をはじめ、大勢の人たちに支えられてきた。

それを実感できることが、村西の力であった。もちろん仕事でも、誰が自分を支えてくれているかをよくわかっていた。それは先輩であり後輩であり、スタッフであり、そしてなにより顧客である。

顧客を大切にしない行為、顧客を裏切る行為こそ、自らの首を絞めることになる。それがわかっていたからこそ、村西は、顧客に無理な販売をしてこなかった。誠実に、顧客のためを思って働いてきた。

それが村西の首尾一貫した仕事の考え方である。

今回、自らの足下で惹起《じやつき》した不正に怒りを禁じ得ないが、特に許し難いのは、この不正の根幹に顧客軽視がちらつくことであった。

いまはっきりとわかる。あのとき、父がいった言葉は、ビジネスに携わる者が決して忘れてはならない金言なのだと。

——客を大事にせん商売は滅びる。

4

その翌日、村西が再びソニックに出向いたのは午前八時半であった。

二十分前に総務部を訪ねて議事の段取りを確認し、かつて通いなれた十五階の役員室に向かう。

「おや、珍しい方がいらしたな」

そう声を出したのは、先に来ていた梨田だった。黒々とした髪を七三に分けた営業担当常務は、いつものことだがきかん気が顔に出ている。梨田とは、プロジェクトのやり方を巡って議論になることはしょっちゅうで、立場の差は鮮明になっても、お互いにライバル意識は抜けないままだ。

「ちょっと困ったことが起きたもので」

梨田はこたえなかった。唇に浮かべた笑みは、勝者の余裕というやつか。それを見た途端、村西は、心の底で、梨田のことを軽蔑している自分を強く意識した。梨田の仕事のやり方は間違っている。

村西のすぐ後から国際担当の門脇が入ってきて、「ああ、どうもどうも」、といつもの気さくさで接したあと、梨田と世間話を始めた。木内に勧められた梨田の反対側の席にかけた村西は、この会議前のリラックスした雰囲気に馴染むことができず、ひとり眉間に皺《しわ》を寄せて待つ。

会議が始まったとき、このほのぼのとした雰囲気は跡形もなく消え失《う》せ、会議室は地吹雪の荒れ狂う真冬に放り込まれたようになるに違いない。そのとき、この梨田が、あるいは社長の徳山がどんな顔を見せるか。どんな発言を村西に向けてくるか。それを考えると憂鬱になった。

ドアが開く音とともに、やがて社長の徳山と副社長の田部《たべ》が入室してきた。

その表情が強張《こわば》っているのを見て、「話が通ってるな」、と村西は直感した。

案の定、「はじめますか」、というひと言が木内から発せられたのと、「もっと早い段階でわからなかったのか」、という唐突な質問が飛んできたのは、ほぼ同時である。

尋ねた徳山の視線には、疑念と苛立《いらだ》ちが混在していた。なんのことかわからない梨田が、ぽかんとした表情を村西に向けてきている。

「社内で隠蔽《いんぺい》工作が行われておりました」

苦渋の表情で村西はいった。「プロパー社員だけで情報を秘匿し、すでにヤミ改修に着手している状況です」

木内が配付した資料が全員の手元に行き渡り、一読した梨田が啞然《あぜん》とした表情を上げる。門脇は不機嫌に押し黙り、田部は腕組みをしたまま部屋のあらぬ方向を睨《にら》み付けたまま動かない。

不祥事の実態、そして不祥事を知るに至るまでの経緯について説明した村西に、「いったい東京建電のガバナンスはどうなってるんだ」、と田部が嚙《か》みついた。「宮野氏に話が上がるのなら、副社長である君を経由していいはずだろう。なぜそれがない」

「彼らにとって、私に知らせることは親会社であるソニックに知らせることと同義です」

顔をしかめながら、村西はいった。「彼らには強い危機感がある。知らせてはマズイという、極めて内向きな危機感ですが」

昨日、木内を訪ねてこの会議への出席を決めて帰社すると、社長の宮野が待ち構えていた。北川から報告が上がって慌てて村西と面談しようとしたに違いないが、出てくるのは責任逃れの言い訳ばかりで、反省もなければ建設的な意見もなかった。話にならないとばかり、田部が天を仰いだ。

「本件、どう致しましょうか」

木内が聞いた。「発表するのであれば、その方向で調整いたしますが。これだけの不祥事を隠蔽しておくわけにはいかないかと」

総務部長である木内は、危機管理について一日の長がある。発言はまさに正論そのものだが、徳山からすぐに返事はなかった。この事実を発表したときの影響を検討しているのは明らかであった。そのとき東京建電が生き残れるという確証はない。子会社のやったこととはいえ、ソニックがその賠償を肩代わりするなどの責任問題に発展する可能性もある。そのとき、

「発表したときのコストを見極めてからにすべきではないでしょうか、社長」

進言したのは、梨田だった。「どれだけの影響が出るのかわからない状況で、ただ事実だけを発表すれば、かえって顧客を混乱させてしまうだけです。それは誠意とは言い難い」

それもまた正論であった。御前会議は、正解のない問題にぶち当たろうとしている。

判断基準は、金とモラルの差配でいかようにも変わる。

「すでに人選を終えまして、一両日中にも、調査チームを派遣する準備は整っています」

木内がすかさず付け加えると、徳山の考えもスジ道が見えてきたようだった。

「わかった」

徳山はいった。「まず、状況を把握するのが先だ。調査チームは可及的速やかに結果を出せ。発表はその後にする。いいな」

村西はただ、頭を垂れてそれに従うしかなかった。


この三十余年間のサラリーマン生活には様々なことが起きた。

事故やミス、あるいは不祥事による損害や賠償といった事柄には管理職になればなるほど接する機会が多くなり、村西自身、幾度もその対応を指示し、自らも解決のために駆けずり回ったりもした。

だが、今回相対している事件——村西の思考回路ではこれはまさしく「事件」以外の何物でもない——、これはその性質や影響額において、いままで経験してきたものとは間違いなく次元の異なるものである。

調査結果を待って対応を検討するという徳山の考え方はもっともだが、調べなくても、この事件によって被《こうむ》ることになる経済的損失が百億円単位、おそらくは一千億円を超えるものになるだろうことは容易《たやす》く予想できた。

問題のネジは、多くの公共交通機関のシートなどに採用されている。

たとえば、運航予定であった飛行機を止めるだけでも大変な賠償額に上るだろう。強度不足の製品をリコールした段階で、就航している路線のフライトが全てキャンセルされるという、悪夢のような事態まで起き得る。

一方、対応を検討するといっても、それは並大抵のことではない。東京建電にとって会社存続をかけた死活問題であるだけでなく、ソニックにしても子会社の不祥事と連結赤字で受けるダメージは底知れないからだ。

御前会議の出席者は、誰もがビジネスには目が利く連中ばかりである。徳山が指示した調査の結果を待つまでもなく、頭の中ではすぐさま惨憺《さんたん》たる結末を思い描いたに違いなかった。それにしても――。

こんな大事件のことなどつゆ知らず、のうのうとしていた自分に村西は腹が立った。その苛立ちはすぐさま宮野や北川に向かい、それは猛烈な勢いで村西の腹の中で渦を巻き始める。

東京建電という会社の副社長になって二年。この間、この会社を良くしようと自分なりの努力を継続してきた。東京建電のプロパー社員たちとも分け隔て無く接してきたつもりだ。

だが、東京建電の宮野や北川は、この不祥事が発覚したとき、それを一切、村西に知らせなかった。

理由は明白、村西が部外者だからだ。ソニックの手先ぐらいに思っているかもしれない。

結局のところ、なんとか出向先に同化しようとした村西の努力は何の意味もなかったのである。

5

「社長が、すぐにお会いしたいとのことです」

御前会議を終えて帰社した直後、社長秘書から連絡があった。

また、言い訳か。

村西にあった宮野への信頼は、北川の証言により破砕され、いまや不審と背信の塊へと転じた。

この朝村西がソニックに出向いたことを知ったいま、戦々恐々としているに違いない。

社長室に出向くと、社長秘書が待ち構えていてすぐに招き入れられた。宮野になにかいわれているのか、ひどく慌てたそぶりである。

ソファに座っていた宮野が立ち上がったが、手振りで着席を勧める表情はひび割れたようだ。

部屋には、宮野ひとりではなかった。

恐縮した表情の北川が入り口に近いところに立ち、その隣には製造部長の稲葉もいて、陰気な面差しを見せている。

「隠蔽チームがお揃《そろ》いですか」

村西の口から出てきたのは、痛烈な皮肉であった。それまで混沌《こんとん》としていた心の動きが、このひと言によって秩序立ち、勢いを得たような気がする。

「それについて、もう一度、お話をさせてもらいたい」

テーブルを挟んだ村西の向かい側にかけると、宮野が弁明を口にし始めたが、なんら新しい事実があるわけではなかった。呆《あき》れたのは、その最後に、

「いまリコールすれば、影響には計り知れないものがある」

そう主張したことである。「もしそれをしたらウチの会社はひとたまりもないだろう。いや、ウチだけではない——」

宮野はここが肝心なところとばかり身を乗り出した。「これらの部品が使用されている製品を供給している全てのお取引先に迷惑がかかる。それだけは避けなければならな

い」

詭弁《きべん》である。

もちろん、村西にも東京建電が置かれた事情はわかる。改修費用、そして巨額の補償金を支払うだけの余力は、いまの東京建電にはない。おそらく、銀行やソニックから借入をして賄うことになるだろう。巨額の赤字は免れない。

「冗談じゃない」

村西は反論した。「顧客は、何も知らされていないんでしょう。いまこうしている間にも、乗客を危険に晒《さら》しているじゃないですか。それが顧客のためだとおっしゃるんですか」

「強度不足といっても、すぐにどうこうなるわけじゃない」

宮野のそのひと言に、「なにいってるんですか、社長」、と村西は激昂《げっこう》した。

「強度不足はあくまで強度不足ですよ。規格外の性能しかないものを売っておきながら、開き直るんですか。それが真っ当な商売といえるんですか」

村西の剣幕に宮野の顔面から血が引いていき、視線が逸《そ》れていく。

「いましがた、ソニックで本件について相談してきました」

室内の空気が一層重苦しくなった。「本件についてソニックから調査チームが派遣されてきます。どう対応するかその結果を見て、検討することになります。こうなった以上これはソニックのマターですから」

宮野がさっと顔を上げ、険しい表情を見せたものの反論は呑み込んだ。ソニックのマターだといわれてしまえば、子会社である東京建電としては手も足も出ない。同時に、社内では〝ナンバー2〟であるはずの村西が、実質的に、社長の宮野を超越した地位にあることを宣言したも同然である。いまこの瞬間、東京建電は主権を失い、ソニックの管理下に置かれたのだ。

「もし、まだ私に話していないことがあるのなら、洗いざらいいってもらえませんか」

村西はいい、宮野と北川、そして稲葉を順繰りに見やった。

社長室の空気は一段と質量を増し、息を殺すような沈黙が訪れる。しかし、ついに三人から何の言葉も発せられることはなかった。

6

自室に戻った村西が真っ先にしたことは、情報の整理であった。

いったい誰がこの事件について把握しているのか。宮野らの話を総合すると、坂戸本人を除けば知っているのは全部で六人。宮野、北川、稲葉の三人の他は、人事部長の河上、本件を最初に発見した営業一課の八角、事後処理を命じられている一課長の原島だ。

本件の対応策は発覚後四人の役員で話し合われ——むろん、この段階で村西は蚊帳《かや》の外に置かれたわけであるが——隠蔽を決めたあと、坂戸には表向きパワハラの責を負わせて処分することが決められたという。八角がパワハラで訴えたことにする、というのは北川のアイデアだったらしい。名前を使われた八角こそ、いい迷惑だったに違いない。

パソコンを立ち上げ、本日ソニックの御前会議に提出した資料にもう一度目を通した村西は、昨日北川からヒアリングした事項を書き付けたメモを取り出し、気になっていた一文を再読した。

〝先週、宮野社長、北川部長、稲葉部長三氏に告発有り〟。

デスクの引き出しを開け、そこに保管してある告発文を取り出した。昨日、北川から預かったものだ。

差出人は、カスタマー室の佐野健一郎。

あの調子のいい男が、よくこれだけ思い切った告発をしたな、と昨日知ったときには驚きを禁じ得なかった。だが、よくよく考えてみると、佐野はもともと営業部長の北川と折り合いが悪かった。つまり、これを、佐野自身が営業の一線から外された意趣返しのようなものだろうと考えると得心がいく。あるいは、佐野はこれで北川の失脚を狙ったのかも知れない。佐野のことを社内政治家とはよくいったものだが、その渾名《あだな》はあまり気持ちのいいものではなかった。

佐野を含めれば、社内でこの事件を知っている者は全部で七人いることになる。

「カスタマー室の佐野君を呼んでくれるか」

秘書にいいつけてしばらくすると、折良く在席していたとみえ、強張った顔をした佐野がやってきた。

ソファを指して勧めた村西は、もうひとつの——つまり自分宛に来た告発文をテーブルの上に出し、「これは君が出したものか」、と尋ねた。

宮野らへの告発文には佐野の署名があった。だが、村西に送られてきたものにはない。

文面を目にしたとき、佐野が浮かべたのは驚きの表情だった。だがそれは、すぐに当惑のそれへと変わっていき、沈黙に転じた。その変化の様を目にした村西は、「どうだ」、と佐野に声をかけた。

テーブルに戻された手紙から視線を離さないまま、佐野から出てきたのは、「いえ、違います」、という返答である。

「これは私じゃありません」

村西は黙って佐野を見て、「本当にそうか」、と念を入れた。

「文章の癖も私のものとは違いますし、書式も違います。指摘している内容にも差があります」

たしかに、佐野がいった通りだった。佐野の告発文は、ネジの強度不足を中心に書かれていたが、村西のところに来た一通には、ネジを採用している製品名まで記されている。それだけではなく、宮野以下、隠蔽を主導している役員の名前まで言及されていたのである。佐野の書き送ったものとは、書き手の情報量に差があった。

「誰がこの手紙を書き送ったか、君に心当たりはあるか」

率直に、村西はきいた。佐野はすぐにこたえず、考え込んでいる。その様子を見て、何か曖昧な予測のようなものがこの男の中にあるのだと、勘の良い村西は気づいた。

「確実じゃなくてもかまわないからいってくれ」

「証拠があるわけではありませんが」

そう断った佐野は意外なことをいった。「これ、もしかすると――八角さんかも知れません」

自分の発言を斟酌《しんしやく》するような間を空け、佐野はふたたび村西に視線を戻した。「すみません、うまく説明できないんですが、いまこの告発文を見て、急にそんな気がしてきたんです。八角さんがやったんじゃないかって、あの人のやり方で」

八角のやり方――。佐野はそんな言い方をした。

八角は、不正の第一発見者だ。その八角が、村西に告発文を書いたというのである。

「なんで、わざわざ私に告発文を出したと思う」

村西が聞くと佐野は少し考えてこたえた。「副社長はソニック出身ですから、宮野社長らとは違うと思ったんじゃないですか」

「違うって？」

「実際、隠蔽されませんでした」

じっと佐野を見据えたまま、村西はその返答を咀嚼《そしやく》してみる。

「つまり八角は、社長らが隠蔽したことが気にくわなかった――いや、危機感を抱いたと、そういうことか」

「想像の域を出ませんが」

佐野はいった。「もっとも、八角さん本人に尋ねたところで、まともにこたえてくれるとも思えませんが。偏屈というかなんというか」

村西には、八角とまともに話をした記憶がなかった。昨日、北川の話を聞いて、不正発見の経緯は八角に聴取しておくべきだと思ったが、ソニックへの報告を優先させた結果、面談は後回しになっている。

佐野が出ていってから、内線で八角にかけてみると、ちょうど在席していた。

「ちょっと来てくれないか」

受話器を置いた村西は、ノックがあるまで椅子の背にもたれ、瞑目《めいもく》して待った。

入室してきた八角にソファを勧め、村西は聞いた。

「なにか聞いているか、北川部長から」

「なにか、とはなんです」

本当に何も聞いていないのか、聞いていないフリをしているのか、八角の表情からは読み取れなかった。

「君が発見した強度不足のネジのことだ」

ああ、と八角の口から曖昧な声が洩れ、呼ばれた用向きに合点がいったらしい目が村西に向けられる。

「見つけた経緯を話せと？」

「頼む」

口を開く前、胸ポケットからタバコを出したが、禁煙だというとそれを引っ込め、

「経緯といえるほどのものはないですよ。新製品の経費削減のためにネジを共用しようとしたら強度不足だったんです」、そういった。

「隠蔽すると聞いたとき、君はどう思った」

村西は切り込んだ質問をした。返事の代わりに、俯《うつむ》き加減の八角から探るような目線が上がってくる。

「私がどう思ったかなんて、聞いてどうされるんです」

「私のところに告発文がきた」

村西はいい、テーブルに告発文を広げた。「これを書いたのは君か」

八角は、こたえない。

「もちろん、君がこれを書いたからといって、なんら非難するつもりはない。それどころか、私としては感謝したいと思ってるぐらいだ。よく教えてくれたと」

「であれば――」

八角は、短い吐息とともに吐き出した。「誰が書いたなんてことは、意味がないんじゃないですか。そんなことを調べてどうするんです」

「その人物は――この告発文を書いた人物は、ここには書いてないさらに詳しい事情を知っているかも知れない。それが知りたいんだ」

村西はいった。「一両日中には、ソニックから本件についての調査チームが派遣されてくることになっている。彼らの段取りを多少なりとも省けるだけでも意味があるとは思わないか」

「そうかも、知れませんな」

八角はつぶやくようにいったが、特段に納得したふうでもなく、ただ村西に合わせただけに過ぎなかった。

会議ではお馴染みの煮え切らない態度を見せる八角に、村西は再び問うた。

「この事件を、君はどう思う」

問い詰めたい気持ちを抑え、村西は聞いた。「君は長年営業部でやってきただろう。なんでこんなことが起きてしまったんだろう。組織としての問題だろうか」

「そうかも知れませんね」

八角はのたりとこたえた。「だけれども、それだけじゃない。ノルマ達成に苦しむのと、不正を犯すのは、まったく次元の異なる問題ですよ。坂戸は、組織のために魂を売ったんですよ。そんなことが繰り返されていいはずはない」

村西は、八角の顔を凝視した。

「もういいですかね。客のところへ行く用事があるもんで」

腰を浮かせながら八角は面談を終わらせようとする。

「なあ、教えてくれ、八角君」

立ち上がった八角に村西は尋ねた。「君、なにか知ってるんじゃないのか。なんでもいい。私に教えてくれないか」

ドアへと歩き出していた八角は、ふと立ち止まる。

「あえていえば、体質かな」

そんなことを八角はいった。

「体質？」意外なひと言だ。

「だから繰り返されるんだ」

そう続けた八角は、「昔、製造部に増谷《ますたに》ってひとがいました。そのひとに聞くと教えてくれるんじゃないんですか」、そういうと再び歩き出す。

「製造部、マスタニ……」

村西が繰り返したのと、「失礼します」、というひと言を残して八角がドアの向こうに姿を消したのは同時であった。

7

木内が人選した調査チームは、総勢二十名。親会社ソニックによる臨時検査という名目で東京建電に派遣されてきた専門家集団である。

本来の目的を秘匿した特命調査だが、親会社ソニックからの検査は定例化しており、東京建電社員にとって違和感がないのが幸いだった。営業と経理、そして製造の専門家たちは、その日のうちに割り振られたセクションへと散っていき、一週間後には、それぞれの見地から今回の不正が分析検討されて、本件の詳細と推定賠償金額が算定されるはずだ。そのとき、東京建電の存廃も同時に決まることになる。

この日の朝一番で調査チームを迎え入れ、リーダーを務める品質管理部部長代理の橋《はし》口健吾《ぐちけんご》と簡単な挨拶をした後、村西が向かったのは人事部である。

「忙しいところすまんが、人捜しを手伝ってくれないか」

課長代理の伊形に声をかけた。「製造部にマスタニというひとがいたはずなんだ。もう退職している人物だと思うんだが」

「以前、部長でそういう方がいらっしゃったはずですよ」

古いファイルをキャビネットから出してきた伊形は、それを村西に開いて見せた。

増谷寛二《かんじ》。十五年近く前に定年退職した男だった。最終のポストは製造部長となっている。

「ちょっと業務上のことで連絡したいんだが、いいか」

「構わないと思いますよ、それは。住所は、ここで変わっていないはずです。年金支給の件などで、変更があれば知らせてもらうことになっていますから」

横浜市内の住所と電話番号を書き写し、伊形に礼を言って自室に戻る。

電話をかけると、妻であろう年配らしい女性が出て、増谷は近所で碁会があって出かけているといった。昼過ぎには戻ってくるから折り返し連絡させます、という言葉通り、午後一時過ぎに増谷本人から電話がかかってきた。

「お電話をいただいたようですが、何か御用でしたでしょうか」

増谷の声はしゃんとしていた。年齢はすでに七十五を過ぎているはずだが、ボケた気配はまるでない。

「ちょっとお伺いしたいことがありまして。お時間をいただけないでしょうか」

「どうせ暇ですから構いませんが、どのようなことでしょうか」

増谷が尋ねた。

「増谷さんが在籍していらした頃のお話を伺えればと思っています。詳しいことはお会いしたときにお話しさせていただけませんか。少し込み入った話でして」

電話の向こうで考えるような間が挟まった。

「わかりました。いつ伺えばよろしいですか」

「いえ、来ていただくのでは申し訳ない」

村西は遠慮していった。「こちらの都合でお願いすることですから、お宅へ伺わせてください」

「いや、副社長さんにこんな粗末な家に来ていただくのでは、こちらも心苦しい。それは勘弁してください」

増谷の住所に近いホテルのラウンジでどうかと折衷案を出したが、増谷はそれも断り、来社するといった。

「横浜や川崎まで出るのも、大手町まで行くのもさしてかわりませんから」

恐縮しつつ翌日の午前十時という約束をとりつけたものの、増谷と会って何を聞けばいいのか、わからなかった。そもそも質問の仕方も難しい。かつての製造部長とはいえ、かれこれ十五年近くも前に定年退職した男に、いま起きている不祥事を洩らすわけにはいかないからである。

さてどうしたものか。村西は、考えあぐねた。

「わざわざお越しくださいまして、ありがとうございます」

増谷は、年齢の割に若く見えた。顔色もよく、入室してくるときの足取りも軽い。それなりに充実した老後を過ごしている老人特有の余裕のようなものが、その表情に浮かんでいる。

「いえいえ、どうせ暇な毎日ですから、気になさることはありません。たまには銀座にでも行こうかという話になって妻と一緒に出てきまして。こういうことでもないと引っ込んだままですから、ちょうどよかったですよ」

奥様は、と尋ねた村西に、新丸ビルをぶらついています、と増谷はこたえた。こちらの用事が終わったら携帯で連絡して再び合流するという。無理をいって来てもらったが、そういうことならと気が楽になった。

「それで、どういうことでしたでしょうか」

尋ねた増谷に、村西は本題を切り出した。

「ここだけの話ですが、製造現場でちょっとした不正がありまして」

どう尋ねたものか、昨日からあれこれと考えたものの、結局考えはまとまらないままであった。こうなったら出たとこ勝負である。

「それは穏やかでありませんな」

浮かべていた笑みをひっ込め、増谷はいった。「てっきり、昔の製造管理のこととか、技術的なことを聞かれるのかと思ってました」

「申し訳ありません。そうじゃないんです」

村西はこたえ、「増谷さんですからお話ししますが、実はネジの強度不足を知りつつ、製品を組み立ててしまったんです」、と続ける。

「それは、意図的にですか」

増谷は、こちらの目を覗《のぞ》き込んできた。

「そうです。少しでも採算を良くするための不正でした」

増谷の視線が揺らいだ。それがかすかな動揺だと気づいて、村西ははっとなる。

「営業部の八角という男を増谷さんご存知ですか」

その目に向かって尋ねる。

「え、ああ。覚えていますが」

擦《かす》れた声を出した増谷は、落ち着き無く座り直し、右手の拳を口元にもっていくと小さな咳払《せきばら》いをした。

「今回の不正を発見したのは、その八角でした。どうも彼はそれ以外にも何か知っていると思うんですが、口を割らない。その代わり、増谷さんにお伺いしろというんですよ」

増谷は言葉を呑み、しばし黙り込む。

その表情に浮かんでいた動揺が次第に静まっていったかと思うと、なにかを諦めたような吐息がひとつ、口をついて出てくる。

「八角君も、罪なことをいいますね」

「どういうことでしょうか」

また沈黙。

かつての製造部長は椅子の背にもたれて腕組みをすると、過去を思い出したか視線を虚空に投げた。

「私はもう昔の話だと思っていました。だけど、違うんだな」

「なにか、あったんですか」

小さく頷《うなず》き、増谷は遠い目になる。

「あの当時、東京建電はとにかくがむしゃらな業績アップを目指していました。かつて〝モーレツ社員〟という言葉がありましたが、まさにそれを地でいく忙しさだった。ノルマは絶対、言い訳は一切聞かないといった厳しい社風でね」

当時の東京建電は創業まもなく、ソニックの子会社として急成長することを求められていた。

「そのとき、どうしても取りたい仕事がありまして。ヤマト製作所の車両用設備でした。それを営業部で新規受注しようとやっきになっていた。まだヤマト製作所とウチとに取引もなかった時代の話です」

そのヤマト製作所は、いまや東京建電の主要取引先の一社へと成長している。

「ウチは新規参入しようとしたわけだけど、競合他社が出してくる価格が厳しくてね。どうコストを絞っても、他社に勝てるだけの価格を出すことができなかった。ところが何がなんでも受注しろといわれて、営業担当が苦しんでいました。そこで私からその担当者に耳打ちしたんですよ。規格外でいいんなら、安くできるぞって。コストを下げて、他社を出し抜くことができると」

「まさか――」村西ははっと顔を上げ、穏やかともいえる顔をこちらに向けている増谷を見た。

「それは、私とその担当者だけの秘密ということになっていました。データは捏造《ねつぞう》し、規格を下回る強度の製品を安く供給する。ヤマト製作所の耐久試験をパスするところまでは、規格通りのものを出し、量産になった段階で、劣悪なものにシフトしていったわけです」

増谷の口調は淡々としていたが、瞳は過去の罪悪に爛《ただ》れたように潤んでいた。「この歳《とし》になって逃げも隠れもいたしません。これが私がしでかした、不正です。八角君はそれに気づいていたんじゃないだろうか。だから、私に聞けと、そういったんだと思います。ですが――お話しできてよかった。ずっと、胸のどこかで気になっていました」

いまや唖然として、村西は老人の告白を受け止めるしかなかった。

過去に、同じような不正が行われていたという事実。しかしそれによって、いま主要取引先の一社であるヤマト製作所との取引が獲得されたという事実に、村西はひどく驚き、同時にやるせない気持ちになった。

「いったい誰なんです、そのときの営業担当は」

村西は尋ねた。「教えていただけませんか」

「いや、もう過去の話ですから。それに、その方はまだ現役だし、名前を出すのは控えさせていただきたい」

「お言葉ですが、増谷さん。仕事上の不正に時効はないんじゃないでしょうか。過去の話だろうと現在の話だろうと、悪いものは悪い。あなたはおっしゃる義務があると思います」

かつて製造部長だった男を、村西は強い眼差《まなざ》しで射るように見た。

端然として座している増谷は淋しげな表情を見せ、決心がつかないのかしばし思考を巡らせる。

「誰ですか、増谷さん。おっしゃってください」

重ねて聞いたとき、増谷の口から一人の名前が出てきた。

「北川君ですよ。いま彼、営業部長でしょう」

「北川、が」

思わず、村西は問い返していた。いま部下の不正を弾劾している北川が、かつては自ら同様の不正を働いていたというのか。

「ですが、彼はもしかすると今もそれで苦しんでいるかも知れない」

自分自身が苦しんででもいるかのように、増谷の眉間に皺が立った。「彼はもともと不正を犯すような男じゃないですから。彼を引き込んだのはほかでもない、私なんです」

増谷は続けた。「ヤマト製作所との取引は、東京建電が発展していく上で絶対に欲しいものでした。当時役員だった私は、なんとかそれを獲得しようと考え、秘《ひそ》かにこの不正を計画しました。それを北川君にもちかけたんです」

「そうだったんですか……」

苦々しい思いとともに村西はつぶやき、ようやく八角の意図をそこに汲《く》み取ったのであった。「その不正に八角が気づいたと」

「彼は鋭い男だった」

増谷の八角評は、現在の東京建電での八角に対する評価とはまるで違った。「そのとき、製造原価か何かを調べていて不正に気づいたんでしょう、私にそのことを知らせにきた」

村西が頬のあたりを緊張させたのは、老人の表情に鬼気迫るものが浮かんだからだ。

「あるとき、私を部屋に訪ねてくると、材料の一覧表を突きつけて帰っていきました。何もいわないでね。残された一覧表には、いくつかのチェックが入っていた。すべて、強度偽装した材料ばかりでした」

「そのとき、八角はなぜそれを告発しなかったんでしょう」

今回だけではなく、二十年以上前の不正も八角が見破ったとは、なんという奇妙な符合だろうか。内心驚愕しつつも、村西は尋ねた。

「わかりません。ただ――」

増谷はこたえてから、ふと考え込んだ。「ただ、八角君も八角君なりに、相当悩んだのではないかと思います。告発すべきか、よすべきか。彼の中で葛藤があったのではないか。なにしろ、当時の東京建電はちっぽけな会社です。そんな話が明らかになれば、即座に倒産していたでしょうから」

ひとつの仮説が、村西の胸に浮かんだのはこのときだった。

二十数年前の決断を、八角はずっと後悔していたとは考えられないか。あのとき、不正を告発すべきだったと、彼自身、心の傷のように悩み続けてきた可能性はないだろうか。

「そういうことか……」

村西は八角の思いに触れた気がして胸の痛みを感じた。八角は、宮野が不正を隠蔽すると決めたとき、引き下がらなかった。不正を不正であると、きちんとすることによって、八角が決着させようとしていたのは、自分自身の過去であったのかも知れない。

「見て見ぬフリをするのは、つらかったでしょう」

そう告げた村西だが、増谷から返ってきたのは思いがけない言葉だった。

「ただ、あの話を知っていたのは、八角君だけじゃないと思う。もうひとりいた」

「誰です」

「それは、東京建電の成長を何よりも渇望していた人間ですよ」

増谷は答える。「――当時の産業課長です」

東京建電のいわば黎明期《れいめい》を支えた課長だ。その男もすでに引退しているのだろうか。

そう尋ねた村西は、増谷の返事に言葉を失った。

「この会社にはもういないですよ。ソニックからの出向でしたから」

増谷はこたえた。「――いま常務やってる梨田君ですよ。彼は、私たちが何をしているか、知っていたと思う」

「なぜそう思うんです」

あまりのことに体を乗り出し、村西は聞いた。

「一度、問題の製品の採算について梨田君に尋ねられたことがある。数字がおかしいのではないかと」

「それであなたはなんとこたえたんです」

「別におかしくはない。これは安くできるんだと、そう突っぱねました」

増谷はこたえた。「だが、彼は納得しなかった。後になって、彼が部品の強度を検査に回したという話をききました。それをされたら不正は確実にバレる。これはマズイと青ざめたんだが――」

小さな息を洩らして、増谷はいう。「何も言ってこなかったな。表沙汰にしてはマズイと思ったんでしょう。それには知らぬフリが一番だ」

増谷の説明には一理あった。会社という組織では、知ってしまったら責任が生じる。せっかく受注した大口取引を最悪の形で潰せば、梨田の業績に傷がつく。

狡猾《こうかつ》な男だ。梨田も、そして、この増谷も。

増谷を送り出した後、村西は疲れ切って肘掛け椅子に体を埋《うず》めた。

顧客のためにではなく、自らの利益のために仕事をする――。そんな男が偉くなり、顧客のためを思い真っ当な仕事を続けてきた自分は、競争に敗れこうして子会社に出向し苦悶《くもん》している。

長年のライバルだった梨田。その男の過去を知らされた今、込み上げてきたのは怒りではなく虚《むな》しさであった。


「かつてウチにいた増谷というひと、君、知ってるよな」

自室に呼び、そう問うと北川の頬のあたりが強張るのがわかった。

「はい」、という短い返事を寄越した北川に冷ややかな一瞥《いちべつ》をくれ、「今日、ウチに来たよ」、と村西は告げ、黙って北川を見据える。

「君、私になにかいうことはないか」

返事はない。一瞬、北川の目が見開かれたが、それはすぐにテーブルの上へと落ちていった。ソファで前屈《まえかが》みになっている北川は膝の上で指を交差させたまま動かない。組織人として、いまこの男の胸を一杯にしている緊張感と絶望が、村西には手に取るようにわかった。

「君と増谷氏がした不正について、話を聞いた」

村西は聞いた。「事実だな」

「申し訳ありません」

北川から謝罪の言葉が洩れてきたのは、わずかの間をおいた後だった。

「二十数年前の話とはいえ、これは放置しておくわけにはいかないぞ」

頭を垂れたままの北川に向かっていった。「今回の件と合わせ、ソニックに報告せざるを得ない。君には責任をとってもらうから、そのつもりでいてくれ」

「ご迷惑をおかけします」

やがてそういった北川は、「これで胸のつかえが下りました」、とそういった。

村西の胸に浮かんだのは、北川に対する憐憫《れんびん》であった。その事実に驚き、そして否定しつつ、北川の動機に心のどこかで理解を示している自分に、気づいてしまう。

果たして、自分であったら北川と同じ過ちは犯さないと断言できるか。

もちろん、そんな仮定の問いに意味がないことは承知している。

罪は罪だ。人生に、運不運はつきもので、それが、大なり小なり様々な結果を左右するのも致し方のないことである。

北川が辞去した後、執務室で自嘲を浮かべた村西は、ひとりごちた。

「世の中っちゅうのは、まったく理不尽なもんじゃのう、オヤジ」

8

ソニックによる調査チームが社内に入った一週間は、まさに怒濤《どとう》のように過ぎていった。

　不正に関係したあらゆる部門から情報を洗いざらい収集し、関係者への聴取が繰り返される。最終日、調査チームが本社へ引き揚げるときに運び出された段ボール箱は全部で三十箱にも及び、事情を知らない社員たちが目を丸くするほどであった。

　その分析にさらに一週間が費やされ、社長の宮野とともに村西が御前会議に招集されたのは、調査チーム受け入れの二週間後である。

　一旦総務部に行って木内に挨拶した後、まだ誰もいない議場へ一足先に向かう。黙ってついてきた宮野は、片隅の椅子にかけ、緊張した面持ちでじっと会議の開始を待っていた。

「何か事前情報があればな」

　この日何度目かの言葉を、宮野は口にしたが、村西は黙っていた。いまさら事前情報などあったところで、結果がどうなるわけではない。

　資料を抱えた木内が入室してきたのは会議開始の五分前だ。調査チームのリーダー、橋口がその直後に現れると、それを待っていたかのように御前会議のメンバーが次々と顔を出した。

　その最後に、厳しい表情の徳山が議場に現れたのは、八時半ちょうどの時間だった。

　社長の着席と共に、木内から報告書が配付される。それはすぐに村西のところにも来た。

知りたいのは、損害賠償額の総額だ。

五十ページにも及ぶ厚い資料の、それは最後に記されていた。

それを見た瞬間、村西の視界から色彩が抜け落ちた。会議室の光景は肌寒さを感じさせるほどの黒白の底に見え、報告を始めた橋口の声は虚《うつ》ろな反響のようだ。隣では宮野が青ざめた顔で資料を凝視している。その手が震え、こちらに向けられた視線には、絶望がこびりついていた。

「本件をリコールしたときに発生すると予測される損害賠償の総額は、概算で一千八百億円に上ります」

その発言は、まるで鉄槌《てっつい》の一撃のように会議室を打った。「今期の東京建電の黒字予想額は約二十五億円、この差額が全額赤字計上され、連結決算でのソニックの業績にそのまま影響することになるでしょう」

最悪の事態に息を呑んでいる議場に、「わかった」、という徳山のひと言が響いた。

「宮野社長」

すぐさま徳山が聞いた。「この賠償額、出せるか」

無理に決まっている。考えるまでもない質問だ。

「二百億円ぐらいでしたら、金融機関から調達してなんとか。しかし、それ以上は……」

まるで石膏《せっこう》で固められたかのようになっていた宮野がそのとき身じろぎし、震える吐息とともにいった。

「話にならないな。かといって、残りをウチから融通するにせよ、差し引き一千六百億円もの巨額となると難しい」

ソニックの役員を見ながら、徳山はいった。「さて、どうするか」

「ちょっとよろしいですか」

挙手をして発言を求めたのは、梨田だった。徳山が小さく頷くと、怒りを滲《にじ》ませた表情を宮野と村西のふたりに向けてきた。「その前に、東京建電側はきっちり謝罪したらどうなんだ。こんな不祥事を起こしておきながら、金も出せないとすがるだけか。それでいいのか」

宮野が立ち上がったので村西もそれに続き、ふたりで頭を下げた。

「今回のことは誠に申し訳ありませんでした。私の監督不行届で、とんでもないご迷惑をお掛けし、お詫《わ》びの言葉もありません」

「まったく、どうしようもないな」

梨田が吐き捨てるのが聞こえ、頭を下げ続ける村西の胸に、怒りが込み上げた。

お前にそんなことをいう資格があるのか――。

梨田は続ける。「これは、東京建電を存続させるかどうかの問題です、社長。仮にこの損害賠償を乗り切ったとしても、今後信頼回復が可能かといえば、極めて難しいのではありませんか。一旦清算し、世間にきちんとけじめをつけた上で、新たな会社を設立して再参入したほうがいいと思うんですが」

「東京建電の存続が可能かどうかという問題は、この事件の側面のひとつに過ぎない」

冷静に徳山はいった。「むしろ、問題なのはウチへの影響だ。相当の打撃だし、仮に再建できたとしても、来期以降も赤字が継続する可能性が高い。業績の数字もそうだが、株価も問題だ」

会議はマズイ方向に進んでいた。

いままさに、東京建電は存続と整理の間で揺れ動いている。

「なんとか信頼回復するよう努力して参りますので、よろしくご支援ご協力をお願い申し上げます」

再び立ち上がった宮野がいい、頭を下げた。

「隠蔽を指示したのは、あんたтака宮野さん」

梨田がいった。「ところが、その情報は外部に洩れていた。内部告発があったということはそういうことだろう。全てに脇が甘いんだよ。それで信頼回復するといわれても、本当にできるのかと疑問に思ってしまうわけだ。信頼回復の具体的なプランはあるのか」

「それはこれから早急に詰めさせていただきますが、反省の上に立って今まで以上に業務に邁進《まいしん》していく所存で――」

「お題目で業績が上がるんなら苦労はしない」

宮野の発言を遮るように、梨田がぴしゃりといった。「報告書によるとこの不正を犯した男は、一番の営業マンだったらしいじゃないか。疑いもせず、そんな男を信頼してきたわけだろう。いったい、あんたたちは何を見ていたんだ」

あんたたちというところに、村西に対する抜け切れないライバル心が覗いていた。

「これほどの不正が見抜けなかったこと自体、経営陣によるガバナンスがまったくなっていなかったことの証《あかし》でしょう。存続するのなら、経営陣は総退陣すべきですよ」

梨田の舌鋒《ぜっぽう》に、宮野は打ち据えられ、顔面からは血の気が失せている。

その傍らで、村西は表情を強張らせていた。この厳しいやりとりが理由ではない。調査チームの報告書だ。

今回の不正についてはさすがに細かく調べている。だが、二十数年前、増谷と北川が犯した不正について、報告書には一切の記載がなかった。

「そんなバカな……」

声にならないほどの小さなつぶやきを洩らし、隣にいた木内を振り返ると小声で尋ねた。

「私が報告した二十年前の不正、なぜ書いてない」

そのとき木内が向けてきたのは、会社を守るために暗躍する、総務部長としての裏の顔だ。

村西は、弾《はじ》かれるように対面にいる梨田を見た。

ライバルだった男と、一瞬だけ視線が交差した気がしたのは錯覚であったろうか。

もみ消したのか──。

ソニック社長の座を狙う梨田にとって、古い話とはいえこれは傷になる。

発言しようとした村西の腕を、そのとき木内がつかんだ。

「おっしゃりたいことはわかります」

誰にも聞こえない、だがはっきりした小声で木内は耳元で囁《ささや》いた。「ですが、これがソニックの現実なんです」

現実？

その現実からはじき出されたのが、自分だというのか。

「いかがしましょう、社長」

村西に向けていた表情を引っ込め、いま木内が問うた。その態度には、村西が何かいう前にこの話題をまとめたいという思いが滲み出ていた。「発表は早いほうがいいと思いますが。遅くなればなるほど、対応が問題になります」

ソニックを率いる男は腕組みをして沈黙したままだ。

随分長く思える時間が過ぎた後、徳山はようやく口を開いた。

「誰も発表するとはいっていない」

予想外の発言に村西は顔を上げ、まじまじと徳山を凝視した。徳山は鋭く言い放つ。

「外部には絶対に洩らすな。東京建電は、社を挙げて改修に努めるように。ウチの製造部からも応援を出す。この件、私が預かる」

「お待ちください。ヤミ改修しろとおっしゃるんですか、社長」

村西は思わず発言していた。

「君はもう、ソニックの人間ではない」

徳山は、冷ややかにいった。「これが表沙汰になったときの社会的影響を考えた場合、こうする以外に方法はない。発表しないかぎり、本件が表沙汰になることはない。そうだな」

驚愕とともに、村西は刮目《かつもく》した。徳山の問いは、まっすぐに調査チームの橋口に向けられている。

事前に、徳山は橋口と隠蔽について綿密に打ち合わせ、考えをまとめたに違いない。

右肩上がりの成長と株主利益、それを守るために、徳山はモラルを捨てたのだ。

「その代わり、君たち東京建電経営陣には、きちんと責任をとってもらう。そのつもりでいてほしい。では——」

御前会議は唐突に打ち切られ、徳山が部屋を出ていく。

眉間に皺を寄せた不機嫌な表情のまま梨田も立ち上がり、蔑むような一瞥を村西に投げてドアの向こうへと消えた。

重苦しい空気に堪えかねるように出席者たちが引き揚げる中、宮野が放心した表情を浮かべたまま残っていた。

その肩に手をかけ、立ち上がるよう村西は促しながら、まだ席に着いたままの木内に尋ねる。

「こうなることを知ってたのか、君は」

木内は少し考え、困ったように眉根を下げた。

「さあ、どうでしょうか」

惚《とぼ》けた男である。「御前会議に議事録はありませんから」

そのつぶやきは、村西を一層不快にした。

9

そのまま月日が流れ、年を越した。

営業部の原島が主導するヤミ改修はソニックの側面支援も加わって着々と進み、全スケジュールの三分の一ほどがすでに完了している。それは、当初計画を上回るハイペースで、都度報告を受けている村西も、複雑な思いを抱えながら、その進捗状況には胸を撫《な》で下ろさないではいられなかった。

次回株主総会での宮野の退任、そして村西の会長就任人事が決まったのは二月のことであった。宮野の会長職を経ない退任は、明らかな引責人事といっていい。村西がかろうじて会長ポストに留め置かれたのは、ソニック時代の業績を配慮しての花道に違いなかった。

会社近くの居酒屋で八角と偶然出くわしたのは、様々な人事が内示され、人心も慌ただしい三月のことである。あいも変わらず係長職に安住している八角は、そのとき会社近くのもうもうと煙の立ちこめる店でひとり飲んでいた。

酒でも飲んで帰ろうかと偶然に覗いた店である。カウンターに八角の姿を見つけた村西は、少し迷ったものの、「ここ、いいか」、と空いている隣の席を指した。

「こんなむさ苦しいところで新会長が呑んでいいんですか」

隣席に置いた自分のカバンをどかした八角は、いつから呑んでいるのか少し呂律《ろれつ》が怪しかった。

「この店は前に来たことがある。うまかった」

八重洲にある小さな串焼きの店だ。会社があるのは丸の内だがそっちには気取った店ばかりなので、社用でなければ村西は八重洲側へ飲みに出ることが多かった。

酒とつまみを頼み、ふたり並んでちびちびとやり始める。

「どうだ、そっちの状況は」

村西が聞くと、「誤魔化し誤魔化し」、という返事があった。うんざりしたような表情はスタイルなのか、本当にそう思っているのか、本心はわからない。

「すべてはまやかしってわけです。どこまでいっても、臭い物にはフタで」

「まあ、そういうことになってしまったな」

あの御前会議のことを思い出しながら、村西は手元のコップを見つめた。「まさかとは思ったが。力及ばずだ」

八角は黙って飲んでいる。

「なあ、八角さん。あんた課長にならないか」

その横顔に向かって村西はいった。しかし、八角の横顔は何も聞こえなかったかのように、表情ひとつ動かさない。村西は続けた。

「この件が片付いたら、おそらく原島君が部長に昇格するだろう。一課長のポスト、やってみる気はないか」

ふっ、と小さな笑いとともに肩が揺れた。北川の関連会社への出向、同時に稲葉も製造部長を外れることはすでに決定済みだ。関係者の処罰によって、けじめをつけた格好である。長く人事部付になっていた坂戸についても、近日中に懲戒解雇処分となる見通しである。

「ご冗談でしょ」

「冗談なもんか。君が組織を見る目は正しいと思う。そういう人間が必要なんだよ、ウチには。ぜひ君の力を――」

村西が最後まで言い終わらないうちに、八角は立ち上がった。

「よしてください」

万年係長はどこか淋しげな笑みを浮かべた。「オレみたいに口ばっかりで手を動かさない奴《やつ》が課長になったら、一所懸命働いてる連中がヘソを曲げる。それに、オレが課長をやったところで、この組織は何も変わりはしませんよ。今度のことでそれがはっきりわかった。この会社を、いやソニックを変えるには、社内人事なんて生ぬるい手ではもうどうしようもないんだ。いまウチに必要なのは、メガトン級の爆弾ですよ。一旦ぶちこわさないと直らない。それ以外に何がありますか」

ちょっと呑み過ぎたんでと言い残した八角は、自分の勘定をさっさと済ませると店を出ていった。

どこかで飲み直すつもりだろうか。

八角を課長にしてはどうか、というのは、実際村西が人事部長に進言していたことであった。八角さえ首を縦に振ってくれれば、そうすることもできるのに。

だが、いま村西の胸にひっかかっているのは八角が残した言葉であった。

「メガトン級の爆弾、か」

八角が果たして何を意図してそういったのかはわからない。だが、去り際に見せた男の、どこか淋しげな表情だけは消えることのない印象となって、村西の心に残った。

その言葉の意味を村西が悟ったのは、それから一週間が過ぎた三月最後の水曜日であった。

朝六時に起床した村西は、いつものように玄関のポストから新聞をとってきて居間で読み始めた。村西の家は二子玉川《ふたこたまがわ》駅から徒歩十分ほどのところにあり、朝のラッシュは苛烈を極め、通勤途上で新聞を読む余裕はない。経費削減で社用車の送迎はとっくに打ち切られていたので、自宅で主要記事をチェックしてから出勤するのは村西の日課になっている。

相変わらずの政治の混乱ぶりを伝えた政治面を読み、いつものように新聞をひっくり返した村西は、社会面を開いた。

リコール隠しを追う――。

そんな見出しが飛び込んできたのは、そのときであった。記事を読んだ村西の全身から血がさっと引いて行き、気づいたときには立ち上がっていた。

「どうしたの」

朝食の準備をしていた妻が、驚いた顔を村西に向けている。

「悪いけど朝飯、いらない。すぐに出なきゃならなくなった」

妻は、村西の狼狽《ろうばい》ぶりから何事か起きたと悟ったのだろう、「大丈夫?」、と心配そうに問うてくる。

「さあ、どうかな」

慌てて身支度を済ませ、玄関を飛び出した。駅までの道を小走りに向かう。そうしながら、握りしめた新聞の記事をもう一度見た。

――ソニック子会社東京建電が巨額リコール隠し。交通の混乱必至の情勢。

この情報を流した人物がどこかにいる。

八角か――。

村西の直感は、確信に似ていた。

八角は自らの手で、まさにメガトン級の爆弾を、東京建電に落としたのだ。

改札を抜け、まだ比較的空《す》いているホームに駆け上がる。

ちょうど銀色の車両がホームに滑り込んでくるところだ。

この電車の行き先は、いわばサラリーマン生活の終着駅かも知れない。

足早に車両に乗り込んでつり革を握りしめた村西は、冷静になれと自分に言い聞かせ、ひとり静かに瞑目した。

第八話 最終議案

1

大手町の地下鉄駅から地上に出ると、雨が歩道を叩《たた》いていた。

恨めしげに空を見上げた八角はカバンから折りたたみ傘を出し、通勤客の流れに混じって俯《うつむ》き加減に歩き出す。

春らしくない強い雨だったが、いまの八角の心境には似合っている気がしてならなかった。

あらかた予想していたことではあるが、新聞のスクープと同時に、東京建電の強度偽装は、他のメディアが激しく後追い報道を繰り広げる大問題になった。東京建電製の座席を採用している航空機、鉄道車両などが一斉に運行停止に追い込まれ、いまだ再開の目途は立っていない。

東京建電は一夜にして反社会的企業の烙印《らくいん》を押され、さらに謝罪会見で、マスコミの厳しい追及にしどろもどろになった宮野が、「ウチも弱小企業で成長するために必死だった」、と自己弁護としか取れない不適切な発言をして事態をますます悪化させた。親会社のソニックの株価はこの一週間で二割近くも下げ、いまや東京建電の社員であること自体、悪であるかのような空気ができあがっていた。

入居しているビルの前にたむろしている報道陣を足早にやり過ごし、営業部のある二階フロアまで階段を駆け上がる。

営業部員たちは連日取引先への事情説明に追われており、すでに取引打ち切りを通告してきた顧客も少なくなかった。いま東京建電は、激流に揉《も》まれて滝壺《たきつぼ》に向かって真っ逆さまに落下していく小舟と同じである。木っ端《こぱ》微塵《みじん》に砕け散るか、万に一つも生きてぽっかりと浮かび上がったにせよ、到底、無傷では済まされそうにない。

売上一千億円の中堅企業の土台など、有って無きがごとしだ。信用は金と同じ。いや、それ以上かも知れない。得るには苦労するが、失うときはあっという間である。

自販機でコーヒーを買ってデスクについた八角は、営業用の資料を広げ、なにをするでもなくそれを眺めた。部員たちのほとんどが出社しているが、普段ならそこに溢《あふ》れているだろう活気は欠片《かけら》もない。

本当ならこんな辛気くさい会社は抜け出して外でコーヒーでも飲みたいところだが、

とある理由から外出は極力控えるようにといわれていた。案の定、

「ちょっとお願いします」

午前九時過ぎ、内線で呼び出しがあった。電話の相手は、本件を受けて設置された社外調査委員会のメンバーのひとり、加瀬孝毅《かせこうき》だ。加瀬はソニックの顧問弁護士事務所から派遣されてきた弁護士で、必要に応じてその補佐役を務めろというのが会社から八角に出された指示である。

調査委員会には、六階にあった空きスペースがあてがわれていた。委員は全部で七人。人数分に仕切られた手前の一画が加瀬に割り当てられたスペースで、顔を出すと加瀬はどこか不機嫌な表情で八角を待っていた。

「カスタマー室の佐野氏が、『ラクーン』のネジのことで八角さんに話を聞いたといってるんですが」

椅子を回し、空いている椅子を勧めると、加瀬はそういった。四十前後の若い男で、法曹関係者らしい毅然《きぜん》としたところがある。「オレとは対極にある性格の男だな」、と加瀬を見るたびに八角は思う。このときもそうだったが、それは黙っていた。

「そういえば、そんなことありましたかね」

古い記憶を浚《さら》うような目をして、八角はこたえる。惚《とぼ》けたように聞こえたかも知れない。

「そのときあなたはなんとこたえたんです」

どこか不機嫌な口調だった。弁護士としての加瀬の力量は知らないが、調査委員会の派遣メンバーにされたことを疎ましく思っているのはこの数日接してきて、なんとなくわかっている。

「そういうことは課長に聞いてくれと、そういいました」

「そういえと、課長に指示されてたと？」

「いえ、課長が担当だったんで」八角はこたえた。

加瀬が向けてきたのは、発言の真偽を見極めようとする不躾《ぶしつけ》な眼差《まなざ》しだ。

個人の罪なのか、組織の罪なのか——。

それは、調査委員会が調査究明すべき最重要事項のひとつに掲げられていた。

坂戸という一課長が犯した個人の罪だというのなら、ある意味、どこの会社でも等しく負っているリスクになる。糾弾されるべきは、〝犯人〟である坂戸宣彦本人であり、結果的に坂戸個人に対する告発、損害賠償請求——そんなことをしても焼け石に水であるとしても——も視野に入ってくるだろう。一方、組織的な罪となれば東京建電という会社の存続が根底から問われる問題になる。

「そうですか。ところで、今日の午後に坂戸氏から事情を聴取することになっているんですが、あなたも同席してください」

加瀬は話題を変えた。有無を言わせぬ言葉である。

「私が同席してもいいんですかね」

そろりと八角は聞いた。同席したくない、という思いを遠回しに伝えたつもりだが、

「いてくれないと困りますよ」

加瀬はこたえた。「話の成り行きによっては、その場で事実確認したいことがあるかも知れないから。事情がわかっている人がいれば坂戸氏もそうそう嘘《うそ》を吐《つ》くわけにはいかないでしょう」

いまさら何の嘘を吐くもんかとは思ったが、

「何時からですか」

八角は渋々、了承した。

2

およそ一年ぶりに会う坂戸は、憔悴《しょうすい》しきって見る影もなかった。

四階にある小会議室である。室内にはいま坂戸の他に人事部から課長代理の伊形が出て、入り口に近い椅子で表情を消している。一緒に入室した加瀬が長テーブルの席についいて、坂戸と対峙《たいじ》し、八角は伊形の隣の椅子を引いてかけた。

この三日間、坂戸に対する事情聴取は連日、深夜近くにまで及んでいる。心労と肉体的疲労を色濃く浮かべた坂戸の頬はこけ、くぼんだ眼窩《がんか》の奥からは虚《うつ》ろな視線が加瀬に向けられていた。その視線の焦点は加瀬にではなく、もっと後ろのなんでもない空間に合っている。坂戸の体力や気力は、もはや限界ギリギリだ。

「あなたが、坂戸宣彦さん？」

加瀬はそう尋ねて、伊形から渡されたファイルを広げた。法廷で証人尋問をするような口調だ。伊形の資料ファイルには東京建電に入社以来の坂戸のキャリアと主だった実績、上司や人事部による人事考課が事細かに綴《つづ》られているはずである。

坂戸は小さく頷《うなず》いただけで言葉を発しなかったが、加瀬も返事を期待したふうでもなく、しばらくは黙って書類のページに目を通し、「館山《たてやま》か」、とつぶやくようにいった。どうやら、坂戸の出身地のことをいっているらしいのは次の発言でわかった。

「ここにはまだ実家の土地建物があるんですか」

事件とはまるで無関係のことを尋ねているようだが、そうではない。坂戸の表情が、八角と伊形が見つめる前で、はっきりと揺らいだ。

「あります。ありますが、私の名義ではありません」

「あとで調べますけどね。念のために聞いておきます。誰の名義」

殺伐とした質問だ。

「父です」

「お父さん、いまもそこにお住まいなんですか。入社当時の書類には商店経営となってますね」

加瀬は、坂戸の顔を見た。

「名義は父ですが、店のほうは代替わりして、兄が継いでいます」

「何の店なんです」

加瀬が知りたいのは、もし坂戸に損害賠償を請求した場合、いくらぐらい取れるかということだ。そのために、坂戸の所有資産等、人事資料ではわからないことを調べようというのである。

「日用雑貨の店です」坂戸はこたえた。

「日用雑貨、ね。どのくらいの規模ですか？　売上は？」

坂戸の視線が斜めに落ち、躊躇《ちゅうちょ》するような間が挟まる。

「小さな個人商店です。売上の額はわかりません」

「だいたいでいいですよ。あなただって、営業部の課長やってたんだから、おおよその見当はつくでしょう」

底意地の悪そうな、嘲りを含んだ声で加瀬は聞いた。

「五千万円ぐらいのものじゃないでしょうか」

「五千万……」

機械的に加瀬は繰り返した。それがどういう意味かはわかる。賠償の肩代わりをさせるのには、少々物足りないというのだろう。

「今回、会社に迷惑かけたわけだからね。あなたにも個人的賠償を背負ってもらおうっていう話は当然出ると思うんですよ」

坂戸の返事はない。加瀬は入社当時の人事書類を見ながら続けた。「こうして、身元保証人としてあなたのお父さんも署名捺印《なついん》してるわけなんだから。関係なくはないですよね」

「それは勘弁してもらえませんか」

坂戸は、こたえた。「今回のことは自分の責任です。でも、父や兄には関係がない。お願いします」

加瀬は返事をせず、机に額をこすりつけんばかりに頭を下げた坂戸を見据えている。

八角は、思わずその様子から目を逸《そ》らした。

坂戸に同情するつもりはないが、加瀬の態度もまたえげつない。調査委員会がすべきは不祥事の経緯や社内事情の調査だ。坂戸の賠償能力を調べるのは、いますべきこととも思えない。

「実家には、迷惑をかけたくないんです。この通り。お願いします――」

坂戸がまた頭を下げ、居心地の悪い沈黙が挟まった。

「会社には迷惑をかけても、家族には迷惑をかけたくない、か。随分、都合のいい話に聞こえるんですよね」

「無理を承知でお願いします。とにかく、館山のほうには手を出さないでください」

八角は、顔を上げて坂戸を見た。その声に切迫したものが滲《にじ》んでいたからだ。

「なんなんですかね、いったい」

加瀬が出したのは呆《あき》れ声だ。「あなたの考えていることは、私にはさっぱりわからないですよ」

「子供の頃、近所にスーパーができたんです」

坂戸が錯乱めいたことを口にしたのはそのときであった。

連日の過労がたたったか。八角は、血走った目をした坂戸の表情を見た。熱病に浮かされたような坂戸の視線が、会議室の壁を彷徨《さまよ》っている。傍らの伊形がはっと顔を上げたのも、そこに尋常ならざるものを見出《みいだ》したからだろう。

「スーパー、ですか？」

咳払《せきばら》いとともに、加瀬が怪訝《けげん》な顔で聞き直した。

「そうです」

そうして坂戸が語り始めたのは、館山で生まれ育った自らの過去であった。

3

坂戸宣彦は、昭和五十年八月、坂戸家の次男として生を受けた。

それに先立ち、坂戸の父重孝《しげたか》が館山で日用雑貨の店を開いたのは、昭和四十年代半ばのことである。重孝は学校を卒業した後千葉市内にある小さな薬品卸の会社に就職し、そこで仕事を覚えて実家に戻り、小さな商店を開業したのである。三十歳になったときのことだ。

最初は日用品を扱うだけの細々とした商売だったが、薬剤師の免許を持つ登美子《とみこ》と結婚して薬局を兼ねるようになってから繁盛しはじめた。折しも、日本が高度経済成長を遂げる右肩上がりの時代。商売は順調、やがてふたりの子供に恵まれたこの頃が、重孝夫婦にとって人生で一番光り輝いていた時代だった。

兄の崇彦《たかひこ》とは三つ違い。

家業の繁栄で、何不自由のない少年時代を過ごした坂戸は、人のいい、のんびり屋だった。ガリ勉タイプではなく学習塾のようなものに通ったこともないが、勉強はそこそこ出来て、地元の小中学校での成績はいつも上位。運動も得意で、中学の野球部では俊足を買われて一年生からレギュラーを獲得していた。センターで一番。それは、中学を卒業するまで変わらぬ、坂戸のポジションになった。

毎日グラウンドで土まみれになり、友達とわいわいいいながら自転車で自宅に帰る。なんの憂いもなく白球を追いかける毎日。無邪気だった坂戸の人生に、得体の知れない影が差したのは、坂戸が中学一年の秋であった。

その影の存在は、野球部仲間の泰夫《やすお》と交わした何気ない会話からもたらされた。

「ノブ、知ってるか。おっきなスーパーが出来るらしいぞ」

そのとき、坂戸が浮かべたのは、「楽しそうだな」、という、能天気な感想であった。ところが、泰夫は不安そうな表情を浮かべていった。

「大丈夫かな」

「大丈夫ってなにが？」

問うた坂戸に、泰夫が向けたのは「おいおい」とでもいいたげな表情だ。「店だよ。お前んとこはいいのかよ」

泰夫は、同じ商店街で電器屋を営んでいる商店の息子である。親同士も仲が良い。

「困ったなって、ウチの父ちゃん、いってたよ」

言われてみればもっともだ。新しくスーパーができることによって家業が影響を受けるということに、坂戸はこのとき初めて気づいた。同時に、ここのところ父が見せる不機嫌の理由がわかった気がした。

最近の父は、ちょっとしたことで怒ったり、夜店番をしながらやけに深刻な顔で考え込んだりしていたのだ。そのことに坂戸は、子供らしい敏感さで気づいていた。

それまで、父も母も、スーパーのことについてひと言も口にしたことはない。子供を心配させないためか、子供にいっても仕方がないからかはわからないが、泰夫の話は坂戸を不安にするに十分だった。

坂戸が、兄の崇彦の部屋をこっそり訪ねたのはその夜のことである。

「ねえタカちゃん。スーパーができると、ウチ、困るの？」

机に向かっていた兄は、コワい顔を坂戸に向けた。

「誰にきいた」

「ヤスくんがいってた」

チッと鋭い舌打ちをしたところを見ると、兄もまたなにか知っているに違いないと思ったが、返ってきたのは、「心配すんな」、という言葉だった。

「ウチは大丈夫なの？」

兄は坂戸から目を逸らし、机の上に置いた自分の左手をみつめる。三つ違いの兄の横顔がやけに大人びて見えた。

「当たり前だろ」

やがて兄はいった。「いったいウチがここで何年商売してると思ってるんだよ。客なんか、そう簡単に離れていくか」

少し怒ったようなその口調に、坂戸はほっと胸を撫《な》で下ろす。

「そうだよね」

兄は、坂戸よりも遥《はる》かに勉強ができる優等生だった。地元では一番といわれている進学校に通い、普段厳しい父も、兄のことになるとたちまち目尻を下げる、そんな自慢の息子だ。坂戸にとっての兄は、羨みと嫉妬の対象でしかなかった。

だが、いまの兄は、頼るべき存在として坂戸の前にいた。いつもは対抗意識を燃やす相手なのに、こういうときは頼りにしてしまう。そんな甘えが、坂戸にはあった。

だが、その兄の言葉が間違っていたことは、まもなく坂戸にもわかってきた。いや、間違っていたのではなく、本当のところ、兄はどうなるか知っていたのだと思う。知っていて、ただ年少の弟を心配させまいとしたのかも知れない。

父が確保した仕入れルートにより、商店街という小さな単位では品揃《しなぞろ》えで常に優位に立っていた坂戸商店だが、大型スーパー進出の打撃は予想以上だった。

スーパー出店後、客は大幅に減り、売上も利益も日に日に細っていく。

同じ商店街で軒を並べていた個人商店がひとつ、またひとつと店をたたみ、不安が現実になってくると、それまで強気の商売をしていた父もすっかり弱気になってしまった。

「タカかノブか、どっちかが店、継いでくれよ」

「大学に行くなら薬学部に行って薬局を大きくしてくれ」

それまでの父は、よくそんなことを口にしていた。だが、大学受験を考えなければならなくなった兄が、

「経済学部に行きたいんだ」

そういったとき、父から出てきたのは、「そうか」、というひと言だけであった。

「これからはもう、商店を継ぐような時代じゃない」怒り出すのではないかと秘《ひそ》かに目を見開いた坂戸に、父はそう続けた。

「じゃあ、薬局はどうするの」

思わずきいた坂戸に、父が向けたのは淋《さび》しげな眼差しだ。

「店は父さんと母さんでやってくから。お前たちは、自分が好きなことをすればいい。大学へいって、どこか大きな会社に入れ」

スーパーが出来て家業はどのくらい大変なのか。そもそも大学へ行けるだけのお金があるのか。父さんと母さんが歳《とし》を取ったら、この店はどうするのか——。

そのとき幾つかの疑問が胸に湧いてきたが、そのどれも坂戸は口にすることができなかった。聞いてはいけない。聞けば父が傷つくような気がしたからである。

ある意味、これは父にとっての敗北宣言だ。父の夢は、子供たちに店を継がせ、ゆくゆくは何店舗も展開するようなチェーンにすることだったはずだ。

だが、圧倒的な資本力を有する大手スーパーの前に、父のビジネスモデルは完全に無力化されたのだ。

子供たちに継がせるほどの将来性がなくなったとき、父の頭にあったのはどうにか生活して、子供たちを学校へ出してやることだった。

そのために、みるみる商店街が寂れていく中、坂戸商店は孤軍奮闘していた。一方で、大学生になった頃から、父と坂戸は、幾度となく衝突するようになる。

原因は様々だ。

その頃の父は、坂戸を見れば小言ばかりをならべる煩《うるさ》い存在になっていた。平凡な学生生活を送っていた坂戸は、父にとって危機感も夢もないだらしのない存在にしか映らなかったと思う。自分が直面している商売の厳しさの一方で、さして勉強するでもなく学生生活を謳歌《おうか》している息子。学費を稼ぐのに必死になればなるほど、息子に対する期待と現実のギャップを感じたはずだ。

そんなに遊んでばかりいていつ勉強するんだとか、学費が高いばかりで大学なんてロクなもんじゃないなとか、そんな小言はしょっちゅうだったが、決裂が決定的になったのは、「夢もない奴《やつ》がロクな人生を送れるわけがない」、という父のひと言であった。

ちょうど坂戸が大学四年の頃で、就職に神経質になっているときでもあった。

「勝手に夢がないとか、決めつけるなよな」

普段なら流す場面なのに、そのときの坂戸はカッとなって言い返した。兄はその三年前に都市銀行に就職を決めていたが、折からの不景気で就職戦線は厳しさを増している。

「へらへら遊んでる奴が、夢か」

そのとき父はそういって嘲笑《あざわら》った。「中味のない奴ほど、一丁前のことをいうんだ」

「じゃあ、父さんはなんなんだよ」

坂戸は言い返した。「こんな田舎《いなか》で個人商店やってる父さんに、一体どんな夢があるっていうんだよ。夢だなんだって語れる資格あるのか」

「なに？」

そのとき父が見せた怒りの表情は凄《すさ》まじかった。だが、そこには怒りだけではない別なものも含まれていた気がする。自分の人生への諦めであり悲しみであり、そして期待外れな息子への憐憫《れんびん》も。

父が殴りかかってくるのではないかと思った。

だが、父は手をあげはしなかった。それまで、父は一度たりとも子供に手をあげたことはなかったし、このときもそうだった。

「あんた、なにいってんの！　父さんに謝りなさい！」

むしろ父以上に激怒した母に、

「やだね」

坂戸は冷ややかにいった。「オレのこと気にくわないのはいいよ。だけどな、オレだって一所懸命やってるんだ。そっちから見ればくだらないかも知れないけど、それがオレなんだよ。オレのことを嘲笑うのなら笑えばいいじゃないか。認めないならそれでもいい。だけど、オレだって、父さんのことは認めない」

その年の夏、坂戸はいくつかの会社を受け、そして東京建電への入社を決めた。その就職を父がどう思ったか坂戸は知らない。

いずれにせよ、兄に続いて坂戸も家を出、館山の実家は、父と母のふたりだけになった。

就職活動をする間も、そして社会人になってからも、父に対する反感は熾火《おきび》のように燃え続けていた。

バカにしていろ。いまに見返してやる——。

いつも坂戸はそう思っていた。そして自分の中にある父に似た部分を極端に嫌った。

商店街の会合では重鎮だった父のどこか気難しそうな態度、優越感を漂わせ、賢人ぶった表情。坂戸は自分が目にしてきた嫌悪すべき父のスタイルを排し、その逆を選んだ。

父が気取った花を目指したのなら、坂戸は目立たぬ雑草であろうとした。

偉ぶらない、誰に対しても尊大な態度は取らない、とことん努力する、自分は賢くもなければ特別でもない——坂戸が目指したのは、反駁《はんばく》してきた父を反面教師にした生き様である。

一方、兄との距離感も、社会人になって変容しはじめていた。兄に対する対抗意識は相変わらずどこかにくすぶっていたが、父との対立という構図では、程度の差こそあれ、兄もまた坂戸と同様の立ち位置にいた。

父は銀行のことを軽蔑していたからである。

大手スーパーが進出してから、銀行は坂戸商店に対する融資を渋るようになった。いままでなら貸してくれたはずの資金を貸さなくなる。その変わり身の早さが、父には我慢できなかったのだ。

だが、坂戸の兄は、父が軽蔑していた銀行に就職し、実績を上げ同期トップで役付きへの昇格を果たした。父の銀行嫌いを知りながら、なぜ兄が銀行を選んだのか。それが兄なりの父への抵抗であったのか、詳しいことは坂戸も知らない。

兄はもともと坂戸のことを下に見てきたが、銀行に入ってからはそれに銀行的な視点や尺度が加わるようになった。銀行からすれば、東京建電などソニックの数ある子会社のひとつに過ぎない。坂戸にしてみれば、鼻持ちならないエリート意識そのものである。

職場で一緒だった佳美《よしみ》と結婚したのは、坂戸が二十八歳になったときであった。

その後一男一女に恵まれ、三十二歳のとき郊外にマンションを購入した。実家から、マンション代金の一部を支援したいといってきたが、その話を坂戸は断った。

いままで散々父と対立してきたのに、お金だけは調子良く受け取る——そんなことは絶対にしたくなかったからだ。

脳卒中で父が倒れたのは、その話があった半年後のことである。半身不随で言語障害を起こしていた。なんとか一命は取り留めたものの、病院に見舞った父は、半身不随で言語障害を起こしていた。病院で、潤んだ目を天井に向けたまま呆《ほう》けた表情の父は、まるで雰囲気の似た別人のようであった。顔がやせ、唇が乾いていた。

かくして、今までにない問題が持ち上がった。今後は介護が必要で、母ひとりにそれをさせるのは荷が勝ちすぎる。施設に入れるにも金がかかるし、それでは店を続けることもできない。

かけつけた兄と母との三人で、家族会議を開いたのはその夜のことだ。

「回復する見込みはないんだろ。だったら、オレかお前か、どっちかが同居するか引き取るかして面倒見るしかない」

兄が、真っ先に結論めいたものを口にした。

「そう簡単にいうなよ。こっちだっていろいろ都合があるんだから」

坂戸は及び腰になっていった。「あなたは次男だから、親と同居はないよね」、という妻の言葉がふと頭に浮かんだ。性格的なものか、父とも母とも打ち解けることのできない妻は、たった一泊二日ほどの帰省でも疲れ果ててしまうのが常であった。同居など、とんでもない話である。ぜったいに佳美は、了承しないだろう。第一、買ったばかりのマンションには親が同居するだけのスペースもない。

「それはこっちも同じことだ。海外勤務になりそうでさ」

兄はいった。本店勤務の兄は、近いうちに海外支店への異動があるかも知れないと打診されていると、そのときいった。だから、自分に面倒を見るのは無理なのだと。

「無理しなくていいよ」

ふたりの言い分を黙ってきいていた母は、悲しい目をしたまま無理に明るい表情を作った。「いままでお父さんとなんとかやってきたんだし。父さんだって、家から出たくないと思うんだ。私が家で面倒見ながら店やる。なんとかなるから、あんたたちは心配しないでちょうだい」

事情を抱えて尻込みする息子たちを見て母は気丈にいったが、それはただのその場しのぎに過ぎず、苦悩が透けてみえていた。

なにかいうかと思った兄は返事もなく、ただ無言で考え続けている。

「じゃあさ、まあしばらくそれでやってみようよ」

ただ目の前の面倒をとにかく片付けてしまいたい一心で、坂戸はそういった。ここで、どっちが親を引き取るかなどという話で揉めたくはなかったからだ。妻との折り合いを考えれば坂戸の家庭に引き取るのは無理なのに、外国へ赴任するという兄の話が本当ならば坂戸が引き受けざるを得なくなる。帰ってくるまでの何年間か頼む――そんなことを今にも兄が言い出しそうで、坂戸は気が気ではなかった。

東京建電という会社で、坂戸は持ち前の機転を利かせて、営業マンとして誰よりも優秀な成績を上げ続けていた。父親や兄に話したところで褒められることはないだろうが、誰よりも早く係長にもなった。いまは仕事に集中すべきときで、こんなことでゴタゴタしたくないという思いも強かった。

とにかく、両親の面倒を見るだけの余裕も環境も、そのときの坂戸にはなかったのだ。マンションだって親の援助を受けずに買ったのだ。何の問題がある、これでいいはずだ――坂戸はこの成り行きを正当化し、無理矢理に胸の奥底へ押し込めた。

兄に、シンガポール支店への辞令が出たのはその翌週のことであった。

秋になり、二ヶ月ほどの入院生活を終え、父は自宅に戻った。

退院の日、手伝おうかという坂戸の申し出を、母は断った。

それは、もう息子は当てにしないという、母なりの意思表示であり決意であったかも知れない。商店街の友人の手を借り、父は荷物と共に母が運転するルートバンに乗せられて自宅まで帰ってきたのだった。

そうして、父を介護する母の奮闘が始まった。ひとりで店を切り盛りしながら、車椅子生活になった父の面倒を見る。

激務だったはずだ。

翌年の春――。

取引先を出た坂戸の携帯電話が鳴ったのは、午後三時過ぎのことであった。

見知らぬ携帯の番号だった。

「あの、私、館山でお母さんにいつもお世話になっている本山《もとやま》というものです」

年配の女性と思われる相手は、かけた相手が坂戸だと確認すると、そう告げた。

駅に向かう歩道の途中で思わず立ち止まったのは、館山と聞いた瞬間に、何かあったのではないかと直感が働いたからだ。

「実はいま市民病院にいるんですけど、さっきお母さん、商店街の会合に出ている途中に具合が悪くなられまして」

その声は、車道を走っていくバスの排気音にかき消され、きれぎれに聞こえてきた。

心臓が重く打ち始め、見上げた春先の街並みから色彩が薄れていく。

「母はどんな容体なんでしょうか」

唐突に緊張感に襲われ、坂戸は問うた。

「検査してるんですが、心筋梗塞を起こされたかも知れないということで。先生から家族の方に連絡するようにいわれたんです」

「わかりました。あの、本山さん、お世話になります。いまこれからそちらに向かいますが、父はどうしてるでしょうか」

坂戸が尋ねたのは父のことであった。父は、全面的に母を頼りにしている。その母が倒れてしまったら、父もまた身動きが取れない。

「お父さんのことは商店街のひとが見にいってますから、そっちはなんとかします」

本山はこたえた。「それより、早く来てあげてください。お母さん、待ってますから」

4

「どうするの、それで」

佳美の聞き方には険があった。「ウチが面倒見るの？　ねえ、そんなことできる？」

「おい」

妻を、坂戸は睨《にら》んだ。「聞こえるだろ」。父が寝ている奥の部屋を一瞥《いちべつ》する。

そのとき坂戸は、父の面倒を見るため、館山の実家にいた。母が倒れたのが一週間前のことで、この一週間、佳美はこの家にいて父の面倒を見ながら、母が入院している病院との間を行き来していた。

金曜日の夜だった。

子供たちは、近くにある佳美の実家に預けたままだ。この日、仕事を終えてから坂戸が帰省し、代わりに土日は佳美が家に帰る。また日曜日になると、選手交代で坂戸が東京に帰り、佳美が両親の世話をするためここに戻ってくることになっている。

検査結果を踏まえ、心臓のバイパス手術を受けた母の容体はいまのところ安定しているものの、退院まではあと一ヶ月ほどはかかるという。仮に退院しても、母に父の介護は不可能だ。

「母さんひとりに父さんの面倒を見させたのがそもそも間違いだったんだ」坂戸はいった。

「だったらなによ、お父さんが倒れたとき、私がここにくればよかったの？」

佳美は、つっかかるようにいった。「子供たちはあなたが見てくれるわけ？」

「別にそんなこといってないだろ」

坂戸は、妻に対する苛立《いらだ》ちを滲ませた。両親と折り合いの悪い妻は、同時にこの家で育った自分に対してもどこか見下したところがある。

原因といっても、些細《ささい》なことなのだ。料理の味付けとか片付けとか。だけど、そんなことでお互いに疎ましく思うのは、はっきりとした喧嘩《けんか》の理由がある場合より、ずっと質《たち》が悪い。理由はどうあれ、要は相性の問題だからである。

「だいたい、私たちだけがこんなに苦労するなんておかしくない？」

妻はいった。「お兄さん、ズルいよ。海外なのをいいことにして、ほったらかしじゃない」

兄は、母が倒れたその翌日に緊急で帰国し、容体が安定したとみるやすぐさまシンガポールへ帰っていった。坂戸か兄か、どちらかが面倒を見る必要があることはすでに伝えてあるが、そのときの兄は、「わかった」、といっただけで、具体的なことはひと言もいわなかった。

「お母さん、香織《かおり》さん香織さんって、すごく頼りにしてたのにね」

妻が皮肉っぽくいった。香織というのは兄嫁で、両親とはウマが合うらしく特に母とはうまく付き合っていた。

「服買ってもらったりしてたみたいだけど、こういうときには知らんぷりなんだ。あなたも海外赴任したら？」

一旦怒りの火がつくとどうしようもなくなるところが、妻にはある。気に入らないとなれば、とことんだ。解決策が出てこない以上、いま坂戸ができることはこの場をやり過ごすことだけだ。

電話が鳴り出した。

坂戸が慌てて立ち上がったのは、病院からの電話かも知れないからだ。容体が急変した場合には連絡するといわれている。しかし、

「ああ、ノブか」

呑気《のんき》な声を聞いて、坂戸はため息を洩《も》らした。

「おどかさないでくれよ。病院からだと思ったじゃないか」

午後十時半になろうとする壁時計を一瞥して、坂戸はいった。電話は居間の片隅にある。話しぶりで兄だとわかったのか、佳美が冷ややかな目をこちらに向けた。

「どうだ、母さん」

「一応、安定してるけどさ」

この状況をどこから説明していいかわからない。

「今日明日、館山にいるのか」兄が聞いた。

「そのつもりだけど」

「来週は」

「佳美がいることになってる」

妻の視線を痛いほど感じながら坂戸がいったとき、「明日、帰るから」、と兄はいった。

「いつまで」

問うた坂戸に、兄は思いがけないことをいった。

「当分、そっちにいるつもりだ」

「銀行、休めるの」

「いや」

　そういった兄が、次の言葉を発するまでほんの僅かな間が挟まった。出てきたのは、予想外の言葉だ。

「銀行は辞めた」

　坂戸は思わず言葉に詰まった。

「辞めた？　辞めたって、どういうことだよ」

「言葉通りの意味だよ。それ以外、何がある」

　兄らしい、人を食った返事だった。

「なんで？」

　あれほど誇りを持っていたはずなのに、信じられない。坂戸はきいた。「なんで、突然——」

「突然じゃないさ、別に」

　兄はいう。「この前オヤジが倒れてからオレなりに考えてさ。銀行に申し入れてたんだ。なにしろ忙しくてな、辞表を出してから三ヶ月もかかっちまった。ちょうど今日、仕事の引き継ぎが終わったんだ」

　飄々《ひょうひょう》とした兄の話しぶりに、坂戸はどう反応していいのかさえわからなかった。

「オヤジたちの面倒はオレんところで見るよ」

「でもさ、ここに来てどうするんだよ」

坂戸は聞いた。「仕事あるのか」

「坂戸商店があるじゃないか」

冗談をいっているのかと思った。しかし、兄は本気だった。

「ウチを継ぐつもり？」

「電話代かかるから、詳しいことはまた明日な」

坂戸は、しばらく唖然《あぜん》としたまま通話の切れた受話器を見つめている。

「どういうこと？」

やりとりを聞いていた佳美が怪訝な顔で聞いた。

「銀行、辞めたって。日本に帰ってこの店を継ぐつもりらしい」

目を見開いた佳美に、坂戸はいった。「親の面倒、兄貴のところで見るって」

「なんで」

妻から出てきたのは、疑問のひと言だった。「なんで、そんなことするの。せっかく、銀行に就職して、いいポジションに就いてるのに」

「なんでだろうな」

理由はわからない。

だが、坂戸か兄か、どちらかがそれを言い出さない限り、この事態を解決するのは不可能だった。

兄は頭のいい男である。当然、そのことを理解しており、同時に坂戸にそれができないことも見通していたはずだ。

だから、兄は自分がその役を買って出たのだ。たとえ軋轢《あつれき》はあっても、兄は親を見捨てはしなかった。その度量で、この難局に切り込んだのだ。それは、坂戸には決してない類の勇気であり裁量であった。

兄にはかなわない——そう思った。オレは、兄貴を超えることはできない、と。そう悟ったとき、苦々しさと敗北感で、坂戸の胸は一杯になっていった。

「それにしても香織さん、よくそんな話をオッケーしたわね。私なら絶対ダメよ」

佳美がいった。「こんなとこじゃ、子供の教育だって——」

「うるさいっ!」

坂戸は妻を一喝した。

5

虚《うつ》けたような表情で、淡々と、坂戸は話を続けていた。

「兄は、銀行時代のコネクションを使って店の仕入れルートを見直したり、市内の病院専門に商品を販売する新たなルートを開拓して、右肩下がりの商店経営を立て直していきました」

　自分には営業センスがあると思うが、瀕死《ひんし》の商店を立て直した兄と比べたら、その才覚は足元にも及ばないだろう――そう坂戸はいった。

「オレのサラリーマン人生はお前に譲った――兄にはそう言われました。オレの分まで頑張れと」

　そういって坂戸が洩らしたのは、低い嗤《わら》い声だ。「私に残されたのは、とにかくがむしゃらに仕事をすることだけでした。そして兄に認められるだけの実績を上げる。そうするしか、両親の面倒を押しつけていることへの贖罪《しょくざい》の道はないんです。それしか――」

　坂戸の口調が不意に揺れ、さらに熱を帯びる。血走った目は、あのさわやかで人当たりのいい男とはまるで別人だ。

　この男がなぜ人並み外れた営業成績を残すことができたのか。その理由をいま八角は知った気がした。

　兄への対抗意識と敗北。認めざるを得ない恩義、如何《いかん》ともし難い家庭内の事情――。狭窄《きょうさく》した精神構造の中でもがきつつも、現実逃避ができるほど緩い男でもない。それこそが坂戸宣彦という男の真実なのだ。だが、あまりに自分を追い詰めた挙げ句、坂戸はその道を誤った。

できないよ」
「話はわかった。しかしね、君。だからといって、今回の強度偽装を正当化することは

それまで黙って話を聞いていた加瀬がいい、話題は坂戸の回想から目の前にある現実へと急旋回していく。

「最初に不正を思いついたのは、いつですか」

取引先のトーメイテックにも事情は聞いているから、それは単に確認の質問に過ぎなかった。トーメイテック社長の江木恒彦によると、四年前の七月に坂戸から見積り金額の引き下げとともに強度偽装の打診があったことになっている。

加瀬の意図は、その証言の裏付けだ。だが、

「思いついたのは、私ではありません」

坂戸の返事に、加瀬は顔を上げた。

「君じゃない？　じゃあ、誰なんだ」

「トーメイテックの江木社長から提案がありました」

真偽を推し量ろうとするように、加瀬は坂戸の目を覗《のぞ》き込む。

「おかしいなあ」

やがて加瀬の口から疑問が洩れた。手元の資料を引き寄せて視線を落とし、そのままの上目遣いで、坂戸を見る。「江木社長はそうはいってませんよ。君から指示があった

からネジを製造しただけで、偽装の認識はなかったと、そう説明してるんですけどね」

短い声を発して、坂戸は加瀬を見つめた。

その瞳の中を、戸惑いが流れていく。それから、

「違います」

と慌てて否定する声が続いた。「コストが厳しいんで、もっと見積りを安くという話は確かにしていました。ですが、強度偽装の提案は私が出したわけではありません」

手にしたボールペンの頭で書類を叩きながら、加瀬は考えている。思いがけず露見し
「江木社長が出した、と？」

た食い違いに、八角は息を詰めた。

坂戸か、トーメイテックの江木か――どちらかが嘘を吐《つ》いている。

「いまさら、責任転嫁するんですか？」

加瀬の言葉が八角の耳に入ってきた。「あなたは強度偽装による規格外部品の採用をその権限のもとに決定し、長く隠蔽《いんぺい》し続けてきた。それだけでも道義的責任は限りなく重いと思いますよ。それに常識的に考えても、商売だったら発注側が強いに決まってる。受注側であるトーメイテックが、ともすれば怒りと不信を買うような不正を自ら提案するはずはないでしょう」

加瀬のいうことはもっともだ。そんな提案をすれば、相手によっては怒り出すに違い

ない。どんなスタンスで仕事をしているんだと喝破され、発注見送りの憂き目に遭うかも知れない。

「そのとき、あなたはどうしたんです」

続けて加瀬は尋ねた。「江木社長から提案があったとき、どういう対応をしたんですか」

「最初は、突っぱねました」

坂戸は、いった。「でも、最終的には受け入れてしまいました」

「なぜ」

加瀬はきいた。「なぜ、受け入れたんです」

人事部の伊形が緊張した面差しを向けている。動機の解明は、この調査チームの目的のひとつであり、その結果如何によっては東京建電という会社の組織的責任が強く問われるからだ。

「実績が、欲しかったからです」

坂戸はつぶやくようにいった。「なんとかしてノルマを達成したかった——絶対に、達成したかった」

「お兄さんに認めてもらい、赦《ゆる》してもらうために？」

坂戸は、凄《すご》みのある眼差しを向けたまま深く頷いた。

しばし、魅入られたようにその表情を眺めた加瀬は、ふっと息を吐いて視線を逸らすと、話題を変えた。

「あなたに貼り付けられたノルマは、どうでしたか」

含意のある質問だ。「厳しすぎはしなかっただろうか。あるいは、一般常識からかけ離れた重圧はなかっただろうか」

「わかりません」

坂戸はこたえる。「他の会社は知りませんから」

「もし、ノルマを達成しなかった場合、どうなっただろう」

加瀬はなおも聞いた。「厳しい叱責を受けることを、君は極端に恐れていたんじゃないのか」

東京建電という会社の責任を問う、誘導的な質問だ。

坂戸は長く考え込んだが、やがて、「わかりません」、という小さな声が会議室の空気に溶けた。

6

「どうでした、坂戸君は」

会議から戻った原島が声をかけてきたのは、午後五時過ぎのことであった。

この不祥事が発覚して以来、調査委員会が主宰する様々な名目の会議が開かれており、その多くに当該担当課長として原島は出席を求められていた。

一課長にはなったものの、原島に命じられたのは不正の隠蔽だった。

いかに上司の命令とはいえ、言われたままそれをこなした原島の責任を追及する声も出ているという。死ねと言われれば死ぬのか、というわけである。どこの世界にも、常に貧乏くじを引く者はいる。この東京建電では原島がまさにそうだった。いま原島が疲れ切った表情をしているのも置かれた状況を考えればうなずける。

フロアを出て、小会議室のひとつに向かった。

「概《おお》ね自分のやったことは認めてるんだがね」

八角はタバコを一本抜きながらこたえた。「不正の提案はトーメイ側からだといってる。

八角は万年係長だが、年齢は原島よりずっと上だ。もとより八角はポストなど気にする男でもないので、口の利き方もぞんざいである。

「会議でなにか出たか」

「出ました」

原島は困惑した表情でこたえた。「調査委員会は、坂戸君の言い逃れだと断じていますよ。八角さんはどう思いますか」

「知らねえよ、そんなこと」

反射的にいつもの斜に構えた答えを口にしたものの、八角はふと考え込んだ。「だけど坂戸がそうだっていってるんだから、そうなんだろ」

あのときの坂戸が嘘をいったとは、どうにも思えないのであった。「あんたはどう思うんだ」

「正直、偽装を持ちかけたのは坂戸君だと思っていました。全て自分の責任ですと、そうこたえていましたし。責任感から出た言葉だと解釈できなくはないですが」

原島はいった。「それより、こっちは事態をどう収拾するかということで手一杯で」

事態の重大さを考えると、原島に余裕がないのも無理からぬところではある。

「言い出しっぺは誰かなんて話は、後回しか」

八角は椅子の背にもたれ、目を細くしてくゆらしているタバコの煙を眺めやった。初めはどうでもよかったことが後になって重要視されることは、ままあることである。

「トーメイテックの江木って社長はどんな男だ」

尋ねると、原島はすっと息を吸い込みながら考える。

「そうですね……まあ、正直なところ、かなりヤマっ気のある相手のような気がします。それまで勤めていた会社を退職して三十代で起業するような男ですから。いまの規模にしたのは、経営者としての手腕かも知れませんが」

「信用できる男か」

八角は、真剣な目になって聞いた。

隠蔽に奔走したことで調査委員会からは戦犯のひとりにされている原島だが、取引先を見る目は間違いない。

「いえ——」

原島はいった。「今回の件も、指示された通り製造したに過ぎないから、なんの責任もないと言い張っているようです」

「トーメイテックにしても、生きるか死ぬかの問題だからな」

八角は、新たなタバコに火を点《つ》けながらこたえた。「言った言わないの話じゃ、責任を追及することもできないか」

「強度偽装を認識していたかどうかも問題ですが、坂戸に強制されてやった——ぐらいのことはいいそうな御仁ですよ」

「なんで、そんなのと坂戸は取引したんだろうな」

八角はふと疑問に思ったことを口にした。

「売り込みは多いですからね」

原島はこたえた。「安値を提示されてしまうと、つい飛びついてしまうことはありますよ。収益は上げたいですから」

それについては、東京建電だけが特別ではない、と八角は思う。結局のところ、どこの会社も同じなのだ。

そのとき、原島が思いがけない話題を口にした。

「ところで八角さん、新設会社の社長、飯山さんのセンで調整されているようですよ」

「おい、マジかよ」八角は顔を上げた。

いま検討されている東京建電の再建案は、不祥事の舞台となった営業一課のビジネスだけを残し、それ以外のビジネスを新設会社に移行するという方向で固まりつつあった。

飯山は、経理部長として、長く東京建電の財布を握ってきた男である。営業と製造出身の人材が長くリーダーシップをとってきた歴史があるだけに異例の人事だが、対外的に健全経営への道筋を示し、財務の健全性を少しでもアピールしようということかも知れない。

「誰からの話だよ」

八角が尋ねると、調査委員のひとりの名を原島は挙げた。

引き続き賠償責任を負う東京建電の社長職は、宮野が引責辞任という形で引いた後の後継者すら未定のままである。誰がやろうと、賠償を引き摺《ず》ったまま存続させるのは至難の業だろう。東京建電に居残るメンバーは、泥舟に乗せられたようなものだ。

果たして誰が新設会社に移るのかは、調査委員会の調査結果を踏まえ、正式に発表されることになっている。いま社員たちの間では、自分が新会社に籍を移せるかどうかが最大の関心事だ。誰だって、貧乏くじは引きたくない。

「それにしても、飯山のオッサンか」

八角は、両腕を天井に向けて伸ばしながらいった。

「どう思われますか、あのひと」

原島の聞き方には、どこか含みがある。

「数字には強いのかも知れねえが——」

八角はタバコを灰皿に強く押しつけながら、煙とともに言葉を吐いた。「気に食わねえ野郎だな」

原島からの返事はないが、同感であることは聞くまでもなかった。

飯山は、社内の嫌われ者である。

7

その飯山と三階の休憩スペースでばったり出会ったのは、翌夕のことであった。

ドーナツをひとつ買い、それを食いながらコーヒーを飲んでいた八角に、「よお。どうだ、そっちの首尾は」、と飯山は声をかけてきた。

なんと答えていいかわからない問いに、考えていると、

「君は、何年営業部でやってきたんだっけ？」

そんなことを尋ねてくる。

「入社以来だから、まあ三十年近くですかね」

八角がこたえると、百円硬貨を自動販売機に投入しながら、「係長になってから何年？」、とさらにきいた。

「忘れましたよ、そんなのは」

八角はこたえ、ドーナツをかじった。出てきたコーヒーを取り出した飯山は、すぐに立ち去るでもなく話を続ける。

「ここだけの話だが、新設会社の陣容を検討するよう申しつけられていてね」

その表情は少し得意げだ。八角が黙っているのは、この男に他人に対する配慮など欠片《かけら》もないことをよく知っているからだ。相手をこてんぱんに論破して自らの力を誇示し、自らの優位を示す。飯山とはそういう男だ。

「で、私なりに人選をしてみたんだが、どうも調査委員会で君への評価が高くてね」

それがさも困ったことのように、飯山はため息を吐《つ》いて見せた。「新会社で課長として頑張ってもらってはどうかという話になってるんだよな」

優越感を滲ませ、八角を見た。組織において人事権を掌握する者は常に勝者だと、そ

の単純明快な理論を振りかざしている目である。

「飯山さんが社長で、オレが課長ですか」

八角は笑った。「おもしろい会社ですな、それは」

「まあ私としても迷いはある」

にこりともしないで飯山は、無遠慮な眼差しを八角に向ける。「会議で居眠りしてばかりいる男を課長に据えるのはいかがなものかと」

「だったらよせばいいじゃないですか」

八角は笑いをひっこめた。「オレとしても、一課の仲間を置いて新会社へ移るなんて居心地のいいものじゃない」

「ところが、調査委員会とソニックの考えは違う。新会社には、不正に対する防波堤になるような人物が絶対に必要だというんでね。君が適任ではないかという意見だ」

飯山は、まじめくさった顔を八角に向けた。「待遇は課長職ないしは営業部の部長代理で考えている。そのつもりでいてほしい。それと――この件は内密で頼むよ」

話はそれだけであった。

飯山は無人販売の箱に手を入れて、中からドーナツをひとつ取り出すと、ゆうゆうとその場を去っていく。

「ちょっと。二百円」

その背中に向かって八角はいったが、返事は、「後で払うよ」、だった。

「あら珍しいわね、呑《の》まずに帰ってくるなんて」

自宅に戻って、「飯ある？」、と聞いた八角に、妻の淑子《としこ》は少し驚いた顔をした。

「こんなときに会社の近所で飲んだくれてたら、どこで何いわれるか、わかったもんじゃねえや」

自分で冷蔵庫のビールを取ってきた八角は、三五〇ミリリットル缶を一気に半分ほど飲んだ。夕刊を広げて読みながら一本空け、次に、人からもらった日本酒の一升瓶を出して酌む。

大岡山《おおおかやま》駅から徒歩十分ほどのマンションだ。家族四人で暮らしていたときにはあれだけ手狭に思えたのに、今年の四月に下の子が地方の大学に進学して出ていった途端、がらんとして淋しくなった。

「どうなるの、会社」

淑子が心配そうに聞いた。かつてアパレルメーカーに勤務していた淑子は、八角との結婚を機に退職し、ずっと専業主婦として過ごしてきた。数年前から、この近くの会社でパートの事務員として働いているが、家計は八角の稼ぎが頼りだ。

夕刊から顔を上げた八角は、そうだな、とため息混じりに口を開いた。

「問題のないビジネスを分離させて新しく作る会社に移すって案が有力らしいな」

「じゃあ、問題のあるビジネスのほうは？」淑子は少し遠慮がちにきいた。

「東京建電に残される」

「じゃあ、東京建電は、残務処理だけの会社になるわけか」淑子は、眉を顰《ひそ》めた。

「たぶんな」

そこから先の質問を口にするのはさすがに躊躇《ためら》われたのか、淑子は一瞬言葉を呑み込んだものの、「それで、あなたは？」、と聞いてきた。

「オレか。オレは……」

東京建電に残る――という返事を、淑子は予測しただろう。

「新会社になるかも知れない」

その答えに、淑子は目を輝かせた。

「よかったじゃない」

自宅では決してぐうたらな夫ではなかったが、会社でずっと冷や飯を食ってきたことぐらいは重々承知している。

「よくないよ」

八角のこたえに、淑子は表情を曇らせた。

「よくないって、どうして？　いいじゃない。せっかく新会社に移れるんだから」

「社長がイヤミな奴でさ」

八角はいつもの憎まれ口を叩いたが、淑子がにこりともしないので、浮かべてみせた笑いを引っ込めた。

坂戸の不正に気づき、それを告発したのは、八角だ。

八角が期待していたことは、正式なリコールであり、顧客に対する誠実な対応であった。ところが、宮野社長らがしたことは不祥事の隠蔽で、それ故、新たな行動を起こさざるを得なくなってしまった。

八角が欲したのは、ノルマ達成や収益至上主義で汲々《きゆうきゆう》とするうちに忘れてしまった、本来の商売を取り戻すこと以外のなにものでもない。

しかし、その後の狂騒ぶりを見るにつけ、俄《にわか》に疑問が湧いてきた。

調査委員会が追及しているのは責任の所在ばかりだ。一方、宮野たちは、「近々発表するつもりで隠蔽とは違う」とか、「一社員の悪意の出来事であり、通常のマネジメントではチェックするのは不可能だった」とか、責任逃れの証言ばかり繰り返している。

誰がどういったとか、それが嘘だの本当だの、そんなことは八角にとって何の意味もないことばかりだ。

これが本当に企業再生のプロセスといえるか。

いや、そもそも調査委員にもソニックにも、東京建電を再生させようという認識はあるのか。

一体、オレの告発はなんだったのか？

ここにきて、八角は、虚《むな》しさとともに疑問を感じないではいられなかった。落ちるところまで落ちたからこそ見える光明もあると信じたのは、単なる錯覚だったのか。

いや、そんなはずはない。

何もかも剝がれ落ちた後に残るのは、真実の欠片だけだ。それは、八角が自らのサラリーマン人生の中で摑《つか》んだ経験則のひとつである。

「いままでやってきた仕事なんだからさ、最後まで行く末を見届けるのが流儀じゃねえか」

つぶやくように本音を洩らした八角に、淑子は眉をハの字にして困ったような笑みを浮かべた。

「スジばかり通してるんだからね」

自分が販売したユニットバスの代金支払いを苦にして老人が自殺したのを機に上司と衝突し、出世コースから逸脱したのがつい先日のことのように思い出される。あれから二十年ほどは、あっという間だった。

「サラリーマンって、難しいね、お父さん」

淑子が、しみじみいう。「バカ正直でもダメだし、かといっていい加減でもうまくいかないでしょ。お父さんには向いてないよねえ」

「やっと気づいたか」

八角は冗談めかして、「お前も飲む？」、と気を遣う。

顔の前で手を横にふった淑子は、「でももう、いままで十分過ぎるぐらいスジ通したんじゃない？」、とそういって笑った。

黙って酒の入ったコップを見つめたまま、八角は返事をしなかった。

8

「今日はもう放免か。お疲れ」

午後八時過ぎ、帰り支度をしてエレベーターに乗り込むと、そこに坂戸が乗っているのを見て、八角は声をかけた。

坂戸は疲れた顔に笑みを浮かべただけだ。隣には人事部の伊形がいて、どうやらこれから坂戸を近くのビジネスホテルまで送っていくところらしい。

連日遅くまで事情聴取されている坂戸は、会社からの指示で、自宅には帰らずビジネスホテルの一室で寝泊まりしていた。世間を騒がせているデータ偽装事件の〝容疑者〟

に外をうろちょろしてもらっては困るという上層部の判断である。

「だったら、ちょっと飯食いにいこうや」

坂戸が隣にいる伊形を一瞥したのを見て、八角は付け加えた。「毎日ホテルと会社の往復で差し入れの弁当じゃ人権無視もいいとこじゃねえか——いいよな」

最後のひと言は伊形に向けたものだ。人事部の課長代理は少し困った顔をして、「私も同席していいですか」、と聞いてきた。

「いいよ。その代わり、これだからな」

八角は口の前で人差し指を立てた。

「わかってますよ。坂戸さん、どうですか」

伊形に問われ、疲れてるので、と断るのかと思った坂戸だったが、出てきた言葉は、「じゃあ」、というひと言だ。坂戸も、どこか捌《は》け口《ぐち》を探しているのかも知れない。

東京建電の会社が入っているビルを出てタクシーを拾い、伊形が知っているという神田の居酒屋に入った。そこなら知っている人間と会うこともないし、個室が並ぶつくりで入ってしまえば他人に話を聞かれることもない。

生ビールを三つ、頼んだ。

「まあ、連日絞られるのは仕方がないが、どさくさ紛れに、余計な責任まで押しつけられないように気をつけるこった」

しばらく、弾まぬ会話を続けたあとで八角がいった。余計なことというのは、そもそも強度偽装を持ちかけたのはどちらの側か、ということだ。「あんたは、トーメイの江木氏から提案があったっていってるけど、調査委員の連中はそうは思ってないぜ。少なくとも加瀬氏はそんなはずはないと思ってる」

「嘘はいってません」

坂戸の反論に、すっと八角は目を細くした。

「だけどさ、新規取引先がいきなりそんな提案するはずねえよな。あんただって、そう思うだろ」

八角に突っ込まれると、坂戸も頷くしかないようだった。

「いままで、顧客に嘘を吐《つ》き続けた人間が、これだけは本当ですなんて、そんな話を信じろっていうのも無理がある」

突き放すようにいった八角は、大きなため息をひとつ吐いて坂戸を見据えた。「まあ、あんたか江木か、どっちかが嘘吐いてるんだろうけど、この期《ご》に及んでデタラメいう奴なんざ、どっちにしてもぶん殴ってやりたいよ」

「江木さんは、不正そのものも否定しています」

伊形は、まるで会議で発言しているような冷静な口調だ。人事部には、調査委員会から様々な情報がもたらされるから、調査内容については社内の誰よりも詳しい。「言われた通り製品を納入しただけで、不正の認識は無かったって。まあ、向こうも会社の存亡がかかってるから必死でしょうけどね」

「言った言わないじゃあ、埒《らち》があかねえな」

空のジョッキを店員に渡し、焼酎のおかわりを受け取った八角は坂戸を向いた。「証拠はないのかよ。向こうから提案されたんだとすれば、なんらかの記録が残ってそうなもんじゃないか」

「それが……どっちが提案したかわかる記録がないんです」

坂戸は意外なことをいった。

「ない？」

グラスを持つ手を止めた八角は、その言葉の意味を咀嚼《そしゃく》するかのように坂戸を見据える。

「正式書類はなくても、たとえばメールぐらいはあるだろう」

「いえ」

坂戸は首を横にふった。「メールだと会社のサーバーに記録が残るからと江木社長にいわれまして。ほとんど電話でやりとりしてました。もちろん、それとわかる書類もありません」

「そらまた、念の入ったことで」

坂戸が初めて強度偽装に手を染めたのは、いまから四年ほど前だ。新型航空機用の椅子を受注するため、全社を挙げての工作を展開していたときだという。

当時のことは八角も覚えていた。

東京建電の将来を賭すとさえいわれていたプロジェクトだ。宮野の肝煎《きもい》りで営業部と製造部からなる特命チームが組織されて、坂戸は営業一課長として、そのチームのリーダーを兼任していた。

結果、受注に成功したものの、このとき競合他社をふるい落とすためのコストダウンの陰で不正が提案され、実行に移されたのである。その不正の手口はやがて、様々な製品の受注の際にも広がっていく。誰も知らないところで——。

「最初にその話が出たときのことははっきり覚えてます」

坂戸は、当時の様子がそこに浮かび上がってでもいるかのように、ほとんど口をつけていないビールのジョッキを睨み付けている。

「コストをさらに安くできないかという話をしていたとき、江木社長がいったんです。〝必ずしも規格通りじゃなくても、安全性には問題はないんじゃないですか〟、と。驚いた私が、それはどういう意味なんだと聞いたら、こういうやり方がある、といって新しい見積りの金額がそのとき出てきたんです。喉から手が出るほど安いものでした」

「日時は特定できるんですか」伊形がきいた。

「手帳の記録では四年前の七月十日でした。ちょうどその日に梅雨明《つゆあ》けして、暑かった記憶があります」

「その見積りはどうした」

八角はきいた。「見積書を間に挟んでやり合ってたわけだろう。江木が新しい金額をどこかに書き込んだりしてるだろ」

「その書類には書き込んだと思いますが、残念ながら手元にはありません。まだ正式なものではなかったので打ち合わせが終わったら江木さんが持ち帰ったはずです」

「一旦は断った申し出を、結局あんたは受けた。加瀬さんとの面談で、あんたはそういったよな。なんで受けようと思ったんだ」

「そのままでは、おそらく受注は難しいというところまで来ていました」

坂戸の目が、ふたたび熱を帯びてきた。「競合他社も生産コストはギリギリまで切り詰めてきてます。いくら努力したって、そうそう差が出るものでもない。だけど、ほんの少しでよかった。もう一押し、コストを下げることができればというとき、江木社長がまた偽装の話を持ち出したんです。やってみませんか、と。偽装するテストデータは、トーメイテックで作成し、さらに実際の数値結果も見せられました。つまり、規定の強度には足りないが人への安全性にはさしたる問題はない、というデータです」

八角はすっと息を吞んだ。江木はそうやって、坂戸の精神的な障壁を取り除こうとしたに違いない。伊形も、天を仰いでいる。

「あんたがしたことは許されることじゃない。だが、真相がきちんと究明されないとしたら、それはそれで問題があるな」

八角は、のんびりした口調に似合わない鋭い目で、坂戸を睨み付けた。「なんとかならねえか」

その言葉は、傍らの伊形に向けられたものだ。返されたのは、困惑の表情である。もっとも、解決策が出てくると思って聞いたわけでもない。

「なんとかなるぐらいなら、とっくにそうしてますよ」

案の定、そんなこたえが返ってきた。

「ひとつ聞きたいんだが、そもそもトーメイテックと取引をしようと思ったきっかけはなんだ」

八角は気になっていたことを聞いた。

トーメイテックは業歴の浅い会社で、この取引が、東京建電との新規取引になっている。なにかきっかけがなければ坂戸が同社の江木社長と会うこともないだろうし、こんな商談をするはずもない。

「最初に話を持ってきたのは、北川部長です」

坂戸は意外なことをいった。「話を聞いてやってくれ、ということで」

「北川が？」

八角は疑問を顔に浮かべた。「妙だな。坂戸がノルマに押し潰されそうになっていたときに、強度偽装の提案が新規取引先から出てくる——タイミングが良すぎないか？たしかに、普通、そんな提案を下請けからはしないよな。あんたもそう思うだろ」

八角に問われ、伊形も頷く。それを見て、「これはさ、いってみれば坂戸の足元を見た提案だったことになる」、そう八角はいった。

「それはつまり……」

伊形は考えながら、続ける。「北川部長と江木社長の間に、何かあるのではないか、と？」

「江木に直接当たってみるか」

八角がいうと、伊形が顔を上げた。

「直接当たるって、八角さん。この時期単独行動はマズイですよ」

「人聞きの悪いこというんじゃねえ」

八角はいった。「ウチに納品した製品の支払いをどうするかって問題を打ち合わせしないといけないんだよ、トーメイの江木と」

不正の発覚によってトーメイテックへの支払いは停止しているが、同社からは請求書が届いている。支払いをどうするかは、懸案事項のひとつであった。

「ふざけた話だが、もし、江木が本当に不正を知らなかったとしたら、支払わざるを得なくなる」

「自分で提案しておきながら、なにいってるんだ」悔しそうに坂戸がつぶやいた。

「それが人間なんだよ」

八角のひと言に、坂戸はふと顔を上げた。

「それが人間なんだ」

もう一度、言い聞かせるように八角は繰り返す。「追い詰められたとき、ひとが変わる。自分を守るために嘘も吐く。あんただって、プレッシャーに負けて不正を許容した。同じことなんじゃないのかよ。誰にだって、苦しい事情ってのは存在するんだよ。だけど、そんなのは不正の理由にならねえ」

坂戸は上げた顔を八角に向けたまま動かなくなった。伊形が、乾いた眼差しを向けている。

「ま、そんなわけで、課長と行ってくるわ」

飄々とした口調で八角はいった。「オレなりに、この件にケリもつけたいしな」

「八角さん、あまり波風立てないでくださいよ」

心配そうにいったのは伊形だった。

「バカいえ。いまさら、波風もあるもんかい」

笑い飛ばした八角に、「いや、そうじゃなくて」、と伊形は真顔だ。

「八角さんを新会社で課長職にひっぱる話、あるじゃないですか。大人《おとな》しくしておいたほうがいいですよ」

坂戸が少し驚いた顔を上げて八角を見た。

八角はおもしろくもなさそうな顔でふたりを眺め、「そんな話、あったかなあ」、と惚《とぼ》ける。それから、胸に湧いた何かの感情を振り払いでもするかのように手元の酒を呷《あお》ると、タバコに火を点けて目を細めた。

9

その日訪ねた原島と八角のふたりに、江木恒彦は疲労と苛立ちで青ざめた表情を向けていた。

「先日からお話をいただいているお支払いの件ですが、ウチの坂戸の証言では、そもそも強度偽装を持ちかけたのは江木さんだということになってるんですよ」

原島は、ぐっと江木の目を覗き込むようにしていった。「であれば、ちょっとこれはお支払いするわけにはいかないんですよね」

そういって、テーブルの上に出した請求書を指先で押さえる。

「ウチじゃないですよ、冗談じゃない」

吐き捨て、横顔を向けた江木は、ポケットからタバコを出して火を点けた。

肘掛け椅子の背にもたれ、脚を組んでタバコを吸う態度は、もはや下請け経営者のそれではない。タバコの煙越しに原島を見つめる目に、狡猾《こうかつ》さが滲み出た。

江木にしてみれば、もはや東京建電との取引継続はあり得ない。であれば、自分に有利なように事を運びたい。その意図をはっきりと映した目である。

「証明できるかい」

そのとき八角がいった。「坂戸のほうから持ちかけたっていう証拠、あるんなら見せてくれ」

「そんなのないですよ」

江木はいった。「だいたい、なんで私が自分の無実を証明する必要があるんです。私が悪いっていってるのはそっちなんだから、どう考えたって立証責任はそっちにあるに決まってるでしょうが」

道理ではあった。

「あんた、坂戸が発注したネジが何に使われるかは知ってたんだよな。打ち合わせのときに、話を出したはずだ」

八角は続けた。「あんたの話だと、発注された通りの強度のものを製造しただけだということだが、航空機のシートに使用するものであれば規格外だという認識があったはずだろ。知らなかったっていうのは、言い訳として通用しないんじゃないか」

「発注依頼書のどこに航空関係と書いてあるんですか。だいたい、規格の内か外かなんてことは、ウチが気にすることじゃないですよ」

当たり前だろ、という顔で、江木はいってのけた。「規格はあくまでそちらが守るべきものであって、ウチは言われた通りのものを作るだけだ。それが下請けってもんじゃないですか。安く買い叩かれた上に、そんなことまで責任持たされちゃかなわないよ」

とりつく島もない答えである。「だいたい、今月の支払いは五百万円ぐらいでしょう。いくら不祥事が発覚したといっても、御社の企業規模だ。そのぐらいの金は支払えないはずはないでしょう。ウチだって、それを当て込んでるんだから、払ってもらわなきゃ困る」

「金額の大小の問題じゃねえよ」

八角はいった。「スジが通ってるかどうかの問題だ」

「スジは通ってるじゃないですか」

江木は声を荒らげた。「下請けのウチが強度偽装なんか持ちかけるはずはない。当時、坂戸さんがどんな人かすらわからなかったのに、うっかりそんな話を持ちかけて、とんでもない会社だと思われたら終わりじゃないですか。常識的に考えても、するはずないでしょう」

「なるほど」

八角はうなずいた。「しかし、逆に坂戸が置かれた状況を知ってたら、そういう提案をするのもアリなんじゃないのかな」

憤然とした眼差しが八角に向けられる。

「どういう意味ですか、それは」江木は硬い声できいた。

「ウチの北川から、そういう話、聞いてたはずだ」

八角はいった。「当時、坂戸がいかに追い詰められていたか。東京建電がどんな状況にあったか。みんなあんたは知っていたと思うんだよ。初対面だから、そんなことをいうはずはないと、本当に言い切れるのか」

「ちょっと待ってくださいよ」

江木は唇に笑いを挟み、顔の前でさっと手を振った。「北川さんって、御社の営業部長の北川さんのことですかね。北川さんとはほとんど面識がなかったんですけどね」

じっと八角は、相手の目を見据える。

「当時、御社に対して、新規で取引をさせてくれと申し入れていたのは事実です。北川さんは単に、坂戸さんに取り次いでいただいたに過ぎません」

「ほんとうだな」

抑えられた声だったが、八角の目は真剣そのものだった。微《かす》かな感情の欠片も見逃さないよう、江木の表情を見据えている。

「嘘をいう理由が、どこにあるっていうんです」

江木は、八角の疑念を打ち払うようにいった。


「どう思う、八角さん」

トーメイテックの社屋を出るなり、原島がきいた。「江木、嘘いってると思いますか」

八角は一旦立ち止まり、春の薄日を見上げて目を細める。それから足下に視線を落とすと、「わかんねえな」、といった。

「だけど、この話にはまだオレたちが知らない裏がある気がする」

「どうしてそう思うんです？」

尋ねた原島に、八角は奇異なものでも見るような視線を向けた。

「おかしいと思わなかったか」

八角はいった。「あの北川が、新規取引を申し込んできた会社をわざわざ坂戸に紹介するはずがない」

原島は目を見開いて八角を見た。

「じゃあ、あの話は嘘だと？」

「いや、嘘だとは思わない」

八角はこたえた。「北川に聞けばすぐにバレるような嘘を吐《つ》くはずがないからな。それに、北川から紹介されたというのは、坂戸の話とも一致している」

「どういうことなんだろう」

原島は思考を巡らせ、言葉を呑み込む。

「北川が何か知っているはずだ」

八角は足早に歩き出した。

10

「トーメイの件で、聞きたいことがあるんだが、いいか」

帰社した八角は、ちょうど調査委員会との打ち合わせを終えて戻ってきた北川のところまで行き、低い声で尋ねた。

椅子の背に上着を掛けた北川から出てきたのは、返事ではなく、深い吐息だ。

調査委員との打ち合わせは、隠蔽を主導してきた北川らにとって針のむしろ以外の何ものでもない。厳しい尋問と批判に晒《さら》され、無駄とわかっている弁明を口にしなければならない虚しさは相当なものに違いない。

フロアの外を指さすと、北川は億劫《おっくう》そうに席を立ってきた。

「今日、トーメイテックの江木社長に会ってきた」

小会議室に入って切り出すと、「支払いの件か。どうなった」、と北川は思い出したように聞いてきた。

「向こうの過失じゃないから払ってくれとさ」

八角はいい、北川を見据える。「それはともかく――なあ北川、正直に言ってくれ。あんた、江木とはどういう関係だ」

「関係とは？」北川が聞いた。

「四年前、坂戸にトーメイテックを紹介したのはあんただそうだな。なにか関係があったんじゃないのかよ」

「そんなことか」

北川は拍子抜けしたようにいった。「別にオレはなんの関係もない。あれは、社長から、こういう会社があるから坂戸に検討させてくれといわれたからそうしただけだ」

「宮野さんが？」

思いがけない話に、八角は北川の顔をまじまじと見た。「宮野さんが、下請けのことをわざわざ指示したって？」

「業界のパーティで、誰かから紹介されたとかいう話だったな。その人物に恩義があるんで、検討してみてくれという話だったと思う」

「トーメイの江木は、ウチの事情に随分詳しかったぜ」

八角が意味ありげにいうと、北川が眉を上げて関心を示した。「知っていたから、江木は強度偽装の提案ができたんじゃねえか」

「それは、江木が偽装の提案をしたという坂戸の話が正しいという前提に立ってのことだな」

そういった北川に、「当たり前だろ」、と八角は語気を荒くした。

「坂戸がやったことは許せないけどな、あいつだって苦しかったんだよ。そのヘンのことについては、オレたちがわかってやらなくてどうする」

北川は少しバツの悪い表情をしながら、「まあ、そうだな」、と小声でいうと、少し考えてきいてきた。

「で、あんたは、宮野さんが情報を流したって、そういいたいのか」

「おそらく。ただし、証拠は何もない」

「なるほど」

頷いた北川から出てきたのは、「しかし、なんのために?」、という疑問だ。

「そりゃあもちろん、業績のためだろうよ」

当たり前だといわんばかりに、八角はこたえた。「業績を上げて、ソニック内での東京建電の地位を上げる。そして、社長としての力を認めさせるためだ」

この不祥事が発覚するまで、宮野はソニック社内でも一目置かれていた。

「宮野さんは、実績のために魂を売ったんだよ」

北川からのこたえはすぐにはなかった。目を見開いて八角を見たが、その視線はすぐに足元に落ちていく。頬が強張《こわば》っているのは、自らの不正と重なるからだろう。

「どうするつもりだ」

聞いた北川に、八角はこたえた。

「本当のところがどうなのか、確かめてみる価値はあると思わないか」


午後八時過ぎ、調査委員会との打ち合わせを終えた宮野が、会議室から出てきた。疲労の色を浮かべ、俯き加減に歩きだそうとして八角の姿に足を止める。不機嫌な表情が浮かんだのは、八角が調査委員会に評価され、自分を貶《おとし》める側についたという思いがあるからに違いない。

「どうです、ひとつ」

八角は、そのフロアの片隅にある無人販売で買ったドーナツを宮野に差し出した。

胸の前のドーナツを一瞥しただけで受け取ろうとせず、宮野は代わりに憮然《ぶぜん》とした視線を向けてきた。

「何か用か」

「ひとつ、お伺いしたいことがありましてね」

ドーナツを引っ込め、八角は歪《ゆが》んだ笑いを浮かべた。「トーメイテックの件ですが、あの会社、そもそもどなたかから紹介されたのかと思いまして」

「なんで君が、そんなことを」

硬い口調になった宮野の目には、かすかな怒気が滲んでいる。

「調査委員の加瀬氏にいわれて、坂戸の主張を検証しているところでして」

加瀬の話は、口から出任せだ。「坂戸は、北川部長から新しい下請け先として紹介されたといっています。しかし、北川さんによると、あの会社を紹介されたのは社長だそうで。恩義のある方からの紹介だったという話を聞いたんですが」

「さあ、そうだったかな」

宮野ははぐらかした。「申し訳ないが、古い話なので。わかると思うが、下請け一社のことまでいちいち覚えているわけにいかないんだ」

「恩義のある方であれば、思い出せるでしょう」

「いや、思い出せないね」

さっさと歩き出しながら宮野はいった。「申し訳ないが、記憶にないよ。北川君がそういってるのなら、そうだったかも知れないが、なんのパーティだったかも忘れたね」

エレベーターに消えていくその背中を、八角は為《な》す術《すべ》もなく見送るしかない。

フロアの端にある休憩スペースで自動販売機のホットコーヒーを買い、さて、どうしたものかと考えにふける。

「どうしたんです、難しい顔して」

そう声をかけてきたのは、人事部の遠藤桜子だ。

「ちょっとな。そっちは残業か」

尋ねると、疲労を滲ませた笑みを桜子は浮かべた。

「この状況じゃ、仕方ありません」

諦めたような返事を寄越して自販機でジュースを買い、自分もドーナツをひとつ取ると、代金を料金箱に入れる。

「そういえば、浜本、元気か」

ふと、思い出して、八角は聞いた。浜本優衣は、昨年まで営業部員だった女性で、桜子とは親しい友達だったはずだ。

「元気でやってるみたいですよ」

「もう結婚したのか?」

桜子が浮かべたのは、苦笑いだ。「それは、まだですね」

「なんだ、まだ花嫁修業中か」

桜子が寄越したのは、「パン屋さんに就職したみたいです」、という意外な答えだ。

「なんだそりゃ」

呆れた口調になった八角に、桜子は困ったような表情になり、「いろいろあるんですよ」、という。

「このドーナツを作ってるパン屋さんで、たまにドーナツの入れ替えに来てます。見たことありませんか」

知らなかった。たまに、若い男性が来ているのは見かけることがあるが、浜本が来ることがあるとは驚きだ。

「たまに、かよ。古巣なんだし、毎日浜本が来りゃいいじゃないか」

「気まずいんじゃないんですか」

桜子はいった。「係長にはわからないと思いますけど、下々には下々の悩みがあるんですよ。イヤなとこ、いろいろ見えてしまって、それで辞めたわけだから。でも、優衣のほうが会社の姿を正確に見抜いてたのかなって最近思うんですよね。あ、すみません」

優衣が営業部員だったことを思い出して、桜子は肩をすくめる。

怒る代わりに苦笑してみせた八角だったが、ふと、笑いを引っ込めた。

「怒りました？」

心配そうに聞いた桜子に、「いやいや」、と顔の前で手を横に振り、八角は立ち上がった。

「ありがとな。おかげで、悩みの解決方法をひとつ思いついた」

ぽかんとしている桜子に片手を上げた八角は、ドーナツの残りを無理矢理口に入れるとエレベーターホールに向かって歩き出した。

11

がらんとした駐車スペースの片隅に明かりが灯《とも》っていた。地下二階にある駐車場である。

小部屋があり、窓からのぞくと、男がひとりいて暇そうにタバコを吸っているのが見える。

開け放したドアから、小型テレビの野球中継の音が洩れていた。

窓をこんこんと叩くと、慌てたそぶりでこちらに視線が向けられたが、そこにいるのが八角だと知って強張った表情が緩むのがわかった。社長付き運転手の佐川昌彦《さがわまさひこ》だ。

「お疲れさん、大変だな、遅くまで」

運転手控え室に入ると、空いている椅子のひとつにかけ、八角は自分もタバコを一本抜いて火を点けた。

「どうしようもねえだろう。こんなことになっちまったんじゃあよお」

佐川もまた諦めの口調でいい、人の好《よ》さそうな顔を八角に向けている。

佐川は、東京建電では数少ない制服組だ。専門職採用で、八角が入社したときにすでに運転手として勤務していたから、かれこれ三十年近くも奉職している古参社員のひとりだ。酒の好きな男で、八重洲の居酒屋で顔を合わせることも少なくない。仕事上の接点はほとんどなかったが、酒を呑みながら世間話と好きな野球の話で盛り上がる。職場仲間というより、呑み仲間といったほうがいいくらいだ。

「しかし珍しいな。ハッちゃんがこんなとこに顔を出すなんて」佐川は、八角のことをいつもそう呼んでいた。

「まあいろいろあってよ。ちょっと教えてくれねえか」

八角がいうと、「オレがあんたみたいなインテリに教えることがあるのか」、と佐川は冗談めかした。

それに笑いながらタバコの灰を払った八角は、

「社長のことなんだけどさ」

と声を低くする。「あのオッサン、トーメイテックの江木って社長となんかあんのかな」

佐川が、宮野にいい感情を持っていないことはわかっていた。長年運転手を務めている佐川に対し、宮野は自らの使用人のように接していたからだ。社内ではそれなりに人望のある宮野だが、一方で、会社のいわば底辺にいる佐川のような者に対する配慮はまるでなかった。

「ああ、ふたりでよく飯食いにいったりしてたよな」

案の定、佐川は知っていた。

「本当に？」思わず聞いた八角に、

「コレだかんな」

佐川は、口の前で指を立てた。「オレがいったなんて他人《ひと》にいわないでくれよ」

「わかってるって」

八角は佐川の肩を揺すってでも早く聞き出したいのを我慢していった。「それであのふたり、どういう関係なんだ」

「こっちは後部座席の電話を聞いてるだけだから詳しいことはわかんねえよ。だけど、昔、宮野さんが面倒見てやったような話はしてたな」

佐川の話は意外だった。「江木っていうのは、独立するまでどっかの取引先にいたんだろ。その頃の話だと思うぜ」

「あのな、マサちゃんよ」

タバコを灰皿に押しつけて消した八角は、ここが肝心だとばかり身を乗り出した。

「実はな、調査委員会で、今回の強度偽装、坂戸の野郎が持ちかけたんだろうって話になってるんだ。社長、そのこと何かいってなかったか」

「へえ、そんなことになってんだ」

指にタバコを挟んだまま、佐川は、難しい顔になる。返事はすぐにない。

「なあ、頼む。このままだと、坂戸、ますます不利なことになっちまうんだよ。あいつはとんでもねえ間違いをやらかしたけどもさ、やってないことまで責任を負わしちまっちゃ、かわいそうだ。オレのいってることわかるか」

「わかるさ」

佐川はつぶやくようにいった。「坂戸は、根っからのワルとは違う。あれは真面目《まじめ》すぎたんだよ」

思いがけない人物評に八角は驚き、「その通りだ」、とうなずいた。

「言った言わないの話になったら、絶対に証明できない。坂戸が証明するのは無理だ」

佐川の言葉に、八角は目を丸くした。

「わかってるじゃねえか」

「オレが言ったことじゃねえよ」

八角はきょとんとしたが、すぐに意味を悟った。

「社長が、そういってたのか?」

八角はきいた。「話してくれ。頼む」

頭を下げると、「よせやい」、と佐川は笑って新たなタバコに火を点けた。それから、ちらりと壁の時計を見上げる。宮野と調査委員会との打ち合わせは終わったばかりだ。まだしばらくは、佐川にお呼びはかからないだろう。

「社長はオレになんかわかりやしないと思ってるんだ。ココが足りないと決めつけてるのさ」

タバコを挟んだ指で自分の頭を指す。「まあ、頭が悪いのは確かだけどさ、そんなオレの頭でも、社長の話を聞いてりゃ何が起きてるかぐらいはわかる」

語り出した佐川の表情は、淡々としていながら、どこかもの悲しげだった。

佐川のもとを離れて調査委員が詰めるフロアに行くと、加瀬はまだ残っていて聴取内容に関するレポートを作成しているところだった。

「ちょっといいですかね」

声をかけると疲れた顔が上がり、何か用か、と問うような眼差しを向けてくる。

「加瀬さんに確かめてもらいたいことがありまして。大事なことなんです」

ノートパソコンで作成していた画面を一瞥した加瀬は、未練がましくそれを閉じると、黙って八角に椅子を勧めた。

佐川から聞いた話をする間、加瀬は腕組みをして瞑目《めいもく》したまま動かなかった。

「誰からの情報ですか」

「それはいえません。約束なので」

信用するかしないかは、加瀬次第だ。長い沈黙が挟まった後、加瀬から出てきたのは長いため息だった。

「証拠はないんですね」

投げられた疑問に、「ありません」、と八角は率直にこたえた。

「じゃあ、どうやってそれを証明しますかね」

問うた加瀬に、

「私に考えがあります」

八角は、ここに来る間に考えたことを加瀬に話した。

12

八角が、加瀬の随行という形で、江木を再訪したのは、翌日の午後四時過ぎのことであった。

「またですか。もういい加減にしてもらえませんかね」

応接室に通されたものの、現れた江木は嫌悪感を隠そうともせず、目の前の肘掛け椅子におさまった。

「あなたが、本当のことを話してくれたらそれでお仕舞いにしますよ」

加瀬がいうと、これ見よがしのため息が江木から洩れてくる。

「だから話してるじゃないですか。オレは、坂戸さんからいわれた通りの部品を製造して供給しただけで、それがデータ偽装なのかどうかは知らなかったって」

「今日の午後からずっと、調査委員が宮野社長の話を聞いてましてね。実は、宮野氏には知らせていないんですが、一方で宮野氏のパソコンを精査したんです」

加瀬の説明に、江木の目に浮かんでいた傲慢さがすっと遠のいた気がした。

「それで、これが出てきました」

加瀬がテーブルの上に置いたのは、一枚のプリントアウトである。

「これは宮野氏からあなたに宛てたメールのコピーです。日付は、四年前の七月。ちょうど、トーメイテックと東京建電が取引をする直前です」

加瀬が、文面を読み上げた。

〝さて先日来の件。少々、しつこいかとも思いますが、重要なことなので念のため確認してきます。

坂戸への強度偽装とデータ捏造《ねつぞう》の件は、絶対に口頭のみで伝えていただきたい。また、メールも含め、文書での提案は回避されるようお願いします。後日、問題が起きたとき、あくまで坂戸からの申し出に従ったに過ぎない、と御社は主張すればよい。

今回の大型受注は、当社にとって必須のもので、まさに興廃を賭しているといっても過言ではありません。是非とも、御社のご協力をいただきたく、よろしくお願いします。

先日もいった通り、坂戸にはこの提案を拒絶するだけの余裕はありません。こちらからも、管理強化という名のプレッシャーを掛けており、ウチとの商談がまとまるのはもはや時間の問題と考えております。――〟

文面は、途中で切れており、宮野の署名が入っていなかった。

「途中で切れてるのは、これが書きかけの項目に入っていたからです、江木さん。ここに書いてある通りで宮野氏は自分のパソコン内の文書も相当削除したようですが、これだけが残っていました。誰にでもミスはあるものです」

江木の目が凍り付いていく様を、八角は見ていた。加瀬は続ける。「いま、社長本人には直接確認しておりますが、同時にあなたにも話を聞くべきだと思いまして。ここに書いてあることは事実ですね」

江木の表情からみるみる血の気が失《う》せていく。

「どうなんだよ、江木さん」

八角がドスの効いた声できいた。「これ以上嘘吐《つ》くと、余計に面倒なことになるよ」

狼狽《ろうばい》に、江木の頰が震えた。

「ここに来る間に報告があったんですが、あなたと宮野氏の間では、万が一のときに宮野氏をお宅で面倒見るような話まであったそうですね」

加瀬が口にしたのは、佐川が聞いたという後部座席の会話から得た情報だ。

江木の瞳が小刻みに揺れている。

「あまり心証を悪くさせないでいただきたいですね。どうなんです？」

加瀬が追い打ちをかけると、ごくりと生唾を呑み込む動作とともに、江木の目が見開かれた。

「私じゃないんですよ。私じゃない」

江木から洩れてきたのは、責任逃れの言葉だった。「これ、宮野さんの指示なんで。こっちも仕事が欲しいし、どうすることもできなかったんですよ」

加瀬は厳しい表情のまま、江木を凝視している。

「計画を立てたのは宮野社長だと、そういうことですか。あなたではなく？」

「そうです。私じゃない」

江木は頑なに言い張った。「偽装の件も、宮野さんからそうしろといわれたんで。私がそんなこと考えるわけないじゃないですか。下請けですよ、ウチは。とにかく、ウチには迷惑かけないから安く作ってくれと――」

「見苦しい言い訳だな、江木さんよ」

八角の言葉に、江木ははっと口を噤《つぐ》んだ。「結局のところ、あんたと宮野で偽装を計画し、坂戸ひとりに責任を押しつけようってことじゃないか」

反論の言葉を探そうとした江木であったが、八角に睨み付けられると観念したように視線を伏せた。

「最初から詳しく話してもらえますか。――記録させてもらいますよ」

落ち着いた声でいった加瀬がＩＣレコーダーをテーブルに置き、レポート用紙を構える。

江木がとつとつと語り出したのは、まもなくのことであった。

江木の告白は二時間近くに及んだ。

全てを聞き終わった後、八角に押し寄せてきたのは深い疲労と脱力感だ。

「あんたは、さぞかし宮野のドジを恨みに思ってるんだろうよ」

その八角の言葉を、ひどくうなだれて江木は聞いている。目だけが動いて、八角を見た。

「だけどな、実はこのメール、ここに来る前にオレが作った偽物《にせもの》だ」

そういうと、江木の顔は、みるみる真っ赤になった。

「そんな！　違法なんじゃないですか、こういうやり方は」

「データ偽装した奴が、メール偽装に抗議かい」

八角は惚《とぼ》けた口調でいい、タバコに火を点ける。「オレたちは警察じゃない。ついでにいうと、裁判所に証拠として書類を提出するわけでもない。知りたいのはただひとつ、真実だ。そのためならどんなことでもするさ。あんたたちが金儲《かねもう》けのために手段を選ばなかったようにな」

もはや江木からは、何の言葉も出てはこなかった。

13

三階にあるドーナツ売り場へ行くと、ちょうどエプロンをした女性が新しいドーナツを補充しているところだった。

「よお、元気か」

声をかけると、「おひさしぶりです」、という元気な声とともに優衣が表情をほころばせた。

以前、営業部にいたときとは比べものにならないぐらい輝いている優衣は、心なしか少しふっくらしたように見える。

「ウチを不良債権扱いしないのは、お宅だけだよ。ありがとな」

八角が礼を言うと、「ウチの債権はみんな回収させてもらってますから」、という返事があった。「いいお客さんですよ」

あれから半年が過ぎ、噂《うわさ》されていた通り、強度偽装の舞台となった営業一課の事業のみを残し、他の業務は、新設会社へと移されていった。

いま東京建電は、巨額の賠償金を捻出するため、以前にも増して部員たちが必死で働く毎日だ。社長には、再建を自ら買って出た村西が就いた。

特別背任容疑で宮野が告発されたのは、六月のことであった。トーメイテックが破産の申し立てをしたのはその一ヶ月前で、同時に個人破産を申し立てた江木は、その後、姿をくらましたまま行方は杳《よう》として知れない。

事情を勘案され、個人への損害賠償を免れた坂戸は、懲戒解雇処分となった。その後の職探しは難航したようだが、仕事で関係のあった会社になんとか拾ってもらえそうだという報告を、先日受けたばかりである。

調査委員会から二十年前の不正について追及された梨田は、ソニック本体から、子会社への出向がすでに決まっていた。

八角についていうと、この四月に設立された新会社への移籍話は、結局、ご破算になった。

告発は評価されたものの、社長の飯山がそれまでの勤務態度を問題にしたとかしないとか、はっきりしたことはわからない。

だが、それでいい。長年、営業一課に在籍してきたのに、仲間を残してひとり新しい会社で課長に収まるというのもどうかと思う。故に、原島課長と万年係長の八角とのコンビは、そのまま継続することと相成ったわけである。

この成り行きに、

「あなたらしいね。いつも損な役回りばかりで」

妻は笑っただけで、それ以上はいわなかった。

虚飾の繁栄か、真実の清貧か——。強度偽装に気づいたとき、八角が選んだのは後者だった。

後悔はしていない。

どんな道にも、将来を開く扉はきっとあるはずだ。

解説——池井戸潤の進化系クライム・ノベル

村上貴史

■会議と人と

実に巧みに作られた小説である。

本書は、『七つの会議』というタイトルが示すように、様々な会議を登場させた小説である。収録された八つの短篇《たんぺん》は、それぞれ、企業活動のなかで開かれる多様な目的の会議に絡めて、企業で働く人々の苦悩や葛藤《かっとう》、決断、失望、策謀などを描いている。各短篇毎《ごと》に異なる会議が読者に提示され、さらに、各短篇毎に異なる人物の想《おも》いが記されていく。それぞれに読み応えがあるのだ。

だが——二〇一二年五月に日本経済新聞電子版に連載され、その後、加筆されて同年十一月に単行本として刊行されたこの『七つの会議』は、それだけの小説ではない。とことん巧みに作られた長篇エンターテインメントなのである。

■まずは短篇として

この『七つの会議』は、ソニックという大手総合電機の雄の子会社、東京建電《とうきょうけんでん》を主な舞台にした作品だ。本書についての、長篇としての魅力云々《うんぬん》を語る前に、まずはいくつかの短篇を紹介しておこう。

第一話「居眠り八角」は、ある上司と部下の物語である。上司は、東京建電営業部一課長の坂戸宣彦《さかどのぶひこ》、三十八歳でエースと呼ばれる男だ。部下は八角民夫《やすみたみお》という五十歳。会議では居眠りばかりしている万年係長である。八角のあまりの態度の悪さに業を煮やした坂戸は、年上に対する遠慮をかなぐり捨て、強い口調で叱責するようになる。それでものらりくらりとした八角の姿勢に変化はなかった。それどころか、八角は坂戸を社内のパワハラ委員会に訴えたのだ……。

坂戸と八角の関係を、年齢的には二人のほぼ中間で、肩書きは坂戸と同じく課長であり、成績では坂戸にだいぶ水をあけられた原島《はらしま》の視点から描いた一作である。出来のいい兄の下で、特に目立つ成績も上げられずに育ち、大手企業を目指すも採用されることはなく、結局東京建電に入社してなんとか課長まで辿《たど》り着いたという原島の半生を語りつつ、坂戸と八角の攻防を、池井戸潤はスリリングに描いている。その意外な決着まで含めて。

続く第二話「ねじ六奮戦記」は、明治四十年創業のねじ製作会社の物語だ。従業員三十名と規模は小さいが、大阪市西区で三代続いてきた会社である。その社長である父が倒れ、鉄鋼会社に勤務していた逸郎《いつろう》は跡を継ぐかどうか逡巡《しゆんじゆん》した。そんなときに妹が放ったのが、〝お兄ちゃん、なんのために働いてるん？　いまの会社で定年まで働いて、それがお兄ちゃんにとって、どんな意味があるのん〟という言葉だった。その一言で逸郎はねじ六を継ぐ決意を固めた。それから十年、妹を専務として二人三脚でやってきたが、資金繰りは相当厳しくなっていた。銀行から融資を受けようと、逸郎と妹は、二人だけの経営会議を開く……。

下請けを徹底的に叩《たた》いて発注側が自身の利益を確保するという姿がくっきりと描かれた一篇だ。そうした姿勢で発注する会社を見限るかどうか。貴重な取引先だけに、逸郎は悩む。そんな四代目社長の姿が、下請けならではの苦しみとともに描かれている。彼の仕事の難しさがくっきりと伝わってくるし、また、彼を支える妹の存在の大きさや有り難さも伝わってくる。兄妹の物語として実に読ませる短篇だ。

第三話「コトブキ退社」は、社内不倫の果てに東京建電を辞めることを決意した二十七歳の浜本優衣《はまもとゆい》の物語である。妻のある男と三年間を過ごしたが、彼は妻との別れを口にすれど実行には移さず、しまいには優衣に対して別れを言い出す始末だった。彼と別れ、無味乾燥な仕事がただただ続く日々が再び始まるのかと思った彼女は、退職を決意する。上司に退職の理由を問われ、優衣は思わず結婚すると答えてしまう……。

それからの優衣の行動がなんともたくましい。〝いったい、会社にとって私ってなんだったんだろう〟と弱音を吐いたその舌の根も乾かぬうちに（と表現したくなるくらい鮮やかに気持ちを切り替えて）、彼女は積極的に、かつ建設的に動き始めるのだ。自分のアイディアを「環境会議」に諮《はか》り、万事に保守的という東京建電の社風と闘うのである。その彼女の姿を見て、応援しない読者はいるまい。しかも、〝少年探偵団〟的なチームプレイもあったり、啖呵《たんか》を切るシーンもあったりして、本書のなかで最も輝いている一篇といえよう。

その後の五つの短篇では、計画と実績をフォローアップする係数会議などの東京建電で開かれる他の会議や、あるいは親会社のソニックの会議などを活《い》かして、東京建電内外の様々な人間の実像が描き出されていく。例えば、経理部の課長代理の心がねじれてしまった経緯などだ。それらの短篇のそれぞれにおいて、その人間が何故《なぜ》そのような考え方をするようになったかが語られ、どんな仕事をしてきたのかが語られる。社内の風を読み、勝ち馬に乗る自分を肯定する社員もいれば、母が働きながら自分を大学に行かせてくれたことを想い、猛烈に働き続け、他人の甘えを許さない社員もいる。顧客を第一に考える社員もいる。各篇の中心人物として描かれるそれぞれのキャラクターの生き方に、是非ご注目を。

さらに注目すべきは、そうした登場人物が、主に家族との関係を通じて語られている点である。彼もしくは彼女が企業のなかで仕事をする姿を描く一方で、池井戸潤は彼らの家族をも語っている――家族は、公務員だったり、個人で小さな企業や会社を営んでいたりして、各篇の中心人物とは異なる仕事をしてきた経歴を持つ。例えば、第一話の視点人物である原島の父は上昇志向をもった公務員だった（兄は東大を出て旧通産省の官僚である）。第二話の逸郎の父は、ねじ六の経営者だった（逸郎自身は別の企業に勤めていた）。第三話の優衣の場合は、彼女のプランに賛同してくれる人物として、一人できわめて小さなビジネスを営んでいる男性が登場する。本書後半には、従業員三十人ほどで金属加工会社を営み、大企業に就職した息子に「仕事っちゅうのは、金儲《かねもう》けじゃない。人の助けになることじゃ」と言葉をかけた父親も登場する。家族のために、誇りを持っていた仕事やそれがもたらす安定を放り出すことを決意した人物もいる。そうした家族（のような人々）と会社員である中心人物の対比が幾重にも重なり、実に立体的に〝働くこと〟をこの『七つの会議』は物語っているのである。

その立体的な記述は終盤に近づくにつれさらに際立っていく。東京建電と親会社である大企業ソニックの対比や、あるいは大企業のパートナーとして動く弁護士という個人事業主の姿を目の当《ま》たりにして、読者はさらに広い視野で本書の登場人物たちの生き方を捕らえることになるのだ。

こうした具合に本書は、働く人の物語として十分に満足できる作品に仕上がっているのである。

だが、『七つの会議』は、それだけの小説ではない――。

■それだけではない、のである

本書刊行当時の帯には、「この会社でいま、何かが起きている。〝働くこと〟の意味に迫る、クライム・ノベル！」と書かれている。ここで注目すべきキーワードは、〝クライム・ノベル〟だ。要するに犯罪小説。この言葉こそ、池井戸潤が本書を表現する言葉として選んだキーワードなのである。

序盤から不自然な出来事がちらりちらりと読者の前に登場する。例えば上層部の奇妙な判断（第一話）であったり、例えば東京建電の下請けに対する態度が理由を明かさぬまま変化したり（第二話）、などだ。そうした小さなピースが徐々に集まってくると、読者にも次第に見えてくるのである――本書には犯罪が描かれていることが。

この解説の前半で、本書の第三話までしか具体的に語らなかったのは、そうした仕掛けが本書には施されているからである（第三話までについて言及する際も、この観点で大事な事項については具体的記述を避けた）。

東京建電に絡む犯罪――その全体像のどこをどの角度から切り取り、どのような短篇として読者に見せるか。池井戸潤の趣味の一つはカメラだというが、アングルの選び方も絶妙ならズーミングも絶妙、さらには前景背景のぼかしかたも絶妙である。切り取るべきを切り取り、一枚の素敵な写真／物語として読者を愉《たの》しませ、そして八枚の写真を並べて初めて浮かぶ思いもよらぬ全体像で読者を驚かせ、そして犯罪に関わったり巻き込まれたりした人々の想いを読者に届けるのである。

『七つの会議』というおとなしいタイトルではあるが、本書で池井戸潤は、とてつもない偉業を成し遂げているのである。

例えば、結末まで読み終えた読者なら、本書全体での中心人物が誰かはよくおわかりだろう。結末でその人物が下す決断にも胸を打たれるはずだ。だが、御自身がそこまで人物に心を寄せることなど、中盤に至ってさえも想像もしなかったはずだ。

あるいは、ある人物に対しては、とんだ災難に遭ったと同情する気持ちをまず抱き、その想いが後に〝やっぱり嫌な奴《やつ》〟とマイナス評価に転じることもあっただろう。その人物が最終的にこの犯罪のなかで果たした役割を知り、○○な想いを抱いたことだろう（予断を与えたくないのでポジティブな表現もネガティブな表現も避けさせて戴《いただ》く）。そうした想いを抱いたのも、池井戸潤が最後の最後まで手を緩めず、様相が二転三転するエンターテインメントを作り上げたからだ。

事件の提示の不気味さといい、伏線が組み合わさって様々な事情が見えてくる展開のスリルといい、最後の数頁《ページ》でようやく明らかになる真相の衝撃といい、そして最後の四行で明確になる〝主人公〟の気高さといい、さらにはそれらを各話毎に異なる〝会議〟を通じて描くという縛りのなかで実現した本書――紛《まご》う方なき極上のエンターテインメントである。

もちろん前項で書いたように、〝働く人〟の物語としての完成度も十分に高いのだが、だからといって、エンターテインメントとしての完成度が高いことを失念するわけにはいくまい。本書は、江戸川乱歩賞を『果つる底なき』で一九九八年に受賞してデビューし、二〇一〇年の『下町ロケット』で直木賞を受賞した池井戸潤にとって、最高のクライム・ノベルなのである。

■池井戸潤の世界との往来

さて、連載時に七篇、そして単行本化に際して一篇を加筆し、全体で八つの短篇からなるこの『七つの会議』。それだけにバラエティーに富んでおり、他の池井戸作品とも様々な点で呼応している。

まず、クライム・ノベルという観点では、本作の次に刊行された『ようこそ、わが家へ』(一三年)が対照的である。本書では犯罪に手を染める者の心を、その当事者の視点を含めて深く描いているのに対し、『ようこそ、わが家へ』では、ストーカーに狙われた一家の物語となっている。犯人の内面を描かないが故に、〝犯人が何を考えてこんなに酷《むご》いことをするのかわからない〟という恐怖があるのだ。ちなみに〇五年から〇七年にかけて『文芸ポスト』に連載された作品に手を加えて刊行した作品であり、原型が出来上がったのは本作よりもだいぶ前だ。

本書に登場する〝働く人〟は、ときに人命を軽視した犯罪的な決断を企業人として下したり、あるいは、犯罪的な行為を企業人として推進する。歪《ゆが》んだ社内論理に基づいて、目先の成績を求めて、あるいは保身のために。そうした姿は、〇六年に刊行された『空飛ぶタイヤ』という大長篇でもたっぷりと描かれている。それらと闘う運送会社の社長、赤松《あかまつ》というオヤジの活躍とともに。

また、短篇集としての豊潤さは、独立した六篇からなる『かばん屋の相続』（一一年）と共通しており、ネジにスポットライトが当たる瞬間があるという点では《半沢直樹《はんざわなおき》シリーズ》第一弾『オレたちバブル入行組』（〇四年）と重なる。第三話の浜本優衣の啖呵は、『不祥事』（〇四年）の花咲舞《はなさきまい》を想起させる。要するに〝池井戸潤的なもの〟は、当然ながら本作にもきっちりと備わっているのだ（NHKでドラマ化されたという点では、〇九年の『鉄の骨』と同じだが、これは池井戸潤の小説の中身の共通点ではない。余談）。

なかでも特に注目すべきは、『シャイロックの子供たち』（〇六年）との関連だろう。池井戸潤が自分の小説の書き方を根底から変える転機となったという、あの『シャイロックの子供たち』だ。異なる視点人物が語る短篇を連ねて一つの大きな物語とする――

しかも意外性があり、犯行動機にも抜群の説得力のあるミステリに仕立てる——という意味で、この『七つの会議』は、まさに『シャイロックの子供たち』と共通している。構造が似ているだけではなく、例えば、第一話で上司と部下が強烈に衝突する（『シャイロックの子供たち』では高卒で副支店長にまで出世した銀行員が、入社三年目の大卒社員のセールスに取り組む姿勢が気に入らず、顔面を殴ってしまう）点や、第三話が女性社員（女性行員）の視点で恋愛要素を絡めた物語となっている点も共通している。だが、本書の第一話では部下の側の行動がよりしたたかなものになっているし、第三話のしなやかさも増している。また、犯罪がより〝身の丈〟になり、同時に悪辣さも増し、深みも増している。ミステリとして読者を驚かせる仕掛けが備わっていた『シャイロックの子供たち』に比較すると、事件の見せ方は『七つの会議』の方がストレートであり、より〝犯罪〟そのものに迫っている。そう、本書は、『シャイロックの子供たち』のクライム・ノベルとしての進化形といえよう。

そんな『七つの会議』。他の池井戸作品を読んだ上で本書を読んでもこうした共通点やそれ故に際立つ差異を愉しめるだろうし、もちろん本書を起点に他の池井戸作品を読み進むのも愉しかろう。池井戸潤の世界の全体像を堪能《たんのう》するうえで、必読の書である。

（むらかみ・たかし　ミステリ評論家）

初出
日本経済新聞電子版　二〇一一年五月二日～二〇一二年五月二十一日
単行本
日本経済新聞出版社　二〇一二年十一月

S 集英社文庫

七《なな》つの会議《かいぎ》

2016年2月25日　第1刷　　定価はカバーに表示してあります。
2019年2月13日　第22刷

著者　池井戸《いけいど》　潤《じゅん》

発行者　徳永　真

発行所　株式会社　集英社
東京都千代田区一ツ橋2-5-10　〒101-8050
電話　【編集部】03-3230-6095
【読者係】03-3230-6080
【販売部】03-3230-6393（書店専用）

印刷　凸版印刷株式会社

製本　凸版印刷株式会社

フォーマットデザイン　アリヤマデザインストア　　マークデザイン　居山浩二

ISBN978-4-08-745412-3 C0193